Last and First Men

A Story of the Near and Far Future

猛犸译丛

最后与最初的人

临近与遥远未来的故事

Olaf Stapleton

[英] W. 奥拉夫·斯塔普雷顿 著　潘震 译

广西科学技术出版社

图书在版编目（CIP）数据

最后与最初的人：临近与遥远未来的故事／（英）W. 奥拉夫·斯塔普雷顿著；潘震译. —南宁：广西科学技术出版社，2020.8

ISBN 978-7-5551-1288-4

Ⅰ. ①最… Ⅱ. ①W… ②潘… Ⅲ. ①幻想小说—英国—现代 Ⅳ. ①I561.45

中国版本图书馆CIP数据核字（2020）第081357号

最后与最初的人——临近与遥远未来的故事
ZUIHOU YU ZUICHU DE REN——LINJIN YU YAOYUAN WEILAI DE GUSHI

［英］W. 奥拉夫·斯塔普雷顿　著
潘　震　译

责任编辑：黄　鹏　李　杨　　　　助理编辑：谭智锋
责任校对：夏晓雯　　　　　　　　责任印制：韦文印
封面设计：黄　海　　　　　　　　版式设计：韦宇星

出 版 人：卢培钊　　　　　　　　出版发行：广西科学技术出版社
社　　址：广西南宁市东葛路66号　邮　　编：530023
网　　址：http://www.gxkjs.com

经　　销：全国各地新华书店
印　　刷：广西民族印刷包装集团有限公司
地　　址：南宁市高新区高新三路1号　邮政编码：530007
开　　本：787mm×1092mm　1/32　字　　数：220千字
印　　张：12.5
版　　次：2020年8月第1版　　　　印　　次：2020年8月第1次印刷
书　　号：ISBN 978-7-5551-1288-4　定　　价：59.80元

目录
CONTENTS

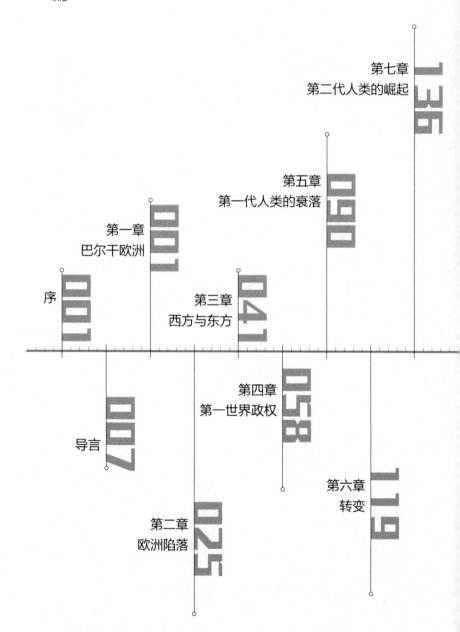

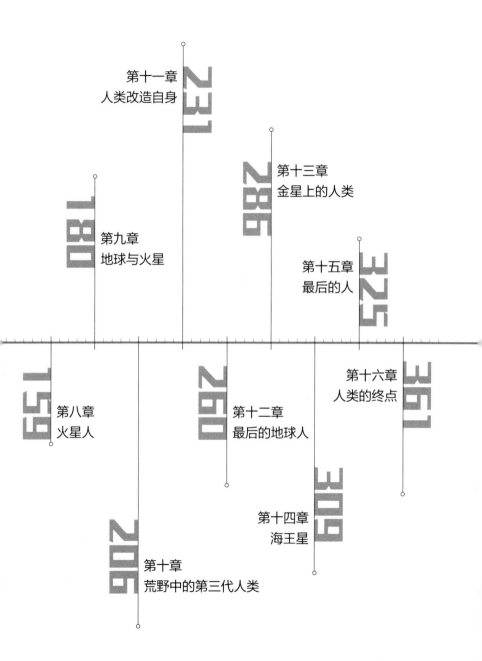

第十一章
人类改造自身
231

第十三章
金星上的人类
286

第九章
地球与火星
180

第十五章
最后的人
325

第八章
火星人
159

第十二章
最后的地球人
260

第十六章
人类的终点
361

第十四章
海王星
309

第十章
荒野中的第三代人类
206

序

这是一部虚构作品。我试图创作一个故事，讲述人类未来可能——或者至少不是完全不可能的命运。我希望，这个故事与当今人类视野与观念的转变有所关联。

畅想一个关于未来的故事，可能会陷入对惊人事物的恣意想象中。面对令人困惑的当下种种以及未来的发展，如果能驾驭想象力，就可能从中获益。如今，我们应该鼓励甚至认真研究揭示人类种族命运的各种尝试。这不仅能帮助我们面对纷繁而往往充满悲剧的诸多可能，还能使人们更加确信，当今心智所推崇的想法和观点，在未来更加成熟的心智看来无一不是幼稚的。应该说，畅想遥远的未来，实际就是尝试找到人类种族在宇宙中的位置，并让心灵做好迎接新的价值的准备。

但是，如果想象力未受到严格的规范，那么对未来可能性的想象建构必将坍塌。每个文化环境生发出来的可能性自有其边界，我们必须尽力保持在这个限度之内。纯粹幻想的力量是微弱的。但我们并非真的要预知未来，因为目前看来，除了极其简单的情况，这种预言只能是空谈。我们并非要像历史学家考察过去一样考察未来。在未来的无数可能性中，只能抓住几条线索，带有目的性地进行选择。这项工作不是科学研究，而是艺术创作。这部作品给读者留下的，应该和艺术作品留下的东西如出一辙。

但我们的目的也不仅仅是在美学意义上创造出值得称赞的虚构作品。这虽不是历史，但也不纯粹是虚构，而是神话。真正的神话是在特定文化（可能已经灭亡，可能仍在存续）的世界观内，以一种丰富的方式（经常是悲剧性的）表达这种文化所能容纳的最高崇敬。相反，虚假的神话或者僭越了其所属文化的可能性的边界，或者没能描摹出其所能企及的最高远的视界。当然，这本书与真正的神话相距甚远，正如它与预言相距甚远一样，但它确确实实是对神话创作的尝试。

对于熟悉各种当代思潮的现代西方读者来说，我在这里设想的未来不会显得完全怪诞，或者说，无论如何，这种怪诞都不会毫无意义。如果我所写所述毫不令人惊异，反倒会因为过于合理而显得不合理。因为对于未来，至少可以确定一点：我们多半会觉得它难以置信。只是在一个重要的方面，我想我可能陷入了无意义的夸张：我让一个居住在遥远未来的人与今天的我们联络，设想他有能力操控某个存活于当下的心智，从而完成了本书。不过，就算是这种设定，我们可能也不会完全排斥。当然，即便把它忽略掉，本书的主题也不会有实质的变动。然而，这样引入正文不仅仅是出于便捷的考虑，还是因为只有通过这个极致的、炫目的设定，我才能具体地刻画出在时间的真谛中有多少我们从未见识过的事物。实际上，只有这样设计，我才能恰当地说明我们今天的全部心智不过是充满困惑和迟疑的初级探索。

如果未来某个生物碰巧发现了这本书，譬如说下一代人类在清理祖先留下来的垃圾时发现了它，他肯定会发笑。这是因为，对于将来真正要发生的事情，现在还没有丝毫线索可循。事实上，即使在当今，我们这一代的境况也会经历不可预料的极端变迁，以至于本书很快就会显得滑稽可笑。但这都无所谓。我们今天必须尽可能地思考我们与宇宙其他部分之间的关系。纵使在未来的人类看来，这些幻想毫无根据，可它们依然具有当下的意义。

如果将我的作品视作预言，一些读者可能觉得有些杞人忧天。但这不是预言，而是神话，或是在尝试创作神话。我们所有人都期望未来比我所展现的更加幸福。具体而言，我们希望人类文明朝向一种乌托邦稳步发展，而不愿设想有一天它会衰落、坍塌，以致精神遗产也不可挽回地消逝。但我们必须直面这种可能的结果。所有合乎情理的神话都应该接纳这样的悲剧，一个种族的悲剧。

因此，虽然我不无欣慰地认识到，在我们的时代，希望与绝望都有其扎实的根基，但是出于一种美学考虑，我还是设想人类种族将会毁灭自身。今天的世界急切地朝向和平与团结发展，如果兼具机运与开明的筹划，也确实会成功，我们必须迫切地坚信它会成功。但我在这本书中进行了一些另外的设想：我设想这场伟大的运动最终宣告失败；我设想我们无法阻止国家之间的争战不休，只有在人类心智毁灭之后才能迎来团结与和平。但愿这些都不会发生！但愿国际联盟[1]或其他更严格的世界政府能在一切都太晚之前阻止它们发生！不过，让我们在心中容纳一些其他想法：或许，我们种族的伟业不过是更宏大的戏剧中一个不成功的篇章。当然，整场戏剧本身也可能是悲剧。

要构思这样一场悲剧，就必须了解当代科学对人类本质及其物理环境的研究现状。我试着去"纠缠"一些我在科学界的朋友，好补充自己浅薄的自然科学知识。我与利物浦的珀西·博斯韦尔（P. G. H. Boswell，地质学家）、詹姆斯·约翰斯通（James Johnstone，生物学家）和詹姆斯·赖斯（James Rice，物理学家）有过深入交谈。这几位教授给我提供了莫大的帮助，但绝不应该对书中一些刻意夸大的想法负责。尽

---

1 国际联盟（League of Nations）是第一次世界大战之后成立的国际组织，后被 1945 年成立的联合国取代。

管这些夸张的想法在整个情节设计中都发挥了作用，但难免偏离科学主流。

非常感谢路易斯·里德（Louis Arnaud Reid，哲学家）博士对这部作品的评论，以及埃米尔·里乌先生（Emile Victor Rieu，古典学家）提出的许多有价值的建议；教授马丁女士（L. C. Martin）阅读了全书的手稿，不断提出批评意见，又给予诸多鼓励，对此我的感激之情难以言表；最后，我对通情达理的妻子亏欠甚多，无以为报。

在结束这篇序言之前，我想提醒读者：在接下来的正文中，第一人称叙述者并不是实际上的作者，而是一个生活在极其遥远的未来的人。

W. 奥拉夫·斯塔普雷顿
于西柯尔比
1930 年 7 月

导言

由最后的人所作

这本书有两位作者，一位与读者同代，另一位则处于相对遥远的未来。构思并写下这些字句的大脑生活在爱因斯坦的时代，但我才是这本书真正的灵感来源。我影响了那个原始生物的观念，让本书所述在他的脑海中诞生。而我生活的时代对于爱因斯坦来说是遥不可及的未来。

本书实际上的作者认为自己只是在撰写一部虚构作品。尽管他试图讲述一个合理的故事，但自己从未相信过，也不期待别人会相信。然而这个故事是真实的。你也许会称我为"未来的人类"，我侵占了你的同代人的大脑，它温顺、稚嫩，我想控制它完成一些熟悉的操作，但其目的对你来说可能颇为怪异。因此，未来纪元正在与你的时代对话。聆听吧！我们，最后的人，非常渴望与你们交流。你们是第一代人类，而我们可以帮助你们，也需要你们的帮助。

你感到难以置信。你对时间的了解有局限，因此对时间的理解也有缺陷。但没关系，不要为了这一事实而烦恼，这对于你来说太过艰涩，而亿万年之后的我们对此十分熟悉。但要试着去接受，把它仅仅当作虚构去接受：未来人类的思想和意志可能会以一种古怪而艰难的方式侵入你们同代人的心智进程。试着相信这一点，相信接下来的这部编年史是真实的，是最后的人类发来的讯息。请想象这一信念所带来的后果，否则我就无法完成使命，讲述这段宏大的历史。

许多你们时代的作者在畅想未来时，很容易想象一条走向某种乌托邦的进步道路。那里的环境完美切合人的自然本质，人们幸福美满地生活。但我不会描绘这样的天堂。相反，我要记录的是痛苦与欢愉交叠的浪潮，不仅仅肇因于外在环境的变化，还因为人的内在本质也在不断地流变。我必须讲述为什么在我自己的时代，人类终于获得了完全成熟的精神，心灵也抵达了哲学境界，却要因为一场始料未及的危机而被迫开启一项绝望又令人厌恶的事业。

我邀请你在想象中穿梭我们之间相隔的亿万年时光，看看这部由变迁、伤痛、希望与无法预料的灾难书写的历史。除了在银河的环绕下，这一切也不会在别处发生了。但首先，请思索宇宙万物的尺度。我不得不将这个故事简化、压缩，以至于现在看起来仿佛所有的灾难和奇遇都堆积在了一起，世界得不到片刻安宁。但事实上，比起波涛汹涌的江水，人类的历程更像是一条徐缓的大河，几乎没有急流。终年宁静的岁月仿佛停滞不前，充斥着枯燥的问题和无数几乎无法分辨的个体生命所承受的苦难，只有在少数时候才会被激荡的险途打断。不仅如此，就算是这些看似疾驰的事件，实际上也冗长乏味，只因为我们的叙事方式才显得短暂。

尽管原始心灵确实能多少感知到时间与空间的层次，但只有天性更加广博的生命才能将之生动地刻画出来。粗略地看，群山远景宛如一幅平面图画，布满繁星的夜空也不过是点缀火光的幕布。事实上，虽然不消多时就可以走遍邻近的崎岖山路，但要抵达山峰的天际线却需走过无数平原。时间也是如此。临近的过去与未来能展示出深度与层次，最遥远的时间景象却只能投射成平面。简单的心智几乎无法理解人类的全部历史竟然只是宇宙中的一瞬，且遥远的事件意味着亿万年的距离。

在你们的时代，人类已经初步掌握了如何计算时间与空间的尺度，但要在真正意义上理解我要诉说的一切，则要在计算上更进一步。必须思考这些尺度，让自己的心灵向那里伸展，感受此在与现时的渺小，文明的种种瞬间在你们看来是历史，但实际上也不过是沧海一粟。你们无法像我们一样想象极其悬殊的尺度，譬如一之于十亿，因为你们的感知器官和感知能力太过粗糙，根本无法在整片视野中分辨出微小的差异。但就算是仅仅通过思索也好，你们应该更加坚定而长久地把握这些计算的意义。

当你们时代的人回首自己星球的历史时，注意到的不仅仅是时间的跨度，还有物种进化那令人惊异的加速度。地球早期演化进程几乎停滞不前，但到你们的时代却如此迅猛，心智也站在了前所未有的顶点——不论是知觉、智识、视野，还是令人钦佩的魅力与清醒的意志。这几个世纪以来，它还在迅速进步。接下来呢？当然了，你们觉得终有一天已经没有高峰可以再去征服了。

这样的想法是错误的。你们甚至低估了近在眼前的山丘，也从未怀疑过在它们的远方，云层之后，藏匿着峭壁与雪原。你们的心灵与精神进程仍然着眼于太阳系，但它在未来会更为复杂和危险，远胜于迄今为止已经发生的一切。尽管在某些微不足道的方面，你们确实已经进化全面，但还难以企及精神力量的更高境界，甚至在这方面还没有开始萌芽的迹象。

因此，我不仅要以某种方式让你们感受到时间与空间的广阔无垠，还要让你们了解心灵模式的无限可能。我只能给出暗示，因为它们大多都远远超出了你想象力的极限。

你们时代的历史学家只要捕捉时间之流中的一个时刻，仅仅是数世纪的历史，而我要在一本书的篇幅内展示数十亿年时光的精髓。显然，我们无暇闲庭信步。对我来说，上百万年的时间大约等于你们历史学家笔下的一年。我们必须像乘坐飞机一样去飞越时间，仅仅鸟瞰"大陆"的轮廓。飞行员看不见他下方蚂蚁般大小的人群，但正是这些人在创造历史，因此在航行中，他必须屡次下降，在屋顶上空掠过，在必要的时候甚至要降落，和人们当面交谈。而一如飞机起飞时必须经过缓慢的上升阶段，才能将行人的视角带入更宽广的视野，所以我们首先要详细考察你们的原始文明最后的极盛与坍塌。

编年史

第一章 巴尔干欧洲

§1 欧洲战争及战后

现在，请像最后的人一样考察你们自己时代的历史。

在人类精神对世界及其自身有清醒的认识之前，它有时会从梦中惊醒，睁开迷惑的双眼，随后又沉沉睡去。第一代人类能挣扎着从野蛮走向文明世界，正是得益于这些转瞬即逝的早慧经验。那时，你们几乎站在了物种的极盛时刻。不过，在你们的时代之后，这种早期文化看起来根本不像是在进步；而在你们的时代，种族的心智就已经显示出衰退的迹象。

你们所谓的"西方"文明最初的、可能也是最伟大的成就，就是认识到两个在言行举止上的典范人物，二者对精神福祉来说不可或缺。苏格拉底执着于真理本身，并不仅仅是为了追求实用的目的。他推崇客观冷静地思考，并主张保持坦诚的内心与诚实的话语；耶稣则与邻人和谐相处，沉浸于弥漫在世界各处的神性光辉中，宣扬对邻人与神的无私的爱。苏格拉底唤醒了理性思想，耶稣则唤醒了激情而忘我的虔敬；

苏格拉底追求理智的健全，而耶稣追求的是意志的完善。当然，虽然他们二者的思想有不同的重心，实际上却互相蕴含。

不幸的是，这两种理想型都要求人类的大脑达到一定的活跃度和连贯性，但第一代人类的神经系统根本无法真正实现。几个世纪来，这对双子星一直在鼓动高级哺乳动物中最早熟的人们，却一无所得。这些理想最终没能成为现实，渐渐被人们冷落，走向了衰败。

还有一些别的原因。孕育出苏格拉底与耶稣的那些人同时也是命运的第一批信徒。虽然一开始可能并不分明，但在古希腊悲剧与希伯来人对神圣律法的崇拜中，当然也在印度教的退隐观念里，人们已经开始模糊地体会到了一种异乎寻常且超凡脱俗的美。在人类的历程中，这种美将屡次让他们陷入困惑，又让他们的生命得到升华。同时，人们与死亡抗争、对生命持有坚定不移的虔诚，这与命运崇拜之间有着不可调和的矛盾。尽管有少部分人清醒地意识到了这个问题，但是第一代人类一次又一次在不知不觉中被其精神发展所束缚，陷入极度的困惑之中。

在这些早慧经验的鞭策与诱导下，人们能更加得心应手地掌控物理能量，致使现实的社会建制也在发生迅猛的变化。他们的原始天性已经无法应对错综复杂的环境。曾经在野外搏斗与狩猎的动物今天突然变成了所谓的"公民"，而且还是世界共同体的公民。同时，他们发现自己掌握着一种非常危险的力量，而自己幼稚的心智又无法恰当地控制它。人类在挣扎，可如你所见，在重压之下他们还是崩溃了。

欧洲战争，当时被称作"终结战争的战争[2]"，是第一场也是破坏力最轻微的一场世界冲突。这场悲剧表明：不完备的第一代人类根本无法掌控他们自己的天性。一开始，或光荣或卑劣的诱因点燃了战火，而冲突的双方早已严阵以待，尽管起初，他们都无意发动战争。拉丁语法国和日耳曼德国之间针锋相对，德国与英国之间又起了摩擦，再加上德国政府与军事组织愚蠢至极的举动，最终将世界分为两个阵营。然而，双方根本没有什么原则上的矛盾。在战争中，每一方都坚信自己站在文明的一边，但实际上它们都屈服于本能的野蛮冲动。战争成就了英雄主义和在第一代人类中并不常见的宽容，然而在更加清醒的心智看来，在那个年代，只有极少数自制力强且有远见的人能做出明智的举动。

冲突持续了数月，曾经互相敌对的人们现在真诚热切地渴望世界团结。部族之间的冲突过后，至少暂时出现了高于民族主义的信念。但是这种信念缺少明确的指引，甚至缺乏能够坚定信念的勇气。欧洲战争后的和平是古代世界史中最为光辉

2　"终结战争的战争（The War to End War）"出自英国作家赫伯特·乔治·威尔斯（Herbert George Wells），指第一次世界大战。

的时刻之一，因为它既体现了正在觉醒的目光，也体现了不可救药的盲目；既体现了对更崇高信念的追求，也体现了难以抑制的民族主义。这种民族主义，说白了，也就是人性。

§2 英法战争

欧洲战争后不到一个世纪，一个戏剧性的小插曲可以说敲定了第一代人类的命运。这一百年来，和平与理性的愿望构成了关键的历史要素。除了之后会讲述的少部分倒退事故，和平共识即使在最危险的时期也主导了欧洲，并从欧洲迈向世界。在这样的关键时刻，只要稍微走运一点，或者多一些自制力和远见，黑暗年代可能根本不会来临，第一代人类也不会陨落。如果第一代人在人类心智整体开始大衰退之前就获得胜利，那么世界政府的成立可能就不会是历史的终结，反而是通往真正文明的开端。可惜事实并非如此。

此前，欧洲战争的战败国和其他国家一样都信奉军国主义，现在却大力宣扬和平，还成为心智启蒙的据点之一。几乎在所有国家，人心都在经历巨大的变化，这在德国尤为明显。此外，尽管胜者非常渴望变得宽容和人性化，渴望建立新的世界，却走向了美好追求的对立面。这一方面是因为他们畏首畏尾，另一方面是因为统治者盲目的外交政策。在短暂的"蜜月期"后，战胜国之间还是再一次陷入了长期的武装冲突。这里，我要提及其中的两场冲突。

第一场冲突源于法国和意大利之间的矛盾，对欧洲的影响相对来说不那么恶劣。古罗马衰落之后，比起军事成就，意大利人更精于艺术与文学。但是，在公元十九世纪时，意大利的伟大解放[3]使意大利人对国家声望与荣誉格外敏感，西方人又把国家力量与军事繁荣画上了等号，因此，在成功推翻了外国人的松散统治之后，意大利人满腔热血，准备一举改变军事上的疲软之势。然而，欧洲战争之后，意大利经历了一场社会动荡，陷入了自我怀疑。结果，一个哗众取宠却不失真诚的政党夺得了政权，通过社会福利改革与军事新政给意大利人民带来了新的信心。火车准点了，街道清洁了，道德改观了，航空事业还创下了新纪录。年轻人穿上军装，实打实地操起武器，他们接受教育宣传，相信自己是国家的救世主，满腔热血地奔赴战场，践行政府的意志。整场运动的主要领导者凭借天才的行动力、雄辩的口才和简单粗暴的政治主张，最终建立了独裁政权，奇迹般地大幅提升了意大利国家的效能。与此同时，这位充满感染力却又惊人地缺乏幽默感的领导者，最终吹响了意大利人民族自尊与自重的号角，使他们萌发了"扩张"的意志；又因为意大利人很晚才

3　指意大利复兴运动（Risorgimento），一般认为从1815年拿破仑统治结束之后开始，至1871年定都罗马结束。

意识到限制人口的重要性，"扩张"很快转变为现实需要。

因为上述原因，意大利开始垂涎法国在非洲的领土、忌妒法国人对拉丁语欧洲的领导；又因法国政府对意大利"叛国者"的庇护而心生不满，意大利愈发想要与她最为坚定的旧日盟友对抗。最终，边境冲突爆发。以一起所谓的"有辱意大利国旗"的事件为借口，一批意大利军队侵入法国领土。法国人战胜了入侵者，但也损兵折将。法国要求后续的致歉与赔偿，虽然态度克制，但还是在无意间伤害了意大利的国家尊严。意大利爱国者集结在一起，因狂怒而短视。独裁者远不敢道歉，只得要求释放被俘的士兵，并最终宣战。在一场激烈的交锋后，坚毅的法国军队踏上了意大利北部领土。一开始，意大利的抵抗力量很勇猛，但随即溃不成军。意大利人濒临绝望，终于从军事幻梦中惊醒。人民群众开始声讨大独裁者，虽然先前也正是他们迫使他宣战。独裁者企图镇压罗马暴民，这场声势浩大而充满戏剧性的镇压以失败告终，他本人也被处决。新政府仓促宣布停战，并割让了一块早先出于"安保"考虑吞并的土地。

从此以后，意大利人收敛了加里波第[4]的荣光，重新开始效仿但丁、乔托[5]和伽利略的伟业。

---

4 加里波第（Giuseppe Garibaldi, 1807—1882），意大利复兴运动的中心人物之一。

5 乔托（Giotto di Bondone, 1267—1337），意大利画家、雕刻家、建筑师，是意大利文艺复兴时期的开创者之一。

现在，法国完全控制了欧洲大陆，但又害怕蒙受更多的损失，因此表现得紧张而傲慢。不久之后，宁静再一次被打破。

当欧洲战争的最后一批退伍老兵还沉浸在对旧日的缅怀中时，法国政府和英国政府之间的争端却愈演愈烈。事件的起因是一名法籍非洲士兵被称性侵了一名英国女人。可能是因为性环境压抑而丧失了判断力，英国政府在舆论的裹挟中完全迷失了方向。根本没有什么性侵。实际情况是这位无所事事、神经兮兮的英国女人住在南法，因为渴望一位"野蛮人"的怀抱而在自己的公寓里勾引了塞内加尔裔下士。之后，下士渐渐对女人感到厌烦，于是她就设计构陷，称他在城外的树林里猥亵了自己。这种说法正中英国人下怀，他们完全接受了这个谎言。同时，英国主流媒体当然不会放过这样的热点，在公众的性关系、民族主义和自我优越感上大做文章。最终，仇法情绪在英国蔓延，并滋生了暴力事件。同时，在法国国内渲染恐慌情绪的军国主义政党也把握住了这一梦寐以求的机会。战争的真正起因与空军力量有关。一方面，法国政府在国际联盟最混乱的时候乘虚而入，说服它限制空军武装，保证法国军队可以从本国海岸轻而易举地攻击伦敦，而巴黎却在英国军事打击范围之外。这种事态当然无法持续太久。英国政府再三要求国际联盟解除武装限制。另一方面，欧洲整体对空军全面裁军的呼声渐强。而法国国内理智的党派十分强势，如果全面裁军的提案正式提出，法国政府几乎肯定会接受。综合两方面考虑，留给法国军国主义政党的时间已经不多了。

裁军计划的全部成果毁于一旦。英法两种文化思维模式之间存在些许差异，因此无法彼此理解，再加上这起事件煽风点火，差异最终恶化成完全无法调和的冲突。英国人老调重弹，说法国人都是一帮感性主义者；在法国人看来，英国人一如既往是最无礼的伪君子。两个国家相对理智的团体试图阐释两国之间的共性，却无功而返，试图调停冲突的德国人也碰了一鼻子灰。当时的国际联盟已经享有相当的地位和权威，它要求双方即刻缓解冲突，否则就要施以被联盟开除的行政处罚，但也不起作用。在法国，有传言说英国撕毁了所有她签署的国际协定，正在疯狂装配巨型战机，准备将法国从加来（Calais）到马赛的领土夷为平地。而这的确不是无中生有，因为战争爆发时，英国空军力量的辐射范围远比预想的要广。不过英国被打了个措手不及。当英国街头的报纸刚刚报道开战时，敌机已经出现在了伦敦上空。几个小时之内，三分之一的伦敦已经沦为废墟，一半人口中毒倒在街头。一枚炸弹落在大英博物馆附近，将整个布卢姆茨伯里（Bloomsbury）化为弹坑。木乃伊、雕塑和手抄本的碎块，商店杂货，推销员与知识分子的残骸都混在了一起。顷刻间，战争抹去了整个英国相当数量的文化遗迹和最具真知灼见的头脑。

有些毫不起眼的事件可能影响深远，能够决定未来几个世纪的历史轨迹。空袭期间，英国内阁在唐宁街的一间地下室召开了一场特别会议。当时的执政党是进步主义者、温和的和平主义者和谨慎的世界主义者。他们并不情愿与法国陷入战争。在会议中，一位颇具理想主义精神的与会者试图说服他的同事们，称现在的情形需要英国做出英雄般宽容慷慨的义举。在炮火声和枪林弹雨中，他终于艰难地说服内阁通过无线电发送如下信息："英国人民致法国人民：你们给我们了带来巨大的苦难。而在这一悲痛的时刻，我们拒绝憎恨和愤怒。我们睁开了双眼，不能再将自己仅仅看成是英国人，也不能将你们仅仅看成是法国人。我们所有人，归根结底，都是文明的造物。请不要误会，我们并没有被击垮，也不是在哭喊着请求怜悯。我们的武装力量完好无损，资源也依旧充沛。然而，因为今天所受到的启示，我们不愿战斗。英国的战机、战舰和士兵绝不会再有任何敌对举动。请你们自便。任由一群伟大的人民被毁灭，都要好过让全人类陷入动荡。但你们不会再进攻了。我们因为悲痛而睁开双眼，你们则是因为我们展现的友爱与团结。法兰西精神与英格兰精神十分不同。它们之间存在巨大的差异，但仅仅是手足之间的差异。

没有你们，我们只会是一群蛮族；而没有我们，法兰西精神的光辉也将被掩盖。法兰西精神在我们的文化与这场演说中长存，而英格兰精神则是你们最出众才华的结晶。"

在此之前，人类历史上还没有任何政府会认真地审视这条信息。若是在早先的战事中如此提议，它的作者肯定会遭到奚落、咒骂，甚至被处决。但那已经是历史了。国家之间沟通的不断加强，文化交流的逐渐深入，以及具有长久活力的世界主义诉求，一齐改变了欧洲精神。即便如此，在短暂的讨论之后英国政府下令发送这条信息，政府成员们还是为自己的行为感到震惊。正如他们中的一员所说，他们不知道是着了魔还是受到了神明启示，总之一定是被冲昏了头脑。

当晚，伦敦的幸存者感受到某种欣慰的情绪。虽然城市生活陷入混乱，身体伤痛与悲痛之情难以承受，但所有人都感到自己参与了一场前所未有的精神壮举。在这些因素的共同影响下，即使是在动荡不安的都市中，伦敦人也感受到了一种从未体验过的克制的激情，一种内心深处的平静。与此同时，远离战火的英国北部不知道该如何理解政府突如其来的和平主义：这究竟是懦弱无能还是异常勇敢的姿态？但是很快他们就因为迫不得已而选择后一种观点。巴黎内部也分成了两个阵营：一边欢呼着胜利，另一边因迷惑而陷入沉默。但随着时间的推移，前者开始展现激进的姿态，后者则高喊：

"英国万岁！人性万岁。[6]"当时，世界主义的意愿高涨，理智几乎就要得胜。然而，一起在英国发生的事件，让时局的发展与人们的美好愿望背道而驰。

空袭发生在周五的晚上。周六，英国伟大的宣言就已经在全国各地回响。当晚，潮湿的雾都正迎来日落，一架法国战机出现在了伦敦西郊上空。它慢慢下降，人们相信它是和平的信使。它离地面越来越近。有什么东西从机体分离、下落。几秒之后，在一所知名学校和皇家宫殿附近发生了巨大的爆炸。学校只剩下一座骇人的废墟，而宫殿得以幸存。但是，一位深得民心的年轻公主香消玉殒，这起事件成了破坏和平事业的罪魁祸首。虽然已经被摧残得不成人形，但是报纸的所有细心读者都依然能识别出来，在城市主干道旁边，高高挂在公园护栏上的那具遗体。在爆炸之后，敌机随即坠落、爆炸、燃烧，驾驶员亲手毁了自己的座驾。

但凡冷静思考之后，每个旁观者都会意识到这起灾难只是一次意外：战机只是因为故障掉队，绝不是仇恨的信使。然而，面对学生们七零八落的尸体，承受着痛苦和绝望的哭喊声的折磨，人们已经全然失去理智。更何况还有公主——魅力非凡的性符号与民族主义象征，她的崇拜者眼睁睁地看着她遇难。

6　原文为法语。

消息一眨眼就传遍了全国，报道的内容当然有不少被扭曲，结果人们毫不怀疑这是英吉利海峡对岸的色情狂们犯下的残暴罪行。一小时之内，伦敦人的情绪逆转，全英人民都爆发了原始仇恨，甚至远超当年对抗德国人时的愤怒。英国空军整装待发，得令进军巴黎。

与此同时，在法国，军国主义政府下台，和平主义者夺取政权。街头人声鼎沸，挤满了新政权的支持者，第一枚炸弹正在此时落下。周一早上，巴黎已经被从地图上抹去。接下来的几天里，敌对的双方冲突不断，造成了大量的平民伤亡。尽管法国人顽强抵抗，但是军事组织高效、硬件设备精良的英国空军，凭借慎重与胆识很快就完全压制了敌方，把法军打得毫无还手之力。虽说法国是失败者，但其实英国也不再保有昔日的强盛。两个国家的每个城市都陷入混乱，饥荒、暴动、抢劫，特别是迅速扩散且难以控制的疫病很快瓦解了两个国家。战争结束了。

实际上，双方不仅不再敌对，而且均已四分五裂，无法再互相憎恨。两国的精力都花在了在饥荒和瘟疫中的自我保全上，战后重建的工作也很大程度上依赖于外界的援助。两个国家的政治组织管理暂时由国际联盟托管。

比较欧洲战争后和此时的整体气氛有特别的意义。之前，虽然人们努力实现团结，但是憎恨和疑虑在国家政治中依旧明显。关于赔偿、维护和安保的争论从未休止；大陆两个阵营的对立局势依然存在，尽管仅仅是情绪上营造出来的对立。但是英法战争之后，截然不同的气氛成为主流。政府不再提及赔偿，也没有再组成军事同盟。在空前的灾难下，爱国主义一时销声匿迹。战争双方不仅在国际联盟的协助下重建，还互相予以援助。人心的转变一部分源于国家组织的解体，一部分因为和平主义者和反战工会很快控制了各国政府。此外，国际联盟的力量足以充分调查战争起因，并将结果对外公布，让战斗双方公开发表致歉声明。

我们已经详细考察了一件小事是如何酿成大祸的，这可能是人类历史上最具戏剧性的一例。仔细想想：判断失误，或者仅仅是设备故障，让一位法国飞行员归于尘土，并让整个伦敦在发送和平宣言后陷入悲痛。若这件事没有发生，英格兰和法兰西就不会沦陷；若一开始就掐灭战争的导火索——确实差点就成功了，全世界人民的理性精神就会备受鼓舞，世界大团结的成熟愿景会前所未有地坚定。它不仅会主导国家冲突爆发后的局势变化，还会促成基于互相信任的持久政策。事实上，在当时，人类的原始冲动与高级意志之间的平衡非常脆弱。如果没有发生这种事故，由英格兰人的和平宣言发起的运动将会平稳而迅速地导向种族大团结。和平的事业可能在人类心智衰落之前——而不是之后成功，因为这场衰落实际上就根植于一场持久发作的、被唤作"战争"的疾病中。若是如此，第一个黑暗时代或许不会到来。

§3 英法战争后的欧洲

需要注意，整个星球的心智处境已经开始发生了细微的变化，尽管从某种角度来说，这场战争毕竟是小型骚乱，只是两个小国之间的小打小闹，是古老文明衰退进程中的一段插曲。如果换算成美元，这场战争的损失对富有的西方来说不值得一提，对有极大发展潜力的东方来说也无关痛痒。确实，大英帝国已经宛如一棵老榕树，在世界外交局势中的话语权越来越弱；但是基于全然的感情联结，帝国并没有因为其树干遭到重创而分裂。实际上，因为惧怕美国经济帝国主义，大英帝国的各殖民地之间的联系愈发紧密。

然而，这场小打小闹事实上是一场不可弥补、影响深远的灾难。尽管英法文化有所差异，并导致了武装冲突，但二者却共同塑造、定义了欧洲人的精神气质，尽管很多情况下没有人意识到这一点。虽然它们的过失是西方文明陷落的重要原因，却也是将世界从妄想和虚幻中拯救出来的关键要素。固然，法国政府的外交手腕盲目而卑鄙——这已是根深蒂固，英国方面的退缩也极为致命，二者对文化的影响却是有益的，是当时的情境亟须的。虽然两种文化的理念与品位迥异，但总体上两国人民都拥有质疑精神，且其中最出众的心智尤其善于冷静地思考并富有创造力，这是其他西方国家难以企及的。正是这种特质诱发了两方不同的缺点：英国人的谨慎发展成道义上的怯懦；法国人短浅的自满和狡猾，则会伪装成现实主义。当然，每个国家内部都有着多样性。不同的英国人有不同的想法，但是大部分人总是那么"英式"，也因此对世界产生了独特的影响。典型的英国人心境超脱，又倾向于怀疑、谨慎、务实；对他人宽容，是因为他们更加自满、缺乏激情；既可以为人慷慨，又可以心存恶意；既可以表现英雄主义，又可以愤世嫉俗地将全人类的益处拒之门外。法国人和英国人一样，可能犯下反人类的罪行，但是方式不同。法国人的错误源于盲目，出于某种奇怪的原因无法冷静地看待自己的民族。英国人则眼睁睁地看着自己行事懦弱。比起其他国家，英国人更具远见卓识，但也最有可能以常识之名背弃他们的远见，背信弃义的坏名声由此而来。

在当时，人与人之间最显著的差异不是因为每个人都有不同的民族性格，或者热爱不同的国家。虽然在每个国家内部，共同的传统与文化环境让所有人都性情相近，但是不同的心智类型在每个国家都依然存在，尽管比例不同。事实上，当时最重要的文化差异是民族主义和世界主义之间的冲突，这种矛盾超越了国界。现在，新的世界主义"国家"与包容一切的"爱国主义"在世界各地萌发，每一片土地上都出现了一小批思想觉醒的人，不论有何种性格、从属于何种党派、拥有何种信仰，他们都带有一种勇往直前的精神，一致认为人类整体应该被视为同一种族。不幸的是，新的信念依然难以摆脱传统的偏见。有人真诚地认为捍卫人类精神等同于捍卫某一特定的民族，将它视作所有文明启蒙的源头。此外，社会不公激发了无产阶级的武装反抗力量，尽管这在本质上确实是世界主义的，但这种政治主张的拥护者和反对者一起，都感染了党派斗争的情绪。

另一种想法在一些人的心中浮现，和世界主义相比更为模糊，人们对此也没有清楚的认识。他们追求一种客观的、不带私人感情的理智，并怀揣着困惑崇敬世界的威严、浩瀚、精妙，认识到人类似乎注定在其中扮演渺小而悲剧性的角色。许多种族都曾长期存在对客观理智的追求，尤以英国人和法国人最为突出。然而，即使是在这两个国家中，也有很多人站在这种精神的对立面。他们和那个时代的人一样，受困于疯狂的感性。实际上，尽管法国人的心智总体上十分清醒、现实，蔑视暧昧与含糊，能超脱所有的终极价值，但依然为"法兰西"的概念痴迷，完全不能在国际事务中展现包容一切的力量。但正是法国和英国一起启发了西方文化脉络中最罕见又光辉的成熟心智，并将这种影响从两个国家扩散到整个欧洲大陆和美国。公元十七世纪和十八世纪时，英法人民比其他所有人都更为清楚地感受到客观世界本身的吸引力，建立物理科学，走出怀疑论，并发明了无比强大的思想工具。此后，又是法国和英国利用这些思想工具多少揭示了人与物理宇宙的真理。只有这两个国家的精英能够在这些令人振奋的发现中感到欢欣鼓舞。

随着英法两国的陷落，理性求知的伟大传统逐渐衰落。德国开始领导欧洲。尽管德国人有着杰出的技术，对历史学做出过重大贡献，还成就了伟大的科学发现与严肃厚重的哲学，但本质上是浪漫主义者。这种倾向既是优点也是缺点。由此，他们创造出了最华美的艺术和最深邃的形而上学学说，但也常常因为高傲而不懂得自省。德国人比其他西方头脑更加希望揭示存在本身的奥秘，也更加坚信人类理性，因此更容易忽略难以解释的事实，或者干脆将此排除在外。德国人无畏地将一切都纳入同一个理论体系，也确实卓有成就。没有他们，欧洲的思想会陷入混沌。但是他们狂热地追求秩序和乱象下的系统规律，使得他们的理性时常陷入偏见。在不稳固的基石上，他们搭起通向群星的精致天梯。因此，如果没有来自莱茵河和北海对岸的粗俗批评，日耳曼灵魂就无法实现完全的自我表达。他们隐约发现自己偏颇的感性主义有些不妥，因此再三通过荒唐可笑的野蛮行动来证明自己的气概，还会为自己梦想中的生活不停地奔波，取得了光辉灿烂的商业成就。但是他们真正缺乏的是更加深刻的自我批评。

除了德国还有俄罗斯。俄罗斯人的天才甚至比德国人还需要批判精神的约束。零星散布在大片农场与森林中的城镇发展出了原创的艺术和思维模式，当然这在大城市中更甚。他们满怀打破传统的激情，富有生机勃勃的感性，蕴含着在本质上神秘非凡、扎根于直觉的力量，让人从一己私欲中超脱出来。西欧和美国首要关注的是人类个体的生命，其次才是社会集体。对这些人来说，社会意味着不情愿地自我牺牲，人们推崇的永远是在各方面都达到顶峰的个人，认为社会不过是孕育这些天才所必需的母体。但是对俄罗斯人来说，或是因为天性，或是受到政治、宗教和社会改革的影响，他们倾向于在集体面前放低自己的姿态，并崇拜任何比个人更为崇高的存在——不论是社会、神，还是自然的隐秘力量。西欧文化可以凭借智性清楚地看到人类与宇宙相比时的渺小和无关紧要，甚至还能在整个宇宙的图景中瞥见人类的一切挣扎，发现他不过是万物诸多的因果之一。但是俄罗斯人，不论是正教徒、托尔斯泰的信徒还是执着的唯物主义者，只凭借直觉就能获得同样的信念，并非通过艰苦卓绝的智力朝圣，而是直接的感知。而抵达这种信念之后，就感到欣喜。但正因为这种经验独立于理性，它令人困惑、飘忽不定，并常常遭到误解。它对于人类行为的影响与其说是在指引，不如说是冲击。西欧和东欧之间亟须互相调和，彼此促进。

事实上，俄罗斯的城镇居民不像其他城市居民那样狭隘，住在那里的第一批人开始重新调整自己，以一种真诚的全新姿态面对动荡的现实世界。在城镇流行起来的新生活方式甚至开始影响到了农户。与此同时，在亚洲腹地，越来越多的人涌入俄罗斯，他们勤劳勇敢，不仅投身机器工业，也追逐思想。彼时人类精神已经步入晚秋，但俄罗斯人似乎正迎来早春。

与此同时，得益于与乡村文化和亚洲人的交流，新俄罗斯调和了英法文化中的理性与东方文化中的迷信。

人类精神现在亟须的正是调和这两种情绪。如果没有主导一切的情绪整合这些思潮，人类种族必然将失去理智——这最终还是难以挽回地发生了。同时，对于最优秀的俄罗斯思想家来说，思想统合的任务显得更加迫切——如果西方思想的理智光芒能更长久地照耀他们，或许可以实现这一理想。

但这并没有发生。英法两国的文化自信，因为美国和德国的影响下的经济失势，如今已经完全崩塌。几十年来，英国一直看着这些"新人"霸占她的市场。经济上的损失导致了一系列国家问题，让她喘不过气来，除了通过一些激烈的"治疗"手段，别无他法。但已经失去希望的人民再也无法重拾勇气和力量了。之后的英法战争，又导致国家四分五裂，民心低落。虽然和法国相比，英国人并没有陷入谵妄，但是他们的心智已经有所变化，对欧洲文化的理智影响也渐渐式微。

至于法国，她的文化遭受了极大的损伤。实际上，她本可能从最后的战争打击中恢复过来，却遭到贪得无厌的国家主义精神毒害。人们对法兰西的爱恰恰毁灭了法国。法兰西精神固然值得赞扬，但是人们的崇拜情绪实在过于夸张，甚至将其他国家都视为蛮族。

于是，俄罗斯人全盘接收了德国文化系统而严密的思想风格。另一方面，理论实践逐渐削弱，因为俄罗斯长期以来受到西方资本尤其是美国的影响渐深。官方教条也沦为了笑柄，因为它并不切合俄罗斯人的天性。从各个方面来看，理论和实践之间出现了深刻的断层。曾一度具有勃勃生机的文化如今变得表里不一。

§4 俄德战争

新的灾难最终降临欧洲。俄罗斯与德国因为理念和实践上的分歧，屡屡发生摩擦，欧洲的和平再一次危在旦夕。

双方都不想宣战，也不崇尚军事荣光，军事征服就其结果而言已经不再受到推崇；它们不再自称是国家主义者，尽管国家主义依然有其影响力，却已经不再是什么光彩之事了。每一方都宣称站在国际主义与和平的一边，同时指责对方陷入了狭隘的爱国主义。因此，尽管欧洲彼时比以往任何时候都要和平，却注定再次沦为战场。

和大部分战争一样，英法战争促使人们热切地追求和平，却也让和平摇摇欲坠。猜疑——不仅是国家之间的猜疑，还有对于人类本性的致命的猜疑——紧紧攥住人类，不亚于对疯癫的恐惧。人们真诚地视自己为欧洲公民，担心自己随时会屈服于荒谬的爱国主义热潮，或经历欧洲的进一步陷落。

这份恐惧就是建立欧洲同盟的原因之一。除了俄罗斯，所有欧洲国家都将自己的主权让渡给新共同体，以统一管理军备。一开始，这一协定是为了和平。但是美国却认为这是针对她的手段，因此退出了国际联盟。

表面上看来，欧洲同盟像是组织严密的整体，但它的内部其实很不稳定，会因为任何重大矛盾土崩瓦解。我们没必要追溯纷繁的小型战事，尽管它们对经济和人心都产生了巨大影响。总之，欧洲好像形成了单一政府，但实际上各国貌合神离；这种统一与其说发自一种忠诚，不如说发自对美国的共同恐惧。

俄罗斯与德国之间的经济和情绪冲突最终导致了战争，也让欧洲同盟愈发巩固。见证了美国入侵俄罗斯经济，所有欧洲人民都心怀恐惧，担心自己此刻也要屈从于那种统治。俄罗斯似乎是美国唯一的软肋。但是战争的实际导火索依然是失控的情绪。英法战争半个世纪后，一位二流德国作家出版了一本三流的传统德式论著。正如每个国家都有自己标志性的品格一样，它们会陷入各不相同的愚昧。这本书相当出彩，但过于夸张，试图用唯一一条公式诠释存在的全部多样性。当然，作者的细节论述非常周到，也很有说服力，但却幼稚[7]得惊人。从文本来看，这本书确实十分精妙，但是在更开阔的视野看来，书里的观念根本就是迂腐。在整两卷中，作者声称宇宙二元对立，其中勇者精神（显然是指日耳曼人）接受了神圣律法，统治了缺乏自制力的奴隶精神（显然是指斯拉夫人）。这一原则可以解释历史与演化进程的一切。对于当代世界，书中称斯拉夫精神正在毒害欧洲。书中的一句话特别在莫斯科引起了公愤："……俄罗斯下等人类如同人猿……"

莫斯科当局要求德国公开致歉并封禁该书。柏林方面对

7　原文为法语。

这场羞辱感到抱歉，但看起来口是心非，并且坚守传播自由的底线。紧随其后的，就是电台广播里出现越来越多的仇恨言论。最终，两国爆发了战争。

如果我们关注的是整个太阳系的心智历史，那这场战争的细节将无足轻重，但是它影响深远。莫斯科、列宁格勒和柏林都化为废墟。整个俄罗斯西部都弥漫着最新研发的致死毒气，动植物死绝，黑海和波罗的海之间成为一片不毛之地，很多年内都无法居住。战争在一个星期内就结束了，因为两国之间的区域已寸草不生，交战双方也因此被隔离开来。但是战争的影响依然持续。德国人启用的武器已经失去控制，大气流动将毒气带向了欧洲和西亚的每个角落。当时已是春天，但是除了在大西洋沿岸，花朵全都凋谢在了花苞里，每一片新生的树叶都染上了枯黄的轮廓。人类也没有幸免，除战争前线地区的居民外，最痛苦的一般只有老人和孩子。毒气被狂风扩散到整片大陆，又跟着变化的风向在各国辽阔的国土上徘徊。毒气所及之处，孩子们的眼睛、喉咙和肺都和树叶一起枯萎。

在许多场争论之后，美国人最终决定报复欧洲，大举入侵以捍卫自己在俄罗斯的利益。但是美国在发动进攻之前，因为毒气四散的消息改变了政策。取代报复的是援助。这一善举是出于好意，但是正如我们在欧洲所见，美国不仅没有多少损失，而且还获得了巨大的益处，因为她可以顺利地控制欧洲的经济系统。

俄德战争导致了以下后果：首先，欧洲人出于对美国的憎恨而团结到一起；其次，欧洲人的心智完全衰退——一方面是由于战争本身对人心的影响；另一方面是因为毒气很大程度上破坏了社会生活，新生一代有相当比例的人有严重的生理问题。从俄德战争结束到欧美战争爆发前的这三十年间，大量病患给欧洲带来了额外的负担。总体上来说，最顶尖的人才比以前更稀缺了，也更集中于战后重建的工作。

然而，虽然俄罗斯文化尝试调和西方智性主义与东方神秘主义，但它的努力最终宣告失败，这才是人类面临的更严重的问题。

第二章　欧洲陷落

§1 欧洲与美国

美利坚合众国公开扮演世界警察的角色。其他国家都对美国感到恐惧、忌妒，尽管鄙视美国人的自负，但尊敬他们所成就的伟业。美国人正在快速改变整个人类的生存境况和精神气质。目前，地球上的每一个人都在使用美国的产品，美国资本在各地劳工市场无孔不入。此外，美国的文化出版物、留声机、电台、电影和电视不停地将整个世界都浸泡在美国思想中。每年，空气中都弥漫着纽约人的狂欢和中西部地区的宗教狂热。尽管美国人受人蔑视，但是他们的确影响了全人类。如果美国人传播到世界各地的是其文化的精髓，倒也无可厚非，但往往文化中的糟粕更容易流行起来，因为其中最庸俗的部分才能通过粗俗的载体让异国文化接受。这些糟粕再经由大众文化进行传播，让全世界，包括美国的上层人士在内，都不可逆转地遭到了腐蚀。

纵使是美国精神中最伟大的部分，在最糟糕的文化面前也毫无招架之力。实际上，美国人为人类思想的发展做出了广泛的贡献：在哲学上，他们将哲学从古老的束缚中解放出来；在科学研究上，他们通过大量严谨的研究工作推动科学进步；在天文学上，他们有昂贵的设备和清澈的大气；在文学上，虽然美国人行事粗鲁却创造出了新的表现形式，以及欧洲人不太能欣赏的想法与情愫；在建筑领域，开创了新的建筑风格；在组织管理方面，美国人的天才已经发展到了旁人难以理解的程度，更不用说照搬挪用了。事实上，最出色的美国头脑在面对理论和价值的古老问题时，往往会提出天真而颇具魄力的点子，因此不论走到哪里，迷信的浓雾总会烟消云散。但是这些精英终归只是少数，主流人群依然充满偏见又善于自我欺骗。最令人惊讶的，莫过于他们身上有一种年轻人特有的乐观主义，不留任何怀疑的余地，固守老套的宗教教条。美国虽然天资过人，但仍然太过年轻，不免四处碰壁。她缺少成长的契机。如果我们今天跨越亿万年的时光回过头来审视美利坚民族的历史，就会发现它的性情与处境早已为自己编织好了命运，也就能理解命运的冷酷玩笑：美国人自以为能让世界重新绽放活力，却注定要把它推入精神凋零的万古长夜。

历史无法更改。但不可否认，美利坚民族又是独一无二、天赋异禀的，它调和了一切民族精神，活力充沛又充满希望。这里有盎格鲁－撒克逊人的顽强、日耳曼人的细致和系统化思维、意大利人的欢乐、西班牙人如火般的热情，更闪动着凯尔特文化的火焰；这里也有斯拉夫人的敏感和激烈，注入了尼格罗人种的青春活力和隐约的"红种人[8]"性情。相互冲突的特质在某种程度上将这些人种隔离，但是它们又在逐渐融为一体，为自己的个性、成就和在这个世界上的理想主义事业而骄傲，也为对这个宇宙的乐观主义和人类中心主义视角而自豪。如果美国精神能得到恰当的控制，向生活中更严峻的问题进发，人类的这股力量将无所不能；如果美国人民能感受悲剧的直接冲击，或许能打开心扉；如果美国文化能与更成熟的文化接触，理智就能得到升华。但是他们只是沉醉在自己的成就中骄傲自满，不屑于向那些相对落后的人们汲取经验。

不过，狭隘的美国文化也有过敞开"大门"的机会。曾经英国还是美国有力的经济对手，美国难免对她有所忌惮。之后英国经济节节败退，但是文化上还是处在巅峰状态，这时美国对英国深刻的先锋思想产生了广泛兴趣。美国人即使已经称霸一方，却也开始喃喃自语：或许不可企及的经济繁荣并不能作为精神文化繁盛或品德高尚的依据。有这么一个学派，虽然人数有限，但一直很活跃，它的许多成员都公开声称美国人不会自我批判，缺少自嘲精神，更不用说要理解

8　红种人（Red Man）是对美洲原住民的误称，现在已经基本弃用。

什么是超脱和退隐了，而这些都是晚近英国人最珍贵的品质和性情。这场文化批判本可能影响所有美国人，他们正需要缓和自己野蛮的自私自利之心，凝神静听来自嘈杂世界之外的宁静。然而他们近来已经因为物质成就的喧嚣而严重"失聪"，事态已经再一次无法挽回了。事实上，一直以来，这片大陆的各处都有文化孤岛在苦苦挣扎，以防自己被庸俗和迷信淹没。他们向欧洲求援，也在英法两国纵容自己的情绪，害得成千上万颗天才头脑牺牲和文化被永久削弱之后，尝试着振兴英法文化。

后来，德国成为欧洲的代言人。可德国是美国经济发展的死对头，思想又太过严肃厚重，实在难以影响美国文化。此外，尽管德国人的批判精神常能切中要害，但是学究气息太浓，太过死板，对自负的美国人来说也过于尖锐。因此，美国人愈发沉浸在美利坚精神里无法自拔。富足的经济、发达的工业、天才的发明，却都用于幼稚的目的。更重要的是，美国人全部的生活都离不开强者崇拜，这是一种于欧洲晚期才开始萌发的虚幻的理想。没有实现这个理想的美国人依然滞留在社会底层，或者用未来的希望安慰自己，或者假装自己是某个明星，盗取象征意义上的满足；又或者对自己美国公民的身份沾沾自喜，为美国政府傲慢的外交政策拍手叫好。而特权阶级则安于现状，大肆宣扬美国梦。

一旦欧洲从俄德战争中恢复过来，难免会与美国陷入争战，毕竟已经在美国资本的阴影下忍气吞声了太久。美国商业早就"侵占"了欧洲人的日常生活，遍地都是傲慢的"商业贵族阶级"。只有德国具有能够与之对抗的强大经济实力，能免于这种统治。但是和其他国家的人民一样，德国人也时常与美国人发生摩擦。

当然，不论是欧洲还是美国都不希望有战争。双方都很清楚：战争意味着商业繁荣的终结，对欧洲来说可能是一切的终结。所有人都意识到人类的破坏力日益增长，而如果战争持续太久，强者可能将弱者完全毁灭。但是最终，一场"事故"还是不可避免地激起了大西洋两岸人民的愤怒。先是南意大利的谋杀案被欧洲媒体偏颇报道，导致美国媒体报复性的反击；紧接着是中西部地区有美国人对意大利人施以私刑，而罗马完全失控，爆发了对在意大利的美国人的大屠杀，美国空军战队随即压制意大利；最后是欧洲空军的干预。战争甚至在宣战之前就已经开始。在空中战场上，美军暂时处在优势位置，这对欧洲来说当然不是个好消息，敌军已经越战越勇，准备展开猛攻。

§2 奥秘之源

这场战争真正有趣的部分发生在美国全面应战时。一个国际科学协会在英国普利茅斯举办会议，其中一名年轻的中国科学家想要向特别委员会提交一份报告。他屡次实验，试图在物质湮灭时利用亚原子能量。根据安排，四十人组成的国际代表团不无兴奋地前往德文郡（Devon）北岸，在哈特兰角（Hartland Point）的一处岬角会面。

雨后的清晨，在据哈特兰角西北十一英里[9]的伦迪岛（Lundy Island）上，悬崖峭壁呈现出异常清晰的轮廓。委员会成员垫着雨衣坐在草地上，海鸟在他们头上盘旋。

这群人中的每一个都极为出色，万里挑一，某种程度上也都带着自己民族的特质，是那个时期最顶尖的"科学家"。从前这个词意味着毫无保留地滑向唯物主义和犬儒主义，但是现在它常常代表同样毫无保留的信念：所有的现象都是宇宙心灵的显现。不论是过去还是现在，科学家如果越过自己的研究领域，他都会不负责任地根据自己的喜好选择信念，就像选择如何饱腹和消遣。

我们要特别提及几位在场的学者。德国代表是人类学家，是日耳曼人长期推崇的身心健康的代表，也想要展现他们独有的体育精神。法国代表是心理学家，虽然年事已高，但依然精神矍铄，有收集古代武器和现代武器的古怪爱好，他对此次会面的态度既亲切又有冷眼旁观之感。英国人则是

9　英美制长度单位，一英里等于 1.6093 千米。

他们国家仅存的人才之一，专攻物理学，因此只能业余时间研究英语脏话与俚语的发展史，此行也带来了自己的研究成果。科学协会主席是个西非人，生物学家，以人猿杂交配种的成果而闻名。

所有人都坐定之后，主席解释了此次会议的目的：利用亚原子能量的技术已经掌握，并且将在会议上展示。

年轻的中国人站了起来，从一个箱子里取出一个设备，有点像复古的来复枪。他一边展示，一边以中国知识分子特有的平静与严肃说明："在详细介绍这个设备细致的运作流程之前，我将说明它的重要性并展示项目的最终完成品的威力。我不仅能激发物质湮灭，还能让它远距离向设定的方向运作。此外，我也可以抑制这个过程。作为一种破坏工具，我的设计是完美的；而作为人类建设工作的能量来源，它有无穷的潜力。诸位，这是人类历史中的重要时刻。它能终结一切人类自相残杀的纷争，而我将把它交给知识分子团体。你们，科学协会的精英[10]，可以从中获益，统治这颗星球。这小小的设备可以停止这场无谓的战争，而另一个马上就能够完善的设备则能提供无穷无尽的工业能源，供任何有需要的时候使用。诸位，我很荣幸在这里展示这个小巧的工具，而你们将成为这个星球绝对的主导者。"

10　原文为法语。

英国人喃喃自语了一句古话，确切的意思可能只有他自己才知道："老天保佑！"[11]对在场的并非从事物理学的一些外国人来说，这听起来像是专业术语，可能和刚刚介绍的新能源有关。

中国人继续解说。他转向了伦迪岛，说："那座岛上没有人居住，而且对船只航行来说是个隐患。我这就将它抹去。"说着，他将手中的仪器指向远处的礁石，继续说道："这个开关能激发岩壁上原子的正负电荷，让它们相互湮灭。激发状态的原子会影响到相邻的原子，形成连锁反应。而第二个开关会抑制当前的反应状态。如果我不按它，反应将会一直持续，可能直到整颗星球灰飞烟灭。"

围观的学者之中产生了骚动。只见年轻人操作谨慎，快速连按两个开关。仪器没有发出任何声音。风景明媚的岛屿看不出任何变化。从英国人开始，在座的人们发出了哄笑声，但是很快止住了。远处悬崖上出现了一个耀眼的闪光点，它愈发巨大、明亮，直到所有人都无法直视。它点燃了云层的底部，并且驱散了学者们脚底下金雀花丛在阳光下的影子。岛屿正对着大陆的这端完全被炙热的小太阳笼罩。但是现在，沸腾的海水升起的薄雾掩盖了它的怒火。不一会儿，由整整五千米花岗岩组成的岛屿解离、崩塌。几块巨石飞向高

11　原文为俚语（Gawd'elp us），即"God help us."

空，在它们下方，巨大的蘑菇云混杂着水汽和碎片缓缓膨胀。之后人们才听到声音，所有人都捂住耳朵，但是依旧紧盯着海湾，飞散的小石子在他们的脸上砸出白色的印记。与此同时，反应中心升起一道高耸的水墙，吞没了岸边的一艘船，又向比迪福德（Bidford）和巴恩斯特珀尔（Barnstaple）涌去。

在场的科学家不禁起身，吵吵嚷嚷着。引发这场爆炸的年轻的科学家则激动地看着一切，同时也对自己的物理研究成果的威力之猛烈感到些许惊讶。

暂时休会，在场的科学家前往邻近的教堂继续听取详细的研究报告。进入教堂时，水汽和烟尘已经消散，而本应该是伦迪岛的地方现在只剩下海水。教堂里《圣经》被庄重地撤走，窗户大开，似乎为了驱散这里弥漫着的神圣气息。尽管早期相对论和量子理论的玄学诠释早就让科学家敬重宗教，但是他们中的很多人依旧会在圣所里感到窒息。当科学家们在老旧坚硬的长椅上入座后，协会主席解释称教堂的负责人十分友善，允许会议在这里举行，因为他们意识到自从科学家发觉物理学在精神层面的基础，今后科学和宗教必须并肩作战。再者，此次会议的目的就是为了讨论最深邃的奥秘之一，这必须由科学之光解释，再由宗教加以塑造。随后，主席称赞年轻人成功驾驭了这种强大力量，并邀请他发表演说。

这时，年迈的法国代表打断了议程，并取得了发言机会。法国人生于将近一百四十年前，今天依旧保持活力，更多靠的是天生的激情而非维系生命的人工设备。老人的声音像是从更加睿智的远古时代传来。在一个衰落的时代里，往往是长者看得更远，视角也更新颖。他的演说篇幅长而富于修辞，但句句在理："无疑，我们是这个星球上智力的佼佼者；我们听从召唤，奉献自己的生命，因此也无比真诚。但是……唉！就算是我们，也只不过是一帮人类而已。我们经常犯错，并不能时刻保持谨慎。掌握这种力量不会带来和平，相反，它只会让民族之间的仇恨永远持存，让世界陷入混乱，让我们解体，让人们成为僭主与暴君。不仅如此，科学也将不复存在。而且……嗯，如果世界最终因为某些皮毛错误而毁灭，我们可来不及后悔。我知道，大西洋对岸充满活力却骄纵的年轻人马上就要毁灭欧洲了。然而，纵使这令人万般悲痛，另一个选项却更加糟糕。我必须向这位先生说'不'。您这精妙无比的小玩具，如果在更加成熟的心智手里，那确实再合适不过；但是对我们这些尚未开化的野蛮人来说，这绝对是行不通的。因此，尽管我深深地感到遗憾，但是请您务必销毁它，并且请（如果可能）一并销毁您对这项宏伟研究有关的一切记忆。最重要的是，请您不要将这个程序的技术细节告诉我们，也不要告诉任何人。"

德国人表示反对，认为拒绝代表着怯懦。他简要地描绘了世界的未来图景——由科学统治、筹划，并受到科学化宗教教条的启示。"可以确定的是，"他说，"拒绝意味着拒绝神的馈赠。神潜藏在所有最渺小的量子中，而我们才刚刚发现这一令人惊异的事实。"其他人也依次发言，有人支持也有人反对；但很快，理智占据了高点。当时的科学家们全部都是世界主义者，实际上他们和国家主义根本背道而驰。美国代表甚至非常渴望应用这种武器，只不过是将它对准自己的同胞。

最终全体一致同意通过投票表决。结果是，委员会将年轻的中国科学家的努力记录在案，但还是请求（或者说下令）销毁仪器，连同和它有关的所有记录。

年轻人起身，从箱子里取出他的作品，抚摸着。他伫立良久，眼睛一直盯着手上的设备，这令委员会的其他成员有些坐立不安。但最后，他还是开了口："我将接受委员会的决定。唉——亲手摧毁数十年研究的成果太难了，而且还是这样的成果。我曾为人类福祉而努力，但没想到自己却被抛弃。"他顿了顿，望向窗外，取出一副望远镜，仔细看向西面的天空，说道："是他们，是美国人。各位！美国空军来了。"

协会成员匆忙起身，聚集在窗边。在西方远处，一排稀稀落落的圆点向南北两侧无限延展。"我的天啊！"英国人大吼，"快点再用一次你那什么武器，不然英国就完了！他们一定会歼灭我们所有大西洋上空的部队。"

中国科学家看向了主席。人群中爆发出了要求阻止美国空军的喊声，只有法国人表示反对。美国代表抬高嗓音喊道："我和他们都是美国人，我有朋友就在那里，在驾驶战斗机。我儿子可能也在。但他们全疯了。他们的所作所为太恐怖了，他们都杀红了眼了。你快阻止他们吧！"中国人依然盯着主席。后者点了点头。法国人流下了衰老的泪水，崩溃了。年轻人随即靠在窗台上，仔细地依次瞄准天上每个黑点。它们一个接一个地变成了闪烁的星，然后消失。教堂里陷入长久的沉默，然后是低语。大家看向中国人的目光充满焦虑和不满。

协会成员在邻近的空地上匆忙举行了仪式，点了一把火，烧毁了设备和同样具有杀伤力的手稿。年轻的中国人挥着手说："我知道这一切的奥秘，因此绝对不能在这世上活下去了。某一天，更出色的种族可能会重新发现它，但是今天我对全世界来说已经是个威胁。我太愚蠢了，我根本没意识到我和我的同代人尚未开化，古老的智慧会指引我永别人世。"说完，他便纵身一跃，沉入大海。

§3 欧洲之死

流言四起，世界各地的人们议论纷纷，广播里也不停地报道此事。一座小岛被炸毁，美国空军战机也在空中爆炸，一切都这么神秘。杰出的科学家们聚集在事发地点附近。欧洲政府四处搜寻这位不知名的救世主，以表感谢，并希望把这力量据为己有。科学协会主席讲述了那场会面以及和全体投票有关的事情。他和他的同事们随即被捕。之后欧洲政府又向他们施以道德和肉体的"压力"，要求解释奥秘，因为全世界的人都认定他们肯定知悉一切，只是因为自己的私欲而不愿透露。

与此同时，人们获知被炸毁的美国空军战机仅仅是奉命在英国上空"展示"自己的力量。因为当时美军已击溃欧洲军队，双方已经和谈。在美国国内，商业巨头威胁政府，如果继续在欧洲施加非必要的暴力行动，就会终止合作。商业巨头通常都倾向国际化，能认识到一旦欧洲在战火中沦陷，美国经济必然会受到波及。但是凯旋的战斗机编队遭遇了前所未有的灾难，这令美国人无一不被盲目的仇恨蒙蔽了双眼，和平分子的声音被淹没。事实证明那场攻击没有拯救英国，反而毁了她。

好几天里，欧洲人都活在恐惧中，担心骇人的袭击会随时降临。难怪政府要折磨科学家们好撬开他们的嘴，也难怪四十个人中的一个，那个英国人，为了自保而撒谎。他保证尽全力"想起"那个复杂而精细的反应程序。在严格的监控下，他运用自己的物理学知识试验中国人的把戏。然而，幸运的是，他研究错了方向，对此也心知肚明。虽然他最初的动机仅仅是为了自保，但后来他发现自己可以无限期推迟这个危险的研究：只要率领科研团队走进死胡同即可。作为最为顶尖的科学家，他将实验研究引向荒地，他的背叛成功阻止了这个几乎毫无人性底线的种族毁灭自己的星球。

虽然美国人有时会过于温和，但这时候却因对英国，甚至对欧洲整体的愤怒而陷入集体疯狂。他们的行动冷酷而高效，很快让最新的致命毒气在欧洲弥漫，直到所有城市的人都像洞穴里的老鼠一样染上剧毒。这种毒气的效力在三天内会减退，美国卫生部队因而可以在袭击发生的一周后控制所有大都市。那些最先陷入死寂的城市，其中很多是因为巨大的死亡人口数量而崩溃的。一开始，毒气仅仅在地面上投放，但是很快它们就像潮水一样吞噬了高层建筑、塔体、山丘。因此，当第一波毒气的受害者成批倒下时，所有屋顶和塔尖上都堆满了尸体，因为人们曾向高处挣扎，企图在高处逃过毒浪的侵害。美国入侵者最后看到的，是四处遍布的卧倒扭曲的人的尸体，从地面到房顶。

欧洲死了。所有知识精英的聚集地都沦陷了，农业地区也只有高地和山丘得以幸存。从此以后，欧洲精神只以零散的碎片形式活在美国人、中国人、印度人和其他人的心灵中。

当时英国确实还有殖民地，但这些国家与其说是属于欧洲，不如说和美国更接近。在战争击溃了大英帝国后，加拿大站在了美国的一边；南非和印度在战争爆发后宣布中立；新西兰人退守山地，几近疯狂、异常勇猛地抵抗了一年。作为一个淳朴而勇武的民族，尽管新西兰人对欧洲精神几乎一无所知，也受到了美国文化的影响，但他们心底里还是保持忠诚，或者说至少忠诚于欧洲主义的代表——英国。事实上他们简直过分忠诚，或者说天生顽固不化，甚至当在对战中已经毫无抵抗之力时，许多人，不论男女，都宁愿自杀而不愿屈服。

但是受战争的苦难折磨最久的，不是战败者，而是胜利的一方。当激情褪去，犯下残暴罪行的美国人很难蒙蔽自己、自我安慰。这个民族在本质上并不粗暴，甚至还有些温和亲切。他们将这个世界视作是一个乐园，寻求纯真的快乐，而自己则承办一切欢愉。但是不知为何，他们确实在这场荒诞的罪行中泥足深陷。在那之后，一种集体罪恶感席卷并扭曲了美国人的心灵。他们确实有些虚荣自负、毫无包容之心，但是现在这些性格中的阴暗面愈发凸显，甚至有些疯狂的迹象。不论是个体还是集体，美国人完全无法容忍一丁点批评，这让他们彼此之间开始谩骂和憎恨。他们越来越自以为是，对批判思维充满敌意，还越来越迷信。

天选之民最后走向了恶的深渊。

第三章　西方与东方

§1 敌手

欧洲陷落之后，人们的民族或种族情绪逐渐开始分化为两极：西方和东方。虽然一开始，两个阵营内部仍有冲突发生，但渐渐地，独立国家的爱国主义发生质变，民众转向忠诚于各自的阵营。如果详细书写这个时期的历史，我们就会看到北美如何重蹈此前美国内战的覆辙，吞并了早已美利坚化的拉丁美洲；日本如何一度欺压仍在成长的中国，之后却陷入社会改革的动荡，落入美帝国主义手中。与西方的政治结合让日本在情绪上深深地向东方靠拢，最终通过英勇的独立战争获得解放，加入了亚洲同盟，接受东方的领导。

一部完整的历史也会告诉我们国际联盟的变迁。虽然它从来不是真正意义上的世界政府，仅仅是国家政府的联盟——每个国家只关心自己的主权，但这个庞大的组织逐渐凌驾于所有成员国之上，享有真正的权威。尽管自身的基础建制存在诸多缺陷，但国际联盟的伟大之处在于其依旧致力人类大团结。一开始，国联的设立让人们充满疑虑，它也不得不谨慎行事、勉强维系，成为"强权"的奴隶。然而，它渐渐成为道义的象征，领导全球力量。最后，没有任何单一的国家或组织——哪怕是最强大的团体——敢公开漠视国联的决议，或否认最高法庭的调查结果。但由于人类的归属感依然更仰赖于民族国家而非世界主义，所以还是经常有某个国家失去理智、"杀气"腾腾：她可能撕毁自己的承诺，因恐惧而不断侵略。这就是英法战争爆发的成因。或者，所有国家可能会分化成两个阵营，置国联于不顾。俄德战争爆发的原因就是如此：西方支持俄罗斯，而东方支持德国。在欧洲被毁之后，一段时间里世界局势主旋律是国联和美国的对立。但此时国联已由东方主导，不再是一个世界组织。如此，忠于人类共同体的人开始努力让美国也加入其中，并且最终如愿。

尽管国联没能成功阻止"大战"爆发，但它确实为预防种族间小型冲突做出了值得称道的贡献。实际上，世界能够维持绝对和平，除非国联内部一分为二。不幸的是，当西方和东方崛起，对立的局势愈发平常。此前，人们尝试让国联重新成为一个世界主权组织，控制所有国家的武器，尽管世界主义愿望强烈，但种族主义还是更胜一筹。结果，针对日本问题，国联的立场截然分立。两方都声称自己继承了旧国联的世界主义遗志，但实际上又都被各自的超国家情绪主导：西方和东方。

这是欧洲陷落之后一个世纪的事了。第二个百年间，两个政治与文化系统分裂已成定局：一边是富裕而组织严密的美利坚大陆联盟，及与其联系并不紧密的南非、澳大利亚、新西兰，破败的西欧，行尸走肉般的俄罗斯。另一边是亚洲和非洲。实际上，东方和西方的古老分野如今已成为政治情绪和组织的基础。

在每个联盟内部当然也存在截然不同的文化，其中最为显著的就是中国精神和印度精神之间的差异。中国人注重表象、感官、礼节和实干精神，而印度人则总是突破表象，追逐终极现实，称此生不过是终极现实流逝的一个侧面。因此总体来说，印度人不会严肃看待实际的社会问题。造福世界的理想从来不能吸引印度人的全部兴趣，因为他们相信世界是虚幻的。实际上，中印两种文化之间的差异一度比东西方之间的差异还大，但两群伟大的东方人民还是因为西方的威胁而站在了一起。他们至少都强烈排斥集商人、传教士和野蛮征服者于一体的海外西方人。

东方国家因为相对处于弱势，又对西方工业的渗透感到不满，因此比她的对手更偏向于民族主义。事实上，西方公开声称自己已经不再信奉民族主义，支持的是文化与政治大统一。但她所理解的统一是西方领导下的统一，而所谓的文化指的也是西方精神。亚洲和非洲对这样的世界主义毫不认同。在东方，人们一致认定要净化自己的文化，将外来事物都清除出去，但这些工作的成果只是徒有其表。在有闲阶层中，古人的生活风尚再一次变得时髦，古典学也变成了学校的必修课。但是普通老百姓的生活方式依然西式。不仅是西式饮食、鞋具、留声机、家用电器，连字母表也全盘西化了，词汇也充斥着西方俚语。而报纸和广播电台尽管在政治立场上反对西方，实际上也是西式的。人们在家用电视机的屏幕上观看西方私人生活的方方面面和所有公共事件。他们不再烧香或吸食鸦片，而是抽香烟或嚼口香糖。

东方思想也更像是西方思想的一种变体。比如，因为东方思想原先不包含形而上学，但因为某些形式的形而上学无法回避，东方人接受了一种朴素唯物主义，而这种思想最早为行为主义者[12]所推崇。唯物主义认为唯一的实在是物理能量，而心灵不过是身体对外部刺激的应激反应。行为主义曾为清除西方迷信做出了巨大贡献，的确也推动了思想的进步。

东方吸收了这个尚未成熟、富有巨大潜力但有些夸

12　行为主义（Behaviourism）是兴起于二十世纪初期的心理学流派。早期行为主义者反对使用内省、意识和心灵等概念，转而观察人类为了适应环境而做出的反应，以及使人类做出特定反应的外部刺激，让人类的行为而非意识成为研究对象。

张的学说。在它的诞生地，行为主义思潮逐渐受到人们对心理慰藉的需求感染，于是转变为一种颇为怪诞的灵体论（Spiritism），认为虽然终极现实确实是物理能量，但这种能量与神圣精神等同。这个时期的西方思想最为戏剧化的特征，就是结合了行为主义和基要主义[13]——基督教的一种陈旧而落后的形式。从根源上来说，行为主义颠覆了清教徒[14]的信仰。清教徒认为智性的解放要求接纳粗糙的唯物主义教条，而这种理论对于自视清高的人来说难以忍受，早期学者又根本无法理解。旧清教徒贬低肉欲，新清教徒则抵触精神追求带来的自命不凡。但随着物理学的精神化倾向日益增长，行为主义和基要主义最终相遇。既然物理世界的终极现实是"精神活动"的产物，是无数随机游荡的"量子"，那么唯物主义者和灵体论者当然达成了一致。本质上，他们相互理解，虽然二者的学说实际上互为对立。真正的差别在于纯粹灵性的观念与灵体论唯物主义。因此，基督教徒中的唯物论者和科学家中的教条信奉者不难找到统一的公式来表达他们的共识，并否认其他人类精神领域中所呈现的更优秀的解法。

13　基要主义（Fundamentalism）指十九世纪末二十世纪初在基督教新教中兴起的基督教基要主义运动，主旨是重申基本的基督教教条以对抗当时的自由主义神学。主要流行于美国。

14　清教徒（Puritans）最初指的是试图完全改革罗马公教教会的一支新教徒，此处或泛指美国的保守新教徒群体，信奉加尔文主义神学，认为神用自己的恩典无条件地预定了选民，对社会产出与经济活动有积极影响。

这两种信念在简单物理运动的问题上达成一致。也是在这里，西方和东方思想之间产生了最深刻的差异。对于前者，活动，任何活动，自身就是目的；但是对于后者，活动是朝向真正目的的过程，朝向休止和心灵的安宁，只有当平衡被打破时才应该采取行动。从这个角度来说，东方国家站在一边，选择思索而非行动。

在东方，人们对财富的渴望不及西方，认为财富是一种促进事物和人活动的力量；在西方，人们虔诚地认为财富是神的气息，是潜藏在人类中的神圣精神。神是至高的"上级"，普世的"雇主"；他的智慧是惊人的效能，他的爱是对雇员的慷慨，他伟人的格言是教育的基石，人们变得富有也就等于成为神最得力的代言人，受到其他人的尊敬。典型的西方商业巨头生活奢侈，实际上却是禁欲主义者。他夸耀自己的事业，只为向所有人宣布他是天选之人。而典型的东方富人则会以精致的品位慢慢欣赏自己的奢华，几乎不会为权力干瘪的身姿所动，而牺牲自己的财富。

有人曾这样比较东西方的精神："西方像是给自己的游戏室置办了各种奢华家居和机器设备的后进生，声称是他的电子玩具推动着世界前进。东方则是夜晚在花园里散步的绅士，更加崇敬芳香和秩序，因为伴随着冬日的第一缕寒意的，是耳边传来的关于势不可挡的野蛮人的流言。"

东方的态度中有颇让人敬佩的部分，它是那个年代不可或缺的精神，但同样有致命的缺陷。它至多能展现在面对存在时超脱而热烈的致意，但是又很容易矮化成消极的自满和对社会礼节的狂热崇拜。事实上，东方人根深蒂固的习惯就是注重表象，因此一直处在衰败的危险中。从某些角度来说，西方和东方的气质是互补的：一方躁动，另一方温和；一方热烈，另一方冷静；一方向往宗教，另一方向往艺术；一方在表面上是神秘主义或至少是浪漫主义的，另一方则古典而理性，但和长久深刻的严肃思想相比又显得过于闲散。只要相互合作，这两种心智或许就能成就不凡。但是，双方都有重大缺陷。他们不会因对真理的渴求而感到困扰，因此也无法受到启蒙；他们也不曾体会理性批判的激情，更没有殚精竭虑地追寻过真实。而这些都是欧洲甚至早期美国曾经的荣耀，但现在已在最初的人类中销声匿迹。这种缺陷剥夺了他们的另一种能力——早先的人们还热衷于质疑自己和他人，乃至最神圣的价值，但如今人们已经失去了那种大不敬的智慧。

虽然存在种种缺陷，但如果有好运气，东方精神或许能成功。然而，我马上要讲述西方精神如何摧毁东方，也因此扼杀了拯救人类的希望。此时，天灾人祸再一次降临在饱受摧残的第一代人类身上。神灵仿佛是在彰显自己的意志，只想完成人类历史这部宏大悲剧，并不真正关心这场悲剧中的感性傀儡何去何从。

§2 冲突

欧美战争之后的第一个百年，小型的国家冲突偶有爆发，在这段时期东西方的关系变得越来越紧张。末期的大多数民众已不再是国家主义者，更认可世界主义，但是根深蒂固的民族主义精神还潜藏在所有人心里，蓄势待发。整个星球已经变成脆弱的经济体，世界各地的商业巨头都对爱国主义心生抵触。实际上，这个时期的所有成年人都是国际主义者与和平主义者，态度非常明确，毫无保留。

尽管这一信条不容反驳，却与写在人类基因里的冒险性情水火不容。长久的和平与日益改良的社会环境大大减少了生活的困难与风险。任何战争的替代活动都对社会有害，但也没别的方式来释放原始的勇武精神和动物野性的愤怒了。人们认为自己想要和平，但是潜意识里却渴求战争的荣耀。压抑的竞争心态再一次通过非理性的民族主义爆发。

最终，严重的冲突还是爆发了。和历史上的其他冲突一样，经济与民族情绪因素发挥了作用。经济矛盾在于对能源的需求。一个世纪以前的石油危机让全人类都冷静下来。国际联盟已经统一管理剩余的油田，甚至也包括煤矿。国联还确立了这些无价资源的严格使用规程。只有当企业没有其他替代的能源方案时，才可以使用石油。统一掌控石油可能是国联最重要的成就，即使在国联解体很久之后，这一政策都依然有效力。然而，命运却又给人类开起了玩笑——难得一见的理性政策却推助了文明的坍塌。我们会讲到，得益于国联的政策，煤矿推迟到人类心智退化的时期才枯竭，但那时人们已经无法承受这样的危机。人类文明没能适应新的环境，轻易地崩溃了。

但在我们正在讲述的时代，人们发现了高效利用南极洲能源宝库的方法。如此大量的能源供给超出了世界能源管制理事会的管辖范围。西方率先动身，将南极洲的能源看作是自己发展的垫脚石，以此进一步实现让西方精神统治全球的使命。东方担心受到美利坚进程的影响，要求新的能源依旧交予理事会管控。两方为此争执了数年，最终再一次陷入粗陋而老套的民族主义情绪。战争几乎不可避免。

东方的亚洲和北非在地理上更为紧密，但是美国及其盟友在经济上组织更得当。战争爆发时，双方都没有良好的军事配备，因为很多年来战争都是"不合法"的。不过这并没有多大的影响，因为那个时期的人们利用民用飞行器就可以造成巨大损害：装载毒气弹、烈性炸药、疾病细菌和更加致命的"低阶生物"组织（"Hypobiological" organism）——当时有的科学家认为它们是简单的生命体，有的认为是最复杂的分子结构。

这场战争在暴力中拉开了序幕，并缓慢持续了二十多年。最后，非洲基本落入美国之手；埃及已是一片无人之地，因为南非人用剧毒物质污染了尼罗河的源头；欧洲归入东方军事统治之下；中亚各国的武装力量巩固了局面，但是也开始犹豫是否要入侵中国。然而，英国已经荒无人烟，不再有学校了。战争早期，美国在爱尔兰建立了空军基地，英国因此再三受到摧残。飞行员掠过曾经的伦敦，依旧可以在灰绿相间的乱石与废墟中辨别出牛津街（Oxford Street）和河岸街（Strand）的轮廓。曾经被国家设立保护区悉心保护着野性的大自然，曾抵抗着都市文明的侵入，如今却席卷了整座岛屿。在世界的另一头，日本岛也被摧残殆尽，因为美国想要在那里建立空军基地，以便深入敌方腹地。

美国生物学家研发出一种新型病菌，它比传统的生物武器都更具传染性，也更加难以医治。它能够摧毁最高级的神经系统，轻度患者会失去正常的行动能力，重度患者则会瘫痪，最终死亡。通过这种武器，美国已经让东方的一座城市变成了疯人院。这些游荡的病菌还入侵了当地几位高级官员的脑子，让他们的行动能力受损。人们开始将所有的愚蠢行为都归结于与这种病菌的接触。迄今为止，还没有发现任何有效方法可以阻止这场瘟疫扩散。同时，患者早期会变得躁动不安，会莫名其妙地四处游荡，没有目的地，也不会停下脚步。看起来，"美国疯"会感染整个东方。

总体上来说，西方虽占尽了军事优势，但是他们的经济方面遭受了更大的损失，因为经济繁荣很大程度上依赖于海外投资和国际贸易。陷入贫困的人群遍布西方世界，严重的阶级矛盾爆发。矛盾并不来源于个体工人和雇主的对立，而是工人和军事独裁阶级的对立，这也是战争不可避免的结果。一开始，商业巨头也被爱国激情冲昏了头脑，但是很快明白战争是愚蠢至极的，而且还会摧毁商业界。事实上战争双方的国家主义激情仅仅持续了几年，当时各国人民都听信政府，认为敌人是魔鬼。但是二十多年后，各个国家之间逐渐打破了交流壁垒，双方之间真正的观念差异现在看起来仅仅是生物上的物种差异。一方面，当时在西方，教会宣讲说东方人没有灵魂，当东方人还处在前人类时期时，撒旦就干预其中，阻碍了种族演化。他把东方人设计得十分精巧，但是毫无柔情；又在其中注入无法满足的情欲，和对神圣的盲目追求，使他们无法获得永葆活力的至高力量，而这正是西方的荣光。西方宣称，如同史前时代哺乳动物淘汰了行动迟缓、野蛮和古旧的爬行动物，现在西方人也注定将东方人驱逐出这个星球。另一方面，在东方，官方宣传称西方人是生物退化现象的典型例子。就好像寄生生物，它们在某个特性的低等行为模式上进化得非常成熟，但代价是牺牲更高级的生命模式。现在，这些狂热的贪得无厌的"行星绦虫"马上就要把人类种族的高等官能饿死了。

这就是官方宣传。但随后，惨痛的战事让各国人民开始怀疑自己的政府，促成不惜一切代价缔造和平的愿景。而政府则开始将反战党派视作眼中钉，更甚于敌人，因为政府的合法性正依赖于战争。敌对的国家政府之间甚至互相通报反战人士的地下活动，而这些消息竟然是由各自在敌军领土的谍报系统发现的。

因此，当太平洋两岸的商业巨头和工人团体决定齐心协力阻止战争的时候，各方代表的会面变得异常艰难。

§3 太平洋的岛屿上

如今除了各国政府，全人类都渴望和平。但是在西方有两种对立立场：一方仅仅想要维系世界经济和政治统一，另一方试图将西方文化强加给东方。在东方也一样：有人出于商业考虑，希望为了和平和繁荣牺牲文化理念，有人则试图保存东方文化。出席秘密和平谈判的两人都是各自文化世界的佼佼者，兼具商业动机和文化意图，尽管商业动机占据主导。

在战争爆发后的第二十六年，两架飞机在夜色的掩护下从东西两方飞越海面，抵达太平洋上的一座岛屿，降落在一个秘密入口旁。月光，曾以她褴褛的身影笼罩赤道地区，现在只是让水波微微闪烁。两架飞机上各走下一名乘客，通过一艘橡皮艇摆渡上岸。两个人在沙滩上会面，握手致意：一方充满仪式感，另一方则带着略显勉强的友善。初升的太阳在海堤上隐约可见，散发着光和热。东方人脱下头盔，褪去厚重的外套，露出一件天蓝色的丝绸衣袍。另一位瞥了眼这华服，露出一丝不易察觉的反感，随后猛地扯去外套，露出典雅的灰色上衣和长裤，也是那个时期美国商人潜意识中清教徒精神的象征。两个人都点燃了东方使者的香烟，各自入座，准备规划全世界的未来。

交谈非常友好，进展顺利，两人在若干切实的政策上达成了一致。谈判双方均表示，两个阵营的人民会即刻推翻各自的政府，只要太平洋两岸的行动能同时进行，这一计划就能成功，因为双方民众和商界都值得信任。世界金融理事会将取代各国政府，由全球领先的工商业巨头及各工人组织的代表组成。西方代表将成为理事会首任主席，东方代表则是副主席。理事会将重新规划世界经济。双方均做出妥协：一方面东方国家的工业环境要向西方看齐；另一方面西方则会停止垄断南极洲的资源，由理事会接管这片富饶而几乎未经开发的土地。

会议期间，双方时而会提及东西方文化之间的巨大差异，但都急于认定这只是一件微不足道的小事，根本不应该影响商业和谈。

这时又发生了一起意外事件，虽然本身微不足道，但是有着无法估量的巨大影响。最初的人类因为自己反复无常的本性，注定要承受这样的考验，尤其是在他们衰败的时候。

一个人形生物突然出现，打断了谈话。它在岬角附近游动，最后进入海湾，在浅滩现身，离开水面，向世界秩序的两位缔造者走去。一位女人，赤裸着铜器般的身躯，脸上挂着微笑，因长久游动胸口起起伏伏。她站在两人面前，犹豫不决。两个男人之间的关系瞬间发生了改变，虽然没有人意识到这点。

"美丽的海洋之女，"东方人的英语有些老派，而且刻意避免使用美式口音，"我们两位站在土地上，显得这么粗鄙，不知道有什么可以帮您的呢？我不清楚这位朋友怎么想，但我甘愿为您效劳。"

但是西方人表示抗议："不论你是谁，请不要打搅我们。我们正忙着讨论一件非常重要的事情，没有空闲的时间。请你离开。你的裸体对习惯于文明礼节的人来说是一种冒犯。任何一个现代国家都不会允许洗澡后不穿浴衣，我们对这点尤其敏感。"

这番话语让年轻女人浑身羞红，并作势离开。但是东方人说道："等等！我们几乎已经结束洽谈了。您的到场让我们打起了精神。请允许我们欣赏一会儿您腰身和腿部的完美线条，好让我们从会议回到现实。请问您是谁？又源自哪个种族。我的人类学知识太浅陋了。您的肌肤虽然也享受太阳的滋润，却比这里的本土人更细腻；您有希腊人的乳房；双唇流淌着埃及人的记忆；而秀发，虽然是在夜晚，却绽放出让人眩晕的淡淡金色光芒；还有双目，让我好好看看它们：纤长、精巧，就像我故乡的女孩，又像印度思想一样深不可测。在下觉得它们并不是全黑的，而是像拂晓时分的紫罗兰色。不相容的气质在您身上精妙地结合，已经完全征服了我的心灵和理智。"

她回答了东方人的问题，与普通人的措辞并无二致，更带着一种老式的英语口音，颇让人意想不到："我确实是混血。你可以叫我人类之女，而非海洋之女，因为每个种族的流浪者都在这座岛屿上留下了种子。我知道我的身体背弃了诸多祖先，怪异地混杂了不同的特征。我的心智可能也不同于常人，因为我从未离开过这座岛屿。尽管我出生至今仍然不足二十五年，但是对我来说过去的一个世纪可能比现在的灰暗时期更有意义。一位隐士曾传授我知识。两百年前他在欧洲很活跃，但是最终决定来到这个岛上安享晚年。作为一名长者，他很疼爱我。他每天教导我了解过去的伟大精神，但是对当代世界却不发一语。现在他去世了，我想努力熟悉现今的环境，但不可避免地总是以另一个时代的眼光看待它。所以（转向西方人）如果我冒犯了现代礼节，这是因为我与世隔绝，因为从来没有人教过我裸体是一种不敬。我很无知，完全没有开化。要是我能去你们伟大的世界经历就好了！战争结束之后，我一定会去旅行。"

她分别牵起两人的一只手，说："最终，世界统一了。我很好奇这能持续多久。我好像听见我以前的老师在责骂我，我好像做了蠢事。但是他离开了我，于是我要选择一名新的老师。"

她松开东方人的手，像是要拉着西方人走。而刚刚还义正词严的他，尽管信奉严格的一夫一妻制，他的妻子还在纽约等待他，却渴望着将她沐浴在阳光下的身体卷入自己清教徒的外衣。她带着他朝着棕榈树的方向离去了。

世界副主席又坐了下来，点燃了一根香烟，微笑着陷入沉思。

时间轴 I

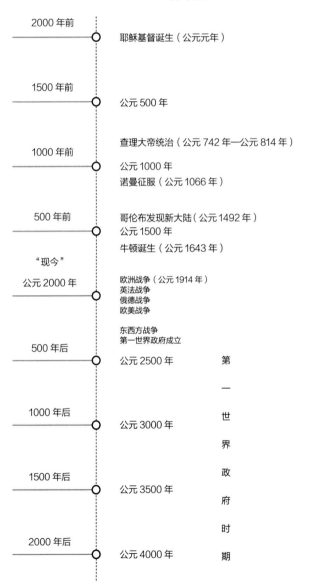

2000 年前 ——— 耶稣基督诞生（公元元年）

1500 年前 ——— 公元 500 年

查理大帝统治（公元 742 年—公元 814 年）
1000 年前 ——— 公元 1000 年
诺曼征服（公元 1066 年）

哥伦布发现新大陆（公元 1492 年）
500 年前 ——— 公元 1500 年
牛顿诞生（公元 1643 年）

"现今"
公元 2000 年 ——— 欧洲战争（公元 1914 年）
英法战争
俄德战争
欧美战争

东西方战争
第一世界政府成立
500 年后 ——— 公元 2500 年　　第

一

1000 年后 ——— 公元 3000 年　　世

界

1500 年后 ——— 公元 3500 年　　政

府

时

2000 年后 ——— 公元 4000 年　　期

第四章　第一世界政权

§1 第一世界政权的建立

此时，距欧洲战争已经大约三百八十年，第一代人类最终实现了世界统一的理想，然而人类种族的心智已经受到巨大的损害。

至于世界金融理事会如何将相互敌对的主权过渡到一个统一体，在这里没有必要详细讲述。重要的是，在东西方合作下，全球化运作的商业巨头开始消极抵抗，使军权政府逐渐削弱。在东方，这一转变迅猛而兵不血刃。在西方却经历了几个星期的严重的社会动荡：当时政府试图通过戒严镇压反抗者，但是群众极度渴望和平，虽然有一些商业巨头被处决，但各地工人四处组织抗议活动。反抗力量已经势不可挡，很快就推翻了政府。

新的世界秩序相当庞大，与基尔特社会主义[15]非常相似，但基底是个人主义思想。每一个行业理论上都由其所有成

15　基尔特社会主义（Guild Socialism）认为工人应该通过商贸行会与公众之间达成的协定控制工业界，是二十世纪早期在英国兴起的社会运动。

员民主管理，但实际上则是由领导人控制。在世界行业委员会的管理下，行业各界的领导人共同合作，协商全世界各种事宜。行业组织在委员会中的地位部分取决于它的经济实力，部分取决于公信力。人们的各种活动开始有了"高贵"与"低贱"之分，但所谓高贵的活动并不一定具有经济价值。因此委员会逐渐成立"贵族行业"内圈，按照声望排序：金融、航天、工程、陆地交通、化学工业和职业运动。但是真正位于权力中心的不是世界行业委员会，也不是委员会内圈，而是世界金融理事会，由西方主席和十几位大财阀组成。

庄严的理事会内部难免有纠纷。在世界政府成立后不久，主席与一位波利尼西亚女性的关系被公之于众。她现在已经自称"人类之女"。本来，西方人一定会无比愤怒，把他们的英雄赶下台。但主席所出的奇招却保护了自己，也保护了世界团结。他不但没有否认指控，反而视它为荣耀。他说，在屈从于性欲的那一刻，他得到了伟大真理的启蒙。要不是因为鲁莽地牺牲了自己的纯洁，他不可能真正适合世界主席这一位置，因为他只是一个普通人。然而，在这位女士的血脉中流淌着所有种族的基因，她的心灵也是一切文化的融合。与她的屡次结合教会他领略东方文化的精神，对人类有了更包容的同情，这正是他的职位必需的品格。作为一个人，一个个体，他和他在纽约的妻子保持一夫一妻的关系；作为一个个体，他会因为犯下罪过而永远承受良心的谴责。但是作为世界主席，他有义务与世界联姻。又因为一切脱离物理基础的事物都是不真实的，所以精神上的同盟必须以和人类之女肉体的结合为象征。在麦克风前，他情绪激动，讲述了这位神秘的女性是如何让自己克服私人道德顾忌的。他说，他在刹那间领悟了神圣活力，与"世界"在香蕉树荫里结合。

人类之女赤裸而高贵的形象通过电视荧幕传到世界各地。她的脸庞融合了东方和西方，是人类团结最有力的象征。所有男人都想象她是自己的爱人，而所有女人都将自己视作是这位至高无上的女性。

毫无疑问，说人类之女拓宽了主席的心智不是空谈：他的政策对东方世界十分友好，可以说是出人意料。他时而缓和西方人将东方西方化的急切需求，时而说服东方人去接受一些他们最初心存疑虑的政策。

主席的此番辩护巩固了他在东方和西方的地位。西方人沉迷于这个故事中颇具浪漫色彩的宗教气息。很快，西方人开始流行起在严格的一夫一妻制之外，娶一个"象征性"的东方妻子，或者来自别的城镇，或者来自相邻的街道。而在东方，人们一开始对主席十分冷漠，但是现在气氛回暖，多少都是因为受到这起事件的触动。而东方的改革之所以能稳步进行，可能是由于世界主席的东方友好政策，也有可能是得益于他充满象征意义的妻子。

世界政府成立几个月后，东方正为对付疯癫的瘟疫"美国疯"而焦头烂额。工业、农业陷入停滞，交通瘫痪。人群失去理智，饥不择食，在各地游荡，吞噬一切果蔬，争夺自己同类的尸体。在很长时间之后，疫情才得到控制，但即使如此还是会时不时暴发，给整个东方带来恐慌。

有些传统的东方人认为，这种微生物影响了人口。因此，一个貌似源自本土的新教派才会在各地活跃。他们自称活力论者，传播宗教的新诠释，使用诸如"行动的神圣性"之类的术语。说来奇怪，他们的教义广受欢迎，在短短几年之内东方国家的教育系统就成了它的信徒，除了一些更传统的大学里有抗议的声音。很有趣的一点：虽然人们普遍接受了新道路，虽然东方的年轻人受到的教育就是要完全尊敬这场宗教运动，虽然工人们的薪资待遇也提高了，所有人都能买入一台私人通勤工具，但是东方大众心里还是认为行动仅仅是休息的手段。此外，当一名东方科学家终于指出能量的最高表现形式是原子内部力的平衡时，东方人吸纳了这个理论，称静止是至高力量之间的完美平衡。这就是东方文化对当时宗教的贡献。对行动的崇拜也包含对静止的崇拜，二者都以自然科学原理为基础。

§2 科学统治

科学在第一代人类中有着独一无二的尊荣。这不是因为人类种族在其鼎盛时期对这个领域有最深刻的思考，也不是因为他们通过自然科学获得了对物理世界的洞察，而是因为科学原理的应用给人类的物质条件带来了彻底的变革。科学理论曾历经各种变化，但如今前进的方向越来越明确，发展成为固定而复杂的教条。不过，科学精神的创造力为工业技术的发展起到了巨大作用，因此还是能在人类好奇心衰落的时期主导他们的想象力。科学家不仅是知识的化身，还是力量的代言人。有关科学巨大潜能的各种传说不论多么夸张都会有人相信。

第一世界政权建立一个世纪后，东方散布着关于科学宗教最高秘密的流言。据说，有种方式可以释放对立质子电子中的能量，人们将这个可怕的奥秘称为"天佑(Gordelpus)[16]"。很久以前，一名中国科学家发现了这一无价的知识，据说现在保存在科学精英手中。只要这个世界能够承受和驾驭这股能量，他们就会公之于众。活力论者声称发现这股能量的年轻探秘者就是佛陀转世，而因为世界仍然无法接受至高启示，于是他将这个秘密交给了大科学家。基督教徒中也有类似的传说。西方教会中势力最大的新生基督会认为探秘者就

16　词源即"Gawd'elp us"。

是神之子，在复临时刻他本应该通过神圣力量开启千禧年，但是他发现，即使是先临时带来的福音——最原始形式的"爱"，人们也无力实践。[17] 因此他为了人类殉教，并把这个秘密交予大科学家。

全世界的科学工作者很久以前就联合成一个团结的整体。要进入国际科学学院必须通过选拔考试，并支付高昂的学费。学院成员享有"大科学家"的头衔，有权组织实验。头衔认证费也是许多经费的重要来源。不仅如此，据说成员掌握着不能公布的秘密，还有传闻说至少有一名"叛徒"在泄密不久之后神秘死亡。

科学——自然知识的集合——本身已经演进得如此复杂，每一颗大脑只能掌握极其细微的分支领域。因此某一个分支的研究者实际上对相似领域其他人的工作根本一无所知。亚原子物理领域尤其如此，其中每一个分支都比公元十九世纪的整个物理学研究加起来还要复杂。亚原子物理日益增长的复杂程度让研究者们疲于批判——甚至仅仅去理解——其他领域的原理。每个学科分支都精心守护自己的一亩三分地，对其他分支敬而远之。科学发展的早期还和哲学批评有密切往来，往往是由各自领域的领军人物牵头与职

17　先临和复临都是基督教神学学说，分别指耶稣基督第一次降临人间（最后在十字架上牺牲），以及在未来从天国重返人世来救赎。

业哲学家沟通。但是哲学不再作为一门严格的技术性学科存在，只余一些以科学为基础的、模糊的思想框架和主张。算是对所有民众开放的一种伪科学，通常由采访前沿科学家的记者写就。真正的科学工作者常排斥这些站不住脚的理论，也为这种排斥而自傲，尽管他们自己可能在无意识中接受它们。此外，所有人都坚持认为，自己独特的研究领域对大部分同行来说也是难以理解的。

在这种情况下，关于天佑的传闻四起，称科学家们知晓这一终极奥秘。而亚原子物理的每个分支领域既不愿否认自己应该担当这一使命，又认为其他分支真的掌握这个秘密。于是科学家共同体愈发相信：他们确实知道这个秘密，只是不肯透露而已。

第一世界政权建立大约两个世纪后，世界主席宣布科学与宗教统一的时机已到，并召集两个领域的领导人开会商讨。那座太平洋岛屿如今已经成为世界主义者的圣地，人们建起了一座高耸入云的和平神殿。在此，所有宗教领袖一致同意：这些教条的差异，仅仅是同一个理念表达上的差异。不论是以活动表达，还是以相对静止呈现，所有信仰崇拜的都是神圣活力。所有宗教一致认定：神圣的探秘者或者是最后且最伟大的先知，或者是神圣运动道成肉身。而现代科学已经证明这两个概念是等价的。

在旧时代，人们习惯于确立异端邪说并用"火与剑"对付它们。但是现在人们则通过解释差异来获取所有人的支持，以此实现对大统一的渴求。

会议完成宗教统一这一议程之后，随即开始讨论科学和宗教的联合。世界主席称，所有人都知道有些科学家知晓最高奥秘，但是他们很明智，当然不会承认这一点。现在为了更好地指引人类，科学和宗教组织需要融合。主席因此要求国际科学学院提名一批成员供教会祝圣，这批成员则获称"圣旨科学家"。至高奥秘的守卫事业将由公费支持。圣旨科学家将全身心投入科学事业，尤其关注如何以最科学的方式崇拜神圣天佑。

在场的科学家中，有人的表情极其不自在，但是大部分人在维持尊严和体面的情况下都毫不掩饰内心的喜悦之情。神父们之间也有两种不同的态度，但是总体上教会认为将最顶尖的科学家纳入麾下对自己是有益的。"圣旨"建立之后，立刻成为人类事务的主导力量，直至第一世界文明衰落。

§3　物质成就

那之后的四千年间，人类已经实现了社会大一统的理想，世界警察能很快摆平偶发的地方冲突。在第一个千年，物质进步十分迅猛，但之后基本陷入停滞，直到文明最终瓦解。人类的全部能量集中起来，保证文明大步迈进的节奏保持在一个高峰。但经过三千年的挥霍消耗之后，人类活动最重要的能源耗尽。当时的人类心智不能承受新的危机，整个社会秩序随即崩塌。

我们将忽略这个辉煌文明的早期历史，转而关注事态开始突然恶化的阶段。

人类种族当时的物质成就足以令所有的先辈都大吃一惊，甚至对真正意义上更加"文明"的人来说也是如此。但我们——最后的人——只能感到极度同情，甚至还觉得有些滑稽可笑。不仅是因为他们完全混淆了物质进步和文明这两个概念，还因为和我们的社会比起来，他们吹嘘的物质成就实在不值一提。

在那个时期，人造设施已经占据了所有的大陆。除了一些用作博物馆和游乐场的野生保留地，没有哪怕一平方英里的土地是处在自然状态下的。工业区和农业区之间的区别也不复存在。所有的大陆都已经完全城市化，虽然不是工业时期早期那种拥堵的城市，但同样是城市化。工农业设施无处不在。这一方面得益于发达的空中交通网络，也因为建筑技术取得了引人瞩目的成就。人造材料的巨大进展使得人们可以建造纤长的高塔，能达到三英里甚至更高的高度，并向地下衍生四分之一英里，但仅仅只有半英里宽。这种建筑的截面通常是十字形的。在每一层的十字长臂中央都有一个着陆平台，为当时每个成年人必备的小型私人飞机提供直接入口。这些巨大的建筑高塔当时已在全球密布，但也只是未来时代更巨大的建筑的先驱。通常，两座塔之间的距离必须保持在它们的高度以上，同时也不会超过二十英里（北极地区除外）。所有地区看起来都是一片被拦腰截断、只剩下树墩的开阔的树林，规模巨大。云朵经常萦绕在这些人造高峰的半腰，或者完全遮住高层。塔顶的住户经常能看到璀璨的云海，其间点缀着陡峭的建筑"岛屿"。因为这些建筑物高耸入云，高层不仅需要人工制暖，有时还需要人工增压和充氧设施。

在林立的工业建筑和居民建筑之间是一片片绿色和棕色的土地，农业区、公园和野生保留地的景色随着季节变化。灰色的重量级运输大道网络覆盖全球，而更轻便的交通和游客设施已经全都转移到空中。最繁华地区的空中交通可能在五英里的高空还很拥堵，这里飞行着穿梭于各个大陆之间的巨型航空班机。

已经启动数千年的文明事业如今已遍布世界的各个角落。撒哈拉已经变成大湖，布满了阳光旅游区。人们巧妙地引导暖流，将加拿大的北极岛屿改造成充满活力的北方人之家。南极洲也通过类似的方式开拓，住满了想在内陆地区挖掘矿产宝藏的人。

维持这种文明的大部分的能源还是来源于史前植物残余形成的煤炭。尽管在世界政府成立之后，对南极洲的燃料开采十分谨慎，但是石油的新补给还是在三个世纪内枯竭，人们只能通过煤炭为自己的私人飞机供电。然而很显然，即使南极洲的煤田资源富裕得惊人，也不是用之不竭的。人类从石油的枯竭中得到了经验教训，开始严肃对待能源问题。与此同时，在世界主义精神的影响下，人们不仅将整个种族都视作是自己的同胞，视野也更加开阔了，学会以更宏大的角度看待事物。世界政府成立的第一个千年也是文明最健全的一个千年，人类决定不能因为浪费能源而成为后世的罪人。因此，人们当时不仅制订了严格的节能方案（也是第一项大范围的世界性计划），还不断寻找更加可持续的能源。人们广泛使用风力发电，在每个建筑上都安装了蜂窝状的风力发电机，山丘表面也不例外。每一座瀑布也都在驱动涡轮。更重要的资源是火山能和地热，人们曾期望以此手段一劳永逸地解决能源问题。但是，即使在世界政府的早期，研究者们纵使创造力无穷，也已经不复往昔，没有找到任何令人满意的方案。结果，人类文明对火山能的使用依然只是对南极煤田的补充。在南极，出于某种原因，地球热能不像其他地区那样猛烈，无法将深层岩床化为石墨，因此煤矿的储存区比其他地区要深得多。另一个可能的能量来源是潮汐能，但是遭到了 S.O.S.[18] 禁止，因为他们认为潮汐现象来源于天体运动，所以是神圣而不可亵渎的。

在第一世界政权的早期，也是各项研究活动相对活跃的时期，最伟大的科学成就可能属于预防医学领域。尽管生物科学的基础理论很早就定型，生物学家们还是带来了很多实际的利好。男人女人都不再需要为自己或自己爱的人会得癌症、肺结核、心绞痛、风湿病和神经系统紊乱而担忧，也不再会有突如其来的微生物破坏。生育不再有风险，对女性来说也不再是磨难。不再有残疾人，没有人要忍受终身瘫痪。只是人们依然会衰老，但是可以不断地通过生理降龄手段减缓这一过程。那些曾让这个种族受到创伤的弱点和不幸，现在已经不复存在；那些困扰众人的近在咫尺的恐惧或隐隐约约的不安，现在已烟消云散。人们从中恢复过来，对未来抱有前所未有的乐观。

§4 第一世界政权的文化

这就是人类文明当时的成就。在此之前，人造设施从未如此全方位地占据世界，应用技术从未如此精细，物质财富也从未如此繁荣。在早先时期确实有过类似的理想，但因为

---

18 S.O.S. 是圣旨科学家（Sacred Order of Scientists）的缩写。

国家主义狂热，人们从未成功实现必要的经济统一。然而，这一时期的文明超越了国家主义，世界在世界政府的领导下维系了很多个世纪的和平，并得以巩固自身。但结局是什么呢？当贫穷和对疾病的恐慌早就销声匿迹，当人类精神从残酷的负担中解脱，可能会走向伟大的探索之旅。但不幸的是，人们的智力已经严重下降。因此，这个时代比臭名昭著的"十九世纪"更加贫瘠，却更加自以为是。

每个人都是丰衣足食、身体健康的高级哺乳动物，经济上也能独立自主。每个工作日的工作时间不超过六小时，甚至经常只有四小时。人们能享有充足的工业产品，在悠长的假日里可以驾驶自己的私人飞机环游世界。即使如此悠闲，人们也可能在四十岁时就足够富有；就算没那么好运，到八十岁时也会有相当的财产，那之后他仍然有将近一个世纪的时间可以快活。

然而，尽管物质富足，人却依然是奴隶。所有的工作和娱乐由各种高强度的活动组成，夹杂着百无聊赖的空闲时间，每到这种时候人就会有罪恶感，也不觉得愉快。除非是极少数位于金字塔顶端的成功人士，否则人就会陷入思索和渴求。但他的思索比起沉思来说过于凌乱，渴求比起欲望来说又过于盲目。他和同代人都被某种观念所统治，无法拥有完整的人生。

　　这些观念之一便是进步。对于个体来说，宗教施加给他的教育就是要精进航空技术，追求合法的性自由，以及成为富豪。对于整个种族来说，主导观念同样是进步，但这种进步并不智能。越来越卓越和广泛的航空活动，越来越普遍的合法性交，越来越庞大的工业和消费体量，所有这些都在一个越来越错综复杂的社会组织中发展演进。事实上，在最后的三千年中，甚至这种最简单粗暴的进步都几乎不存在。但这却成了他们的骄傲，因为人们普遍认为理想已经实现：完美的文明即是佐证，揭秘神圣力量的时刻应该到来，无可比拟的伟大时代将拉开序幕。

　　对运动的崇拜像暴君一样统治了整个种族。天佑——第一推动者要求他的人类肉身高效地从事复杂的工作，而每个人对永恒生命的期待则仰赖于这一使命。有趣的是，尽管科学早已证明人类从本质上来说不可能永生，但人们还是相信只要通过活动证明自己，就可以永久持存在天佑迅猛移动的精神中。因此，从生到死，每个人都接受自己的义务，产生尽可能多的活动，不管是他自己的肌肉活动还是对自然力量的掌控。在行业界的等级划分中，有三种职业几乎和圣旨科学家一样备受尊敬：飞行员、舞蹈者和田径运动员。所有人都在一定程度上对这三个领域有所涉猎，因为这是一种宗教义务。但职业飞行员、飞行工程师，还有职业舞蹈家和田径运动员都属于上流社会。

飞行能够享有独特的荣耀，原因有很多。作为一种交通方式，它的重要性不可估量；同时它是最迅捷的运动形式，因此被视为至高的崇拜行为。虽然是出于巧合，但是飞机的形状像极了古代基督教的主要符号，这为飞行另外披上了一层神秘主义色彩，尽管当时基督教的精神已经失落，但它的很多符号都延续到了新的信仰里。飞行的主导地位还得益于战争的终结，这使它成为最直接的极限运动方式，能释放人类的动物天性。年轻男女们赌上自己的性命，狂热地追随天佑的荣光和自身的救赎。实际上，若无空中杂技带来的刺激，很难想象人类种族可以保持如此长久的和平和统一。每逢"神圣飞行日"，所有宗教中心都会举办单人和集体飞行仪式。这时候，整片天空会布满成百上千架飞机。飞行员驾驶着飞机在不同的高度舞蹈，旋转、翻腾、攀升、俯冲，一切井然有序，每一层的舞蹈与另一层的遥相呼应。它们看起来像是一群红脚鹬和滨鹬，时而交叠，时而展开，重复了成千上万次，展现出一曲忒耳普西科瑞[19]之篇章。突然间，飞行编队迅速散去，消失在地平线上，将天空留给四重奏、二重奏和独奏，留给最闪耀的飞行明星。夜晚也一样热闹。飞

19　忒耳普西科瑞（Terpsichore）是古希腊神话中的缪思女神之一，象征舞蹈的欢愉。

行编队带着彩色的光，在天空的顶点刻下久久不散的、具有象征意义的火焰纹章。除了这些空中舞蹈，还有另一个习俗曾流传了八百年：定期派遣一组由大量飞机组成的编队印出天佑的福音，这些生动的文字长达六千英里，即使在别的星球上也能看见。

飞行在每个人的私人生活中也有着重要地位。出生后不久，新生儿就要被一位女祭司带上高空然后放开，在降落伞的帮助下抓住他父亲飞机的机翼。这个仪式是节育手段的替代品（其他节育手段因为干预了神圣精力而被禁止），因为在当时的新生儿中，类人猿的抓握反射已经丢失，因此很大一部分婴儿都会松手，被机翼撞个粉碎。此外，男性或女性会在青年时期第一次驾驶飞行器，在他或她的一生中还将会有无数场无比严格的考试。当人步入中年，即百岁之后，基本已经没有希望使自己的飞行技艺更加精进，驾驶飞机就只为了实用目的。

另外两种仪式活动，舞蹈和田径运动，也同样重要。它们不仅仅是在地面上操练，有些仪式需要庆祝者在半空中的机翼上跳舞。

黑人种族尤其擅长舞蹈，他们在世界上享有特殊的地位。事实上，不同人种之间的主要肤色差异已经渐渐褪去。高度发达的空中交通使得黑、棕、黄和白种人逐渐相互融合，世界各地的人口中都有很大一部分无法按照种族来划分。虽然已经很难按照显著特征区分特定的人口群体，但是古老的人种类型还是会在个人身上再三出现，在人种发源地尤甚。这些出现"返祖"现象的人通常会得到特别的待遇，而且从历史的角度来说都恰如其分。比如说，黑人种族天性的某些"变种"适合最神圣的舞蹈。

在国家仍然存在的时候，北美解放的非洲奴隶后代创造了一种黑人舞蹈，极大地影响了白种人的艺术和宗教生活，这种影响一直延续到第一代人类的末日。这一方面是因为黑人舞蹈中带有一种性感和原始的气质，填补了一个充满性禁忌的社会的需求。但也有更深的源头：美国人掠夺黑人当作奴隶，长久以来都鄙视他们的后代，后来却又因为愧疚发展出一种无意识的补偿心理，最终体现为对黑人精神的推崇。因此，当美国文化主导整座星球的时候，人们认为纯种黑人的血统是神圣的——他们被剥夺了很多公民权利，但又是天佑的私人侍从；他们既神圣又被放逐。这一双重角色尤其体现在一年一度在国家公园举办的非凡仪式中。仪式选中精通舞蹈的女性和男性各一名，一同跳一支漫长而充满象征意义的芭蕾，最后在一场仪式交合中达到高潮。目睹全程的观众会变得异常疯狂。之后，男性会刺死女性，向森林深处逃离，身后跟着一群陷入狂喜的暴徒。如果他能够抵达圣所，他在余生都会被视作一件特殊的圣物；而如果被抓住，暴徒就会把他撕成碎片，或者浇满易燃物之后烧死。这就是第一代人类在那个时代的迷信。仪式的参与者大多是自愿的，坚信男女二人都会复归天佑、获得永生。在美国，这样的神圣私刑是最流行的节日活动，它为普通大众带来刺激。因为人们的性生活受到限制，且只能私下进行。在印度和英国，男性总是一名"英国人"，如果确实能找到这么稀有的生物的话。而在中国，仪式的整体气质都大不相同，交合变成了吻，而刺杀则变成用扇子轻触。

另一个民族——犹太人的地位也相仿，人们对他们尊重与蔑视共存，但理由则完全不同。在古代，他们因为较高的平均智力和独特的商业天赋，再加上无所归属，难逃被驱逐的命运。而现在，随着第一代人类渐渐衰败，人们在他们身上依然能看到人类依然健全的表象。当然，这远非事实。犹太人虽依然遭到驱逐，但又十分强大，对这个世界的运作来说不可或缺。经济运作几乎是第一代人类仍然尊重的唯一一项智力活动，不管是管理私人财产还是控制世界经济。在世界政府的经济组织中，犹太人的贡献难以估量，远远超出其他民族，因为只有他们仍然保有凭借纯粹智力行使诡诈的能力。长久以来，平常男女都认为高智商是不体面的，只有犹太人不是如此。犹太人保留了智力的一个"角落"。他们为了自己的民族大量利用这珍贵的宝物，因为两千年来所有的经历早已将他们永远地变为民族主义者。他们并非有意如此，但民族主义也已经扎根于潜意识中。当时的经济活动已经大多沦为例行常规，少有创造性的工作。因此，在犹太人掌握了这些经济运作的核心之后，就大量利用这些资源巩固自己的地位。尽管他们相对来说还算开明，但是也受到了全球性心智衰退和局限的影响。对于实现目的而采取的手段，犹太人或许还在某种程度上拥有理性批判的能力，但他们已经完全无法批判主导犹太民族上千年的终极目标了。最终，他们的智识还是为民族主义服务。从这个角度上来说，许多人不满犹太人以至于会与之发生肢体冲突。这也是情有可原的，毕竟只有犹太民族没有实现心智的升级——从民族主义步入世界主义——这对其他民族来说早已不是一纸空谈。而犹太人受到尊重同样有充分理由，因为他们在某种意义上近乎无情地发掘了人类本性中最独特的一面——智力。

在原始时期，人类种族的心灵与智力之所以能够保全，是因为不健全的个体很难存活。如今人道主义思潮盛行，所有人共同照顾弱势个体，自然选择的机制便不复存在。又因为这些不幸的人毫不克制，也没有社会责任感，于是肆意繁衍。而他们自己的堕落也威胁到了整个人类种族。在西方文明的巅峰时期，低能者因此被绝育。但是在晚近，对天佑的崇拜导致人们认为节育和避孕手段都是对神圣潜能的邪恶干预。结果，唯一的人口控制手段就是把新生儿从飞机上抛下去。虽然这个仪式可以淘汰掉弱者，但是在健康婴儿中，幸存下来的多是具有原始特征的，而非高度进化过的那些。因此人类的平均智力水平稳步下滑。但没有人对此感到后悔。

崇拜活力意味着崇尚人类本能，间接会导致排斥智力。既然人类活力的无意识来源是神圣能量，那么自发的冲动就应该尽可能不受到干预。人们可以在自己负责的公务中使用理性能力，但不能超出这一限度。即使是专家，也绝不能纵容自己进行思考或实验，除非获取了从事相应研究的执照。执照很昂贵，而且必须要保证研究的目的有利于世界总体活力的增长。以前，有些好奇心旺盛的人曾站出来批评这种由来已久的制度，并且向圣旨科学家提出过"更好的"方案，却没有被接受——这没法让人接受。到了世界政府的第四个千年，人类文明的运作方式以一种复杂的方式固定下来，此后再也没有出现过新的组织秩序。

除了金融业，还有一项智力工作也能享有荣耀，即数学运算。所有仪式中的运动，所有工业机械的运作，所有可观察到的自然现象，都必须通过精密的数学公式描述出来，它们一直被保存在 S.O.S. 的神圣档案里。用数学来描述世界这项伟大事业是科学家们的主要工作，据说也是让转瞬即逝的运动进入天佑的永恒存在的唯一方式。

崇尚本能并不会简单地导致无组织的冲动。恰恰相反，因为最根本的本能据说就是在行动中崇拜天佑的本能，而这种本能规范了其他所有本能。在其他的本能里，最崇高的是性冲动，第一代人类将其视作是最神圣而隐晦的。因此，统治者严格控制性行为。除非借助于委婉表达，人们谈论性事就是违法。如果对宗教舞蹈中明显的性色彩加以评论，还会受到严重的惩罚。直到赢得了他（或她）的机翼之前，所有人都不准发生性行为，也不准对性事有任何了解。当然，宗教文本和宗教活动透露出很多关于性的内容，但是在本质上都是被扭曲、误解了的；这些神圣事物的官方诠释往往是形而上学的，与性无关。而且，尽管孩子们最早可能在十五岁的时候步入成熟，"赢得机翼（Wing-Winning）"，但也有人直到四十岁才能完成。如果到了这个年纪还无法通过考试，他或她将被永远禁止性交，同时与任何相关信息隔离。

在中国和印度，这一夸张的性禁忌略有缓和。有些比较随性的人开始觉得：只有在用官方语言作为信息媒介时，向"不成熟"的人传授性知识才是过错。他们因此开始使用本地方言。类似地，"不成熟"的人可以在野生保留地发生性行为，只要不讲官方话就行。不过，即使是在亚洲，正统教会还是谴责这种行为。

当男人赢得了自己的机翼后，他将正式揭开性的神秘面纱，并接受它的一切"生物学－宗教学意义"。他可以迎娶一名"家庭"妻子；如果通过了更多更严酷的飞行考试，他还可以有任意数量的"象征性"妻子。女人也是同样。这两种伴侣关系大相径庭："家庭"夫妇一同出现在公共场合，他们的结合是不可分割的。但是"象征性"的结合则可以由任何一方提出解散。"象征性"伴侣还因为过于神圣，因此不能在公共场合出现，甚至都不能提及。

有相当数量的人未能够通过飞行考试，因此也不被准许参与性事。他们要么一直保持处子之身，要么就沉溺于不仅违法、还被视作是亵渎神圣的性关系中。而那些通过考试的人则可以和任何相识的人享受性事。

在这种情况下，性边缘人士自然建立过一些密教，以图从艰难的现实世界中逃入幻想世界。在这些非法教派中，有两支最流行。其中一支是对古代基督教信仰中"神爱"崇拜的延续。据说，所有的爱都与性相关，因此不论是在私人还是公共的崇拜中，个体必须通过性爱实现与神的直接结合。由此产生了粗俗的阳具崇拜，不过这在那些对此没有需求的幸运儿们看来太过鄙陋。

另外一支成规模的异教，部分脱胎于被压抑的理性力量，因此它的参与者多是天生具有好奇心的人，却也要承受智力普遍衰退的后果。这些悲惨的奉献者在苏格拉底身上得到了启发。这位伟大的原始人坚称，如果对词语没有的明晰定义，那么就不可能产生清晰的思想；而如果没有清晰的思想，人类将缺失存在的完整。他的这最后一批学生对追求真理的热切丝毫不逊于他们的老师，却完全无法领会他的精神核心。他们认为只有通过对真理的认识，个体才能实现不朽，而只有通过定义才能认识真理。因此，尽管随时都可能因为参与非法智力活动而被逮捕，他们还是冒险秘密集会，无休无止地讨论对事物的定义。然而，他们希望定义的事物并不是人类思想中最基本的概念，他们认为这些已经由苏格拉底和他最早的追随者完成。因此，最后的苏格拉底主义者将它们视作是真理，当然也是极大地误解了这些定义。以此出发，他们尝试定义世界政府所有的组织程序和既有宗教的仪式，还有男人女人们的一切情绪，以及所有鼻子、嘴巴、建筑物、山丘、云朵的形状，这囊括了他们世界的整个外观表象。由此，他们相信自己已经从那个时代的庸俗中解放，与苏格拉底站在了同一阵线上。

§5 落幕

第一世界文明的坍塌源于煤矿资源的突然短缺。所有的原始煤田都已经在几个世纪之前耗竭；而很显然，新近发掘出的煤田也无法坚持太久。长达几千年的时间里，煤主要来源于南极洲。终于有一天，最深的钻台也无法挖掘出丝毫植物沉淀。而当这个消息躲过层层审查，散布到全世界的时候，人们一开始并不相信，因为这片大陆曾如此富饶，以至于民智未开的第一世界公民甚至觉得这里的神秘资源根本取之不尽、用之不竭。

世界政府的政策一开始十分明智，计划削减在仪式飞行上的大量开销，因为它消耗的资源比工业生产的总耗能还多。但对天佑的信徒来说，这根本没有商量的余地，更别提这可能会摧垮整个飞行贵族阶级——他们现在宣称揭秘神圣力量的时刻已经到来，要求 S.O.S. 开启新的纪元。全世界的人民呼声越来越大，将科学家们逼入尴尬的境地。他们只好拖延时间，解释说虽然启示时刻正在临近，但并不是现在。他们说，煤炭资源的短缺是对人类信仰的至高考验，这是神的暗示；仪式飞行作为对天佑的奉献，不仅不应该削减，反而应该鼓励；人类种族必须将自己的精力集中在宗教事务上，尽可能少地关照世俗事务；当人类的奉献与信念得到了天佑的认可，他将允许科学家们拯救世人。

当时的科学界享有无上声望，因此一开始所有人都接受了这个解释。仪式飞行得以维持，而所有的奢侈品交易都停转，基础服务开支也降到了最低。失业的工人由此转向从事农业，人们普遍觉得农耕活动中的机械劳作也很快就会被禁止。这些社会变化要求统治者有高超的组织能力，而这并不是当时的人类种族可以做到的——那时世界上只剩下几个零星角落还有犹太人在建设严格的组织管理系统。

这场巨大的经济紧缩与自我否定运动带来的第一个后果，是让一些从前过着轻松而无趣的生活的人在精神上觉醒，而普遍的危机感和将要来临的神迹也催化了这一现象。尽管宗教在这个时代享有普遍的权威，但是已经逐渐转变成仪式，并非人们发自内心的崇敬。而在困难时期，它又重新激发了人心——这也算不上是真正的崇拜，反倒是一种不无自负的、模糊的敬畏。

但是，这股激情渐渐褪去，生活也愈发让人不适，最狂热的信徒也开始心生恐惧。在休息时，他们发现脑海中会产生一些挥之不去的疑虑，但因为内容过于惊骇而难以启齿。这种情况越来越糟，甚至毫不停歇的生活也无法消除邪念。

人类心智的衰退已经不可逆转，再加上经济失序带来的冲击，整个种族的心理状态正在经历一场前所未有的崩塌。

我们不能忘记：每个人都曾是一个乐于探索世界的孩子，但都被教导要远离好奇心，仿佛那是撒旦的气息。结果，整个种族被反向抑制——对智力冲动的抑制。突如其来的经济变化影响到了星球上的所有阶级，人们突然开始陷入骇人的好奇心与难以摆脱的怀疑论，而在此之前这一切都尘封在心灵最深处的角落里。

这或许很难想象：全人类都已经受到心智崩溃的折磨，甚至有些时候还伴随着生理上的眩晕症状。在被正统教条、例行常规与经济繁荣笼罩这么多个世纪后，人们突然着了魔一般地心怀疑虑。没有人谈论这件事，但是每个人心中的恶魔都在低语，所有人的眼神中都流露着茫然。剧烈变化的处境正嘲弄人们曾经的轻信。

若是在人类种族发展的早期，这场世界性的危机或许会唤醒他们，让他们一早就迫于种种压力舍弃文化中的奢侈，但是现在人们的生活方式早已根深蒂固。因此，我们也得以看到一场世界奇观：人们奋不顾身地致力航天表演，挥霍所有的资源。这甚至不是因为人们坚信这是对的或好的，仅仅是处于某种绝望之中的下意识行为。当小型啮齿动物在迁徙时遇海水阻拦，它们便会集体溺死，第一代人类也同样在徒劳地重复他们的仪式行为。但是和旅鼠不同，人类之所以是人类，恰恰是因为他们同时还挣扎于不信，但他们却又不肯承认这种不虔诚。

为了更好地理解这荒诞的心智状态，我们可以看看具体的人类个体是怎么做的。巴芬岛（Baffin Island）北岸（现在是一片铺满居住塔的林区）当时在举办传统的典礼，声势浩大。居民们正在为新年飞行仪式做最后的准备工作，准备上演震撼诸列岛的炫目表演。每栋建筑的停机坪都挤满了飞行器和忙碌的飞行员。其中有一架飞机正在完成最后的维护，驾驶员的儿子正在旁边看着，或许也搭了一把手。和很多人一样，那天下午她感到极度疲劳。食品不仅长期供给不足，还达不到卫生标准；供暖也大幅紧缩，居住塔高层寒冷刺骨。她的孩子童言无忌，说道："为什么要关心这些仪式呢？为什么不用配备的供能去南方购买补给呢？"天佑当然不会希望他的子民们在饥寒交迫的时候仍然浪费能量在飞行表演上。母亲很生气，但是心底里却又非常认同这种想法。她绝不会让自己的孩子仅仅为了表明对自己的爱就挨饿——要是天佑不这么想，他就真是禽兽了。更何况，驾驶员饿着肚子，颤颤巍巍，这样表演飞行特技也太危险了。她用"正确答案"让孩子闭嘴，但这并不能让她的心"闭嘴"，因为她自己都不相信自己的话。她的工作出了差错，泪水模糊了双眼，扳手从手中滑落，手指关节咔咔作响。

两人慢慢走到窗边，视野穿过一片暗色森林。这片森林仿佛正波涛汹涌，仿佛又波澜不惊。天边染上了黄昏的颜色。两座塔楼正对着西方，高耸而深沉。

"太阳快下山了，"她说，"但我们还没准备好。"两人又安静地工作了一会儿，直到警铃大作，催促着所有人。他们正赶着穿上飞行服的时候，气门开启，一股寒风袭来。两人爬进飞行器，等待后续的提示。男孩嚼着一块珍贵的饼干。又是另一阵警铃声之后，他们喷射进火红的虚空中。飞行器一窝蜂地从每个高塔中涌出，攀上紫罗兰色的高空，他们的只是其中不起眼的一个单元。每个居住塔都升起了类似的浓烟。

一开始，飞行确实激动人心，而且整个飞行编队数量巨大，暂时打消了所有飞行员的疑虑。几乎所有飞行员都在第一代人类的荣耀与自我毁灭中达到高潮。几个小时里，他们在空中旋转、攀升，又保持平衡，随后瞬间俯冲，用五彩斑斓的光影在暗色的空中编织出千变万化的图案。群星喧闹而有序，反复向地平线伸展。

天狼星在头顶上方摇晃，猎户座则静静地躺在那里。

新年庆典仪式的设计是，从午夜开始，空中舞蹈编队稳步加速，直到黎明时分迎来高潮。每一名"舞者"应该都会在愈发强烈的激情中忘却疲惫。但事实上，很多飞行员都对自己的身心状态感到诧异，疲惫拖垮了他们的身体，精神也逐渐懈怠。这对母子也不例外。男孩的头脑逐渐冷静下来，开始反思自己整个生活的处境。他感觉自己像是被老鹰抓到高空的幼鸟，自己尚未发育完全的翅膀也受了伤。这只鹰不是他的母亲，而是某种看不见的飞行精神——在它的牢牢把控下，自己的母亲也无能为力。但很快恐慌打断了他的沉思：飞行器正在失控。

此时，仪式的高潮时刻已经到来，整个飞行编队朝向旭日升起的东方进发，不断向高处攀升，直到闪入日出的光辉，在空中刻下神名，随后又返回黑暗中。他们一遍遍旋转、闪现、回落，直到太阳攀上他们脚下的山顶。

母亲冰冷的双手勉强操作着控制系统。她头昏脑涨，整晚都在与两个敌人搏斗：绝望和不断袭来的困意。她一遍遍地把自己从睡魔的手中拉扯回现实，也一遍遍地意识到，自己和孩子被抛弃在一个已经注定荒芜的世界上，手足无措。最终，在疲惫与痛苦中她看到了一幅幻象，呈现出身下地球的全貌与它所有的琐碎场景：她看到方形的林区与耕地、高耸的塔楼、冰冷的海峡；看到人们徒劳地寻找去金色东方的道路，天真地堆砌着黄铁；看到格陵兰岛的冰山，看到印度，看到非洲；看到整颗星球变得透明，但还是那么深邃；最终她看到了丰饶的澳大利亚，那里的人看起来真奇怪，上下颠倒，像疯子一样！整颗行星都挤满了疯子，头顶则是无尽燃烧着的天空。她捂住了双眼。飞行器失去导引，维持了几秒钟，随即失控、旋转、坠落，在松树林里摔成了碎片。

那晚，其他人也被悲伤俘获。每一片土地上都有死伤者。有些人在黎明时上演的空中杂技中操作失误，送了性命；有些人内心幻灭，被恐惧笼罩，选择自我了断；少部分人奋起反抗，破坏了梯队独自飞行，亵渎了神圣，直到他们因为背弃天佑而被击落。[20]

与此同时，科学家们正在私底下疯狂钻研他们领域的古老文本，以期重新发现失落的法宝。他们也进行秘密实验，但是其基础却是探秘者狡猾的英国同行留下的虚假记录。这些实验最主要的"成果"是，不少研究员死于中毒和电力事故，一所顶尖的研究院被毁。这给群众造成了巨大冲击，他们认为这场事故是科学家们肆意使用神圣力量所致。不过这一误会倒是启发了绝望的科学家们，他们制造了一场又一场的"神迹"，以此来驱赶越来越多饥饿的工人们。因此，当一个工业代表团来请求供给更多面粉的时候，天佑奇迹般地烧毁了他们脚下的土地，并且把他们的尸体扔到了围观群众身上。当中国的农学家为种植业请求一份颇为合理的电力供给时，天佑则生成一阵毒气，让他们成百上千地死去。因为

_____

20　部分版本删去了从"为了更好地理解这荒诞的心智状态……"开始至此处的段落。

"神灵"如此这般直接干预，全世界人民重拾了信仰和奴性。世界开始尽可能地像过去四千年一样运转，却被不断增长的饥饿和疾病笼罩。

不可避免的是，随着生活条件逐步下滑，奴性转变为绝望。有人大胆地公开质疑在仪式飞行上的大量消耗是否合理，甚至开始怀疑这种活动是否真正虔敬。如果连衣食这些最基本的需求已经难以满足，这种无用的奉献行为在神明眼里岂不是荒谬吗？神只会拯救自力更生的人。死亡率也令人警惕。在某些地区，所有人都在挨饿，而世界理事会没有采取任何措施。然而，在其他地方，因为没有足够的供能，农作物无法收割，因此只能全部浪费。在全球各地，要求开启新纪元的呼声越来越响。

科学家们如今已经陷入慌乱。由于他们的研究一无所获，人们只有将未来所有的风力与水力供电集中用于基本的工业生产。即使如此，还是会有很多人死于饥荒。物理学协会主席向理事会建议削减一半的飞行仪式流程，算是一个折中方案。很快，一个颇有威望的犹太人揭露了可怖的事实真相，这个消息瞬间了传遍了世界各地，而在此之前只有少部分人愿意在私下里承认这一点：神圣奥秘的古老传说是个谎言，否则为什么科学家们还要继续拖延时间。惊愕与愤怒的情绪在人群中弥漫开来，所有人都在声讨科学家们，以及他们所控制的政府。屠杀与各种报复手段很快发展成了内战。中国与印度宣布独立，但又无法实现内部团结。美国是科学与宗教的大本营，政府勉强得以维持运作，但因为政权所受到的威胁越来越大，它的维稳手段越来越粗暴，最终犯下严重错误：不仅用上了毒气，还用上了细菌武器。因为当时的医学研究已经无人问津，所以没有人能研制出对抗手段。整片美洲大陆都遭受着肺病与神经系统疾病的折磨。曾经用来打击东方的古老疾病"美国疯"如今摧毁了美国。疯狂的暴民将与政府有关的一切都视作是报复的目标，摧毁了庞大的水力与风力发电系统。整片大陆的人口都在自相残杀的狂欢中消亡了。

亚洲和非洲一度维持过一段时间的秩序。然而，现在"美国疯"已经传播到了那里，很快也吞噬了他们的文明。

只有在物产最丰饶的野生保留区，幸存者们才可以勉强靠土地存活下来。其他地方则是一片荒凉，丛林与原野很快又夺回了自己的领地。

第五章　第一代人类的衰落

§1 第一黑暗时代

至此，我们在人类历史中的位置大约是牛顿诞生后的四千余年。而在本章中，我们要覆盖十一万五千年的历史；在下一章中，则是一千万年。那时距离第一世界政权已经十分遥远，如同从你们的时代看待类人猿时期一样。在世界政府垮台之后的十万年间（也就是那之后一百万年的前十分之一），人类几乎完全销声匿迹。直到这段所谓的第一黑暗时代末期，人类才挣扎着从衰退中摆脱野蛮，走向文明。不过这场复兴相对来说很短暂，从它的发端到终结，只不过持续了一万五千年。在那场文明最后的冲突中，地球遭到了严重的破坏，心灵的演进历程因此又沉睡了一千万年。这就是第二黑暗时代。这段历史就是我们要在本章和下一章进行考察的内容。

有人可能会想：在第一世界政府垮台之后，仅仅几代人之内人类文明就可以重建。历史学家确实对此感到困惑：为什么这场衰败会如此彻底，持续如此长时间？在危机出现前后，人类的本质大体上没有什么变化，但是人类的心智虽然可以轻易地维系一个已经成熟的世界文明，却很难从文明废墟中建立起新的秩序。人类的境况不仅没有恢复，反而日渐衰退，最终退化成凄惨的野蛮状态。

造成这一结果的原因有很多，有些只是暂时的、表面的，另一些则是深层的、影响深远的。命运仿佛对一切都有安排，如同成千上万条纺线交织在一起，尽管每一根单独的线看起来微不足道，却共同编织出不可违逆的经纬。在世界政府现在所经历的危机中，让人们陷入无助境地的最直接原因当然是由细菌武器造成的疯病传播，以及广泛意义上的智力衰退。在文明刚刚显示出衰退的征兆时，瘟疫让人类无力抑制境况的恶化。而之后，瘟疫结束，尽管人类文明已经变成了一片废墟，但如果有更加理智的规划指导人们专心建设，重建也不是没有可能。但当时，只有少部分第一代人类还能全心奉献，而绝大多数人因为天性总是被私欲束缚。此外，在这样的黑色时代，人们绝望而疲惫，意志全然涣散。不仅是人类社会的结构，而且宇宙自身的结构看起来都崩塌了，只剩下了消极的绝望。四千年如一日的生活早已让人类失去灵活应对环境突变的能力。在这种情况下，与其期待他们能完全重现曾经的社会秩序，还不如期待蚂蚁在遭遇洪水时变成水黾。

但在文明衰落之后，让第一代人类一蹶不振的还有一个更深层、也更深远的原因：一种微妙的生理变化摧毁了人类的身心。我们或许可以称之为"物种衰老期"。每个人的化学平衡变得越来越不稳定，如此一来，人类唯一的物种优势，即相对漫长的青年期，便不复存在。人们衰老得越来越快，机体更新的效率已经无法跟上生存的节奏。虽然这场灾难不是不可避免的，但是人类的生活状态尤为加剧了它的影响。几千年来，人类生活在一个生物意义上非自然的高压环境中，难以平衡自然带来的压力。

想象一下：在第一世界政府垮台之后，人类世代迅速由黄昏迎来深夜。活在那个时代，就是接受一切腐朽状态，只传颂光辉的过往。绝大多数人都是以前农业人口的后代，而又因为人们曾经认为农业是懒散的、基础的产业，只适合那些生性懒惰的人，所以当时世界上挤满了所谓的"乡下人"。因为没有能源、机械和化肥，这些人甚至很难养活自己。实际上，只有十分之一的人在那场灾难中幸存下来。对于他们的下一代来说，文明只是过往的传说，生活中只有无止境的劳作，且要团结一致对抗掠夺者的争斗。女人再一次沦为性事与家务的奴隶。家庭或血亲部落，成为最大的社会集体。山谷中流淌着经年的仇恨，农民和强盗之间的冲突从未平息。小型军事政权兴起又坍塌，却再没有人能够夺得对大片地区的控制，因为人们已无多余的财富去维持政府和军队那太过奢侈的开销。

因此，在之后的几千年，人类持续在污泥中缓慢爬行，生活并没有什么改变。这些晚近的原始人所处的星球已经被过度消耗，发展受到了巨大限制。不仅煤矿和油田已经竭尽，而且凭借他们拙劣的工具和贫瘠的智力，也无力开采任何矿产资源。特别是稀有金属，它们对发达物质文明的各方面来说都不可或缺，但自从很久以前开始就从较容易开采的地表上消失了。机械的消失让农业受阻也让他们根本无法挖掘铁矿。人类被迫重新效仿他们最古老的先祖，开始使用石器，却又没有那样的耐力与技巧。他们既不能像旧石器时代的人一样制作精致的压片，也不能像新石器时代的人一样把握平衡。他们的工具只是一些经粗糙改进的天然碎石。几乎每个人身上都刻上了"十字形"或"卐字形"的悲惨的符号，这是第一代人类曾经的神圣象征，贯穿了他们的全部存在。在那个时期，这些符号本来象征即将坠毁的飞机，反抗者曾用它们来表示天佑和国家的衰落。但是后来的人们重新诠释了它们，认为这些符号象征着某个神圣先祖的亲笔签名，以及对过去黄金时代的纪念。几乎可以说，这些符号无意中成为第一代人类自我毁灭的天性与双重本质的缩影，喻示着，除非有神迹，不然黄金时代注定要衰落。

　　当时所有人都相信历史的衰退不可逆转。经历了世界政府垮台的那一代人向他们的后代传述光辉的过往，并称以年轻一代的智力根本无法实现那样复杂宏伟的成就。随着生活的处境越来越艰难，过去的传说在人们历代的转述过程中变得愈发夸张。除了零星一些即使在原始生活中也有益的知识，所有科学都迅速失散。实际上，旧文明的碎片散落于传遍世界的杂乱民间传说中，但是被极大地歪曲，难以辨认。因此，当时人们普遍相信世界的起源是火，而生命从火中演化出来。在猿类出现后，物种进化停滞（当时他们是这么认为的），直到圣人降临并占有了雌猿，才诞生了人类，迎来了古老的黄金时代。但不幸的是，人类中的兽性战胜了神，于是文明由进步转为经年的衰败。实际上，衰败已经不可避免，除非众神觉得是时候再次与人类女性结合，重新点亮人类种族。第一黑暗时代的所有人都期许众神的复临，这种期许成为文明的消极气氛中的些许宽慰。

　　即使是在第一黑暗时代的末期，已成为废墟的古老的居住塔依然醒目，庄严地凝视着晚期原始人的茅屋。现在的人类在这些遗迹下生活，就好像毛头孩子在威严的祖父脚下玩耍。过去的建筑如此完美，材质耐久，即使在十万年之后也依旧能辨认出人造的痕迹。当然这个时候它们多是残垣断壁，被野草和灌木掩盖，但还是能显现出高墙的轮廓。到处都有矗立在碎石中的建筑，有的甚至高达一百英尺[21]，外墙上点缀着窗户。关于这些遗迹，有许多奇妙的传说。在其中一个传说中，人类先祖建造了可以飞行的巨大宫殿，人们在长达一千年的时间里（对原始人来说可能有千万亿年）团结共生、敬畏众神。然而，最终，他们在自己文明的荣耀中过度膨胀，试图飞向太阳、月亮和群星，将众神赶出他们光明的住所。但是诸神在人类之中播下了不和的种子，人们开始在天上互相斗争。成千上万座精巧的空中堡垒坠毁在大地上，永远成为人类蠢行的遗迹。在另一个传说中，人类自己长了翅膀。他们住在石砖砌成的鸟舍中，这些建筑直冲天宇，威胁到了众神，因此遭到毁灭。不论是什么样的故事，关于种族衰落与古老的神圣飞行的主题让如今这些可怜的人类被恐惧支配。他们从事农耕、狩猎，与食肉动物争斗，因为害怕触犯众神而不敢有任何越界行为。

§2 巴塔哥尼亚的兴起

随着世纪的推移，人类因生活地域的不同自然而然地又分化出了许多种族。每个种族都由大量的部落组成，而每个人都只对自己邻近的部落有所了解。几千年后，血统和文化多样性让人类重新流入新鲜血液，焕发活力。最终，在多

---

21 英美制长度单位，1 英尺等于 0.3048 米。

次种族混血之后，新人类在某种程度上恢复了人类古老的尊严。进步地区和落后地区、原始文化和启蒙文化之间的差异也再一次出现。

人类文明的重生发生在南半球。复杂的气候变化使南美洲南部成为文明的温房。在这里，地壳向巴塔哥尼亚（Patagonia）东部和南部发生巨大扭曲，曾经的浅海如今已是一片崭新的陆地，取道原来的马尔维纳斯群岛和南乔治亚岛（South Georgia）连接了美洲和南极洲，并从东北方向深入大西洋中心。

除此之外，南美洲的生存环境比其他地区都要宜人。第一世界政府垮台之后，这片地区的欧洲气质开始萎缩，而古老的印第安和秘鲁血脉重新占据了主导地位。几千年前，这一种族曾发展出自己的文明，后被西班牙毁灭。此后，这种文明似乎已经支离破碎、微不足道，但它一直都与征服者保持着精神上的距离。尽管殖民者与原住民的血脉相融、难以区分，但在这片大陆的遥远角落，还留存有与占主导地位的美国精神大相径庭的生活方式。表面上，这些南美原住民也被美利坚化了，但实质上一直葆有其他文明无法理解的印第安精神。在之前的文明进程中，印第安精神像冬日的种子一样沉沉睡去。但在原始生活重新复苏后，它开始生根、发芽，并在不知不觉中向四方蔓延。古老的原始文化与旧世界的文明遗存交融，文明生活再一次诞生。从某种角度来说，印加人最终还是战胜了他们的征服者。

在南美洲，尤其是巴塔哥尼亚这片处女地，在众多因素的作用下共同终结了第一黑暗时代。此时，人类心智虽开始复苏，但效果甚微，因为巴塔哥尼亚人的生理障碍极大地束缚了他们：他们在青年时期结束之前就会老去。在爱因斯坦的时代，人类的平均青年期长达二十五年，而大统一时期的科技还能把这个数目翻上一倍。而在文明崩塌之后，个体的寿命逐渐缩短，也没有任何技术手段可以弥补。在第一黑暗时代末期，十五岁的男孩基本已经可以算是中年人。巴塔哥尼亚文明在其鼎盛时期为人们提供了轻松、安全的生活环境，将人类的寿命维持在七十岁，甚至八十岁。但是感性而温和的青年时期基本不会超过十五年。因此，年轻人在步入中年之前很难为文化建设做出任何贡献。在十五岁时，他们的骨质开始疏松，头发灰白，脸上也渐渐出现皱纹；关节和肌肉开始变得僵硬，大脑也变得迟钝，无法学习新鲜事物；他们的激情也渐渐沉寂。

看起来可能有些奇怪：在这样的条件下，人类竟然可以发展出文明，似乎他们所能做的不过是重复祖辈的老把戏。实际上，尽管巴塔哥尼亚文明发展的速度不快，却很稳定。因为这些人虽然缺乏青春的活力，却也不会像年轻人一样放纵自己的激情，或被其他事情分散注意力。新生的第一代人类已经播下了种子，尽管他们因为"年轻时的闹剧"吃了苦头，但现在更加节制，也更加专一。因为他们的生命缺乏活力，害怕会铺张浪费，所以很难实现他们先辈的最高成就，但也因此避免了文明的不和与冲突，也就是旧文明鼎盛时期的首要问题——尽管这不是它衰落的原因。此外，因为巴塔哥尼亚人在某种意义上已经克服了自身的动物性，所以更加善于冷静反思，也更倾向于智性主义。激情不再会轻易地阻碍理性行为，虽然这些行为会因为慵懒和心不在焉而失败。对他们而言，尽管超然物外的态度相对比较容易，但这只是因为冷漠，并非源于逃离生命的牢笼，进入一个更广阔世界的热望。

造成巴塔哥尼亚人心智特殊性的原因之一是他们相对缺乏性欲。有别于其他动物，第一代人类的性生活极其频繁，即使和没有固定发情期的猿类相比也是如此。但现在，有很多因素削弱了第一代人类的性欲——它们共同发挥作用，消耗了这个物种在最后阶段中过剩的精力。在黑暗时代，生存条件太过恶劣，性欲在动物天性中只占据次要位置。性交只是偶尔需要的奢侈品，自我保全变成了更加急迫的每分每秒的需要。甚至，当人类的生活最后变得轻松很多时，性事依然和以前一样被忽略，因为种族"衰老期"

的力量依然在发挥作用。因此，巴塔哥尼亚人的性情和之前所有第一代人类都不同。在此之前，因为性而产生的冲突和社会禁忌塑造了这个种族的一半激情和一半愚妄。在种间竞争中胜出的物种的富余活力因为现实处境而导向情欲的河流，遇到社会习俗的堤坝，最终化为分流的水渠。尽管它经常溢出，产生大量浪费，但大部分情况下人们还是从中受益。实际上，在当时，性本能总是朝向各个方向挣脱束缚，就好像被砍伐的树桩上会长出不止一株嫩苗。这就是早期人类丰富、多样、矛盾、暴力和无法理解的渴望与激情。巴塔哥尼亚人则没有这样旺盛的活力。当然，他们不关心性，这本身不是什么劣势。可重要的是，原先充盈着肉欲的活力之泉，如今已经枯竭。

想象一下，这群瘦小而节制的人在古布兰卡港（Bahia Blanca）东部繁衍生息。随着世纪的变迁越过平原，他们向山谷进发，直到包围曾是南乔治亚岛的高地；在西部地区和北部地区则占领了巴西高地和安第斯山脉。巴塔哥尼亚人比其他相邻的群族高级得多，更加敏锐且充满活力，因此几乎没有真正的敌人。又因为他们生性温柔平和，所以他们的文化演进过程很少受到军国主义或内部纠纷的阻碍。就像北半球的先祖一样，他们经历了分裂与统一、退步与重生。但比起之前的历史，他们的发展历程总体上来说更加平稳，没那么大起大落——早期人类从野蛮跃向文明，又在一千年之内坍塌；而巴塔哥尼亚人脚步缓慢，花了十倍的时间才从原始部落走向文明社会。

终于，巴塔哥尼亚人建立起一个庞大而高度组织化的自治省共同体。其文化与政治中心坐落于旧马尔维纳斯群岛的东北角，相对落后的郊外地区包括旧巴西和秘鲁的大片领土。这个"帝国"内各个部分之间不存在真正的冲突——一方面得益于他们温顺的性格，另一方面是因为组织能力高超。特别在强大的世界主义和人类团结的传统的影响下，这两股力量均得到加强。人类大团结的意识早在世界政府成立之前的年代，就在矛盾与冲突中生根、发芽，此后一直牢牢印在了人们心里，并作为神话要素在黑暗时代幸存。人类团结的传统如此强大，甚至巴塔哥尼亚远航的船队在遥远的亚洲与澳大利亚建立殖民地时，新社群很快就与母国融为一体。尽管在南极洲海岸兴起的温和文明中，日耳曼文化比在他们的发源地更加闪耀，人类的政治和谐却从未面临危机。

§3 青春崇拜

巴塔哥尼亚人虽然也经历了早先种族所经历过的所有精神文明阶段，但走的是一条独特的道路。他们以对自然力量的恐惧为基础，在黑暗时代创建和发展出部落宗教。他们唯一信奉的神是力量，把它视作是怀有报复心的造物主。他们最为崇拜的种族英雄是一个"人神（god-man）"，据说他消除了旧有的宗教畏惧。他们的信仰经历过各个阶段：从虔敬的宗教仪式，发展出理性主义，再过渡到推动经验科学的好奇心。

　　如果历史学家想要理解他们的心智处境，最重要的是弄清有关"人神"的问题。"人神"崇拜与第一代人类早先文化有很多相似之处，但总体上又大不相同。人们认为他永驻青春，是所有男人和女人的奥秘之子。他不是"人类的长兄"，而是"钟爱之子"。实际上，他是年轻活力与激情的象征，这正是当时的人类种族所缺少的特质。尽管人们对性事的兴趣薄弱，但却热衷于为人父母。不过，对"钟爱之子"的崇拜并不完全来源于亲情，它还表达出人们对自己已逝青春的渴望，也表达了人们对种族衰老的隐忧。

　　当时人们相信先知确实在长达一个世纪里都保持了青春，并称他为"拒绝长大的孩子"。他之所以这般生机勃勃，据说是因为当时种族微弱的生命力在他身上成百万倍地聚集。他由古往今来所有父母的激情孕育，因此是神圣的。他首先是人类之子，但同时也是神。在巴塔哥尼亚人的宗教信仰里，神不是造物主，而是人类力量的结晶。造物主只是粗暴的力量，无意间创造出了比自己更高贵的存在。而可爱的神，是人类在时间的长河中劳动的成果，是对人类未来走向的永恒允诺。尽管他们的宗教建立在对年轻未来的渴望上，但他们同时被一种无比清晰的恐惧笼罩：这样的未来不可能来临，人类注定老去、死亡，精神不可能战胜会朽的肉身，必然会消散。只有牢记圣童的启示，人类才有希望逃离厄运。

传说就是如此。考察实际情况会给我们带来更多的收获。神话中的"钟爱之子"在历史上确实存在，也确实影响深远。他生于安第斯山脉南部，父母是牧羊人，初次声名远扬是因为他领导了颇具浪漫主义色彩的"青年运动"。他在生涯早期赢得了追随者，劝导青年人为老一辈做出榜样，让他们不畏常规活出自我：去享乐、去短暂而努力地工作、去成为可靠的同伴。尤其是，他鼓吹保持精神上的年轻是宗教的责任。他说，只要在内心里真正渴求年轻，只要永远不让自己的灵魂沉睡，只要敞开心灵接受一切重新焕发活力的事物，封锁老朽的气息，就没有人会真正老去。他称灵魂中的愉悦最能让人青春永驻，能够重新创造爱人与被爱的人。如果巴塔哥尼亚人能够不带忌妒地欣赏他人的美，人类将会重返年轻。他的青年人队伍日益壮大，而他们的使命绝不仅仅是让人类重现活力。

这一迷人的福音之所以传播甚广，部分是因为先知似乎在生理上与其他巴塔哥尼亚人都不相同。人们相信这是奇迹。当不少同龄人开始显露出衰老的迹象时，他的身体却还是那么年轻。先知不仅在肉体上保持年轻，心智也令人惊异地敏锐。喷薄的性欲尽管在当时十分令人惊异，对他来说却仅仅是过剩能量的自然流溢。他没有因为沉溺于性事而精疲力竭，反而容光焕发。不过，现在他将充沛的活力转向朴素的生活、工作与沉思。正是在这一时期，他的心智变得异于常人。即使到了二十五岁，绝大多数巴塔哥尼亚人的心灵已经陷入泥沼，他还在与接踵而至的思想浪潮搏斗，努力走向未知。直到四十岁，依旧是壮年的他集多年来的行动与思考之所得，带来了更成熟的福音——他关于生存的哲思。尽管这种哲思在某种意义上揭示了巴塔哥尼亚人自己的文化，但它的基础是一股众人难以企及的活力，因此这对他们来说几乎无法理解。

高潮时刻到了。首都的至高神庙正在举行一场典礼，所有人都拜倒在造物主骇人的形象前。此时，不会老去的先知大步向前，抵达祭坛，先看了会众一眼，又看向神像，放声大笑起来。手掌击打神像的声音响彻神庙。他叫道："真是太滑稽了！我向你致意，不是在致意神，而是在向最伟大的小丑致敬。你长着这么一张脸，却因此而受到崇拜！如此空洞，却能威慑众人。"人群中骚动不止，但是神像的破坏者散发着神性的光辉、信念，前所未有。又因为他享有奇迹之子的盛名，所以当他转向信众时，所有人都安静下来，聆听他的斥责。

"蠢货！"他叫道，"一大把年纪了，还这么幼稚！如果神真的像你们所供奉的东西那样扭曲，那是因为他喜欢嘲弄你们，也是嘲弄他自己。你们如此较真，却又不够较真；你们如此庄严，却归于幼稚；你们对生命如此渴求，以至于无法真正活着；你们如此珍惜青春，而它转瞬即逝。当我年纪尚小时，我说过'让我们保持年轻'，你们鼓掌了，做了什么？抱着玩偶不愿长大。对于一个孩子来说，我当时那么讲并不差，但还不够。现在我已长大成人，我要说：'天啊，快点成长吧！'当然我们必须保持年轻；但是，如果我们与此同时不能成长或不断成长，那么保持年轻就毫无意义。年轻当然意味着温和而热情，而年老并不完全代表陷于顽固和绝望，而是在生命这场游戏的所有行动中抵达更精妙的境界。长大当然还意味着别的：意识到生命不过是一场游戏，无疑是相当严肃的游戏，却不过是一场游戏而已。当玩游戏时我们投入其中，为胜利而拼尽全力，可自始至终我们都是为了玩乐，不是为了赢。这样我们才能玩得更尽兴。异族人和巴塔哥尼亚人竞技时，他们会因忘记这是游戏而求胜心切，并失去理智。我们看不起他们。如果他们输了，则蛮不讲理；要是赢了，则到处宣扬。无论如何，游戏都被毁了，而他们根本意识不到自己毁了多么可爱的一件事情。他们还纠缠、咒骂裁决者。在此之前，我当然也做过这种事情——不是在游戏里，而是在生活中。我确实咒骂过生活的裁决者。但即使如此，也要好过你们在这里的所作所为——你们的色兰[22]，你们的誓言就为了受他的恩惠，带着贡品来羞辱他。我从不做这些事，我只是恨他。后来我开始嘲笑他，或者说嘲笑你们在这个地方树立起来的东西。现在我终于将他看得分明，并和他一起嘲笑我自己，嘲笑我没领会游戏的精神。但你们，在这里摇尾乞怜、哀叹不绝，以求裁决者的施舍！"

话音刚落，人们涌向前想将他拿下，他却用年轻的笑声制止了他们，让他们的恨意转为了爱意。他继续说："我来告诉你们我是如何醒悟的。我爱好攀登高峰。有一次我站在阿空加瓜山（Aconcagua）的峭壁雪原上，受困于暴风雪。空气带着雪席卷而来，将我吞噬、卷走。经过几个小时的挣扎，我还是陷进了雪堆里。我试着挣脱出来，却一次次地往下掉，积雪渐渐没过了我的头顶。死亡的念头使我变得暴躁，因为我还有太多想做的事情没有做。我徒劳地死命挣扎。但是突然，怎么说，我看到了我马上就要输掉的那场游戏，意识到这场游戏不论输赢都是美妙的。游戏本身比胜利更加重要。在那之前我都太盲目了，是求胜心的奴隶。但我解脱了，看得更分明了。那时，我才第一次用裁决者的眼光看待自己，

22　色兰（salam）是发源于伊斯兰世界的问候方式。

看待我们所有人。这就好像戏剧中的角色通过作者的眼睛或在观众席上，看清了整部戏剧一样，看到自己也置身于其中。这就是我——我在扮演一个出类拔萃的人，但他因为自己的疏忽，在完成自己的事业之前就陷入糟糕境地。对我来说，作为戏剧中的角色，处境十分糟糕。但是如果我作为一名观众来看，这幕场景在更宏大的意义上简直完美。我发现这对我们所有人来说都是如此，在所有的世界中都是如此。我仿佛看到我们和上千个世界一起在上演一场恢宏的剧目。我透过剧作家的眼睛看到了一切——他欣喜的、有些嘲弄的，却又不失友善的眼睛。"

"然后，看起来我的死期已经到了，但实际上还没有，我还有机会。不知怎么，这幅万物的新图景让我重新获得力量，最终挣扎出了雪堆。我又回来了，但我已经不是曾经的我了。我的精神解脱了。在我小时候，我说过：'要变得更有活力。'但那时我根本不会想到会有比青春火花更加热烈的活力——一种宁静的炙热。这里有任何人懂我在说什么吗？难道没有一个人渴求这种更加热情的生活吗？第一步，就是学会不再谄媚生活，不再面对力量卑躬屈膝。来！把它弄走！像我打碎这块神像一样，打破你们心里这滑稽的形象吧！"

说着，他拿起一盏巨大的烛台打碎了神像。台下的人们又骚动起来，神庙守卫将他逮捕。不久之后，他被认定为渎神，并被处决。这一出格举动是他诸多激进言行的高潮，而掌权者也很乐意有这么一个冠冕堂皇的借口消灭这个才华横溢却无比疯狂的危险人物。

但是圣童崇拜已经流传甚广，因为先知的早期教导揭示了巴塔哥尼亚人最深的渴望。即使他最后的启示扑朔迷离，也依然有大量信徒。但是他们看重的是破坏神像的行为，而不是他教导的核心精神。

即便如此，随着世纪的变迁，新宗教还是传遍了整个文明世界。借助人们广泛的热情，整个种族的精神似乎确实重返年轻了。而人的身体机能也确实恢复了活力。在先知死前，这种独特的生物学"变种"，即在他身上重现早年活力的返祖现象，孕育了成千上万的儿女，而他们又将他的良好基因传播得更远。无疑，圣童的血统让巴塔哥尼亚人赢来了黄金时代，极大地改善了人类的物质生活条件，将整个文明带向北部大陆，并带来了投身于科学与哲学事业新的热情。

然而，文化复兴并不长久。先知的子嗣沉溺于极端的生活。不论是在身体上、性事上，还是在心智上，他们都超出了自己的极限，反而变得虚弱无比。此外，这股有潜力的血脉因为和那些天性"衰老"的大量人口杂交而被稀释、淹没。

因此，不出几个世纪，人类又被迟暮的气氛笼罩。与此同时，圣童的形象逐渐被歪曲。一开始，那是年轻人对青年时期的期许，一种由幻想编织成的狂热图景——不负责的欢愉、志同道合的同伴、纯粹的肉体享受及肆无忌惮的恶作剧。然而，这种气氛逐渐转变成悲伤的中年人想重返年轻。暴力的年轻英雄在伤感的长者那里变成了童年的形象，幼稚且温顺，曾经的暴力行为已经无人记起，只余能让人引起父母情结的那些怪异而迷人的特质。那时，故去的英雄被标上了节制和谨慎这类中年人更能欣赏的标签。

这种被歪曲了的年轻人形象自然是当时年轻男女的噩梦，它成为社会道德模范形象。如果要向这一模范靠拢，就不得不强硬地改变自己的天赋秉性，因为年轻人的张扬个性已经不受鼓励。就好像在古老的时代，人们一方面将女性理想化，一方面又给女性的生活设置了重重阻碍，现在的年轻人也遭到了类似的对待。

在巴塔哥尼亚的整段历史中，确实有少部分人一直能够清楚地捕捉先知的形象，但越来越少人能把握他最后的启示，因为不朽的年轻已经将他引领向一种巴塔哥尼亚人不能理解的成熟。比起"衰老"，巴塔哥尼亚人的历史更是一出关于无法成长的悲剧。他们感到自己老去，因此渴望重返年轻；但是因为心智有限，他们根本无法领会真正的、不曾预见的年轻激情：要实现这样的理想并不只是成就年轻本身，更是向更清醒、有远见的活力前进。

§4　大灾难

就在这时，巴塔哥尼亚人发掘了在他们之前的文明。他们在抛弃古代基于恐惧的宗教时，也忘却了过去的辉煌，认为自己是心智演进的先驱。在新大陆，也就是他们的故乡，当然没有旧世界的遗迹；而遍布旧大陆的废墟似乎只是奇特的自然景观。但之后，随着自然科学知识日益增长，考古学家还原出部分失落世界的事物。之后他们又在中国发现了一处高塔废墟，此时危机真正来临。那里出土了一批金属板（由一种非常耐久的人造材料制成），上面压印着密集的文字。这些东西实际上是一千个世纪以前用来印刷书籍的雕版。人们陆续发现了其他遗址，一点一点破译出了这已经消失的语言。花了三个世纪的时间，古代文化的轮廓重见天日。人类兴衰的历史给巴塔哥尼亚人晚近的文明带来了极大冲击，仿佛古代高塔落在了棚屋旁一样。这些"先驱者"发现所有他们苦苦劳作得来的土地，在很久以前就已经被征服又失去过。从物质成就来看，他们的荣耀同古老文明的光辉比起来根本不值得一提；就心智建设来说，与曾经宏伟的帝国大厦相比，就像是零散的茅屋。巴塔哥尼亚人的自然科学知识不比前牛顿时期的欧洲先进多少。他们也就刚刚才领会科学精神，破除了一点迷信。就在这时，他们突然继承了一大笔文化遗产。

这对于对智力有强烈兴趣的人们来说是极其震撼的。更加令人震惊的是，他们在研究的过程中发现，过去的文明不仅辉煌，而且还近乎疯狂，疯狂在历史的长河中完全占据主导地位。巴塔哥尼亚人非常明智，又信奉经验主义，因此他们无法在不亲历的情况下接受古老的知识。考古学家将他们的发现交给了物理学家和其他科学家。很快，他们将欧美文化在巅峰时期的思想和价值与衰落的世界政府时期的退化产物区分开来。

发现一个更加发达的文明所带来的结果是戏剧性的，或说悲剧性的。巴塔哥尼亚人因此分裂成两派：效忠者认为这些新发现不过是恶魔的谎言，反抗者则直面现实。对于前者来说，这些发现十分令人担忧；对于后者来说，尽管颇为吃惊，但还是为之倾倒，并看到了希望。地球不过是星云中的一粒尘埃，算是新科学里最平常的学说了，因为巴塔哥尼亚人已经放弃了地心说。对于保守人士来说，最令人痛苦的发现是已经有一个更早的种族在很久以前占有并挥霍了他们无比渴求的活力。而进步人士强烈要求将获得的新知识付诸科学实践，认为如果巴塔哥尼亚人恰当利用这些知识，一定可以凭借更高级的心智弥补他们缺乏的青年活力。

愿景的分歧进一步导致了巴塔哥尼亚世界前所未有的武装冲突。某种类似于国家主义的理念兴起。更加有活力的南极洲迈入现代文明，而巴塔哥尼亚地区却故步自封。若干战争爆发。南极地区的物理和化学知识更加发达，因此制造出北方人不可抵挡的战争机器。不消几个世纪，"新文化"胜利，世界再一次迎来统一。

在此之前，巴塔哥尼亚文明类似于以前的中世纪。由于物理和化学知识的影响，情况开始改变：风力与水力系统开始用于发电；大量挖掘工程兴起，希望发现在地表已经消失的金属和其他矿物。建筑工程开始运用钢材；人们同样开发了电力飞机，但是并没有真正获得成功。飞行实验的失败有其症结：尽管他们制造出来的飞机完全可以投入使用，但是巴塔哥尼亚人没有驾驶飞机的勇气。他们自己通常会把失败归咎于缺乏方便的供能资源，譬如古代的汽油。事实上石油和煤矿的短缺一直阻碍着他们的发展。虽然还有火山能，但是就连资源更加丰富的古人都没能完全掌控，巴塔哥尼亚人更是无能为力。

实际上，风力和水力发电已经给他们提供了一切所需的能源。整颗行星的资源都可供他们使用，同时世界人口才不到一亿。凭借这些资源，他们虽然永远无法赶上奢华的旧世界，但或许可以建立起某种乌托邦。

然而，历史的走向并非如此。尽管人口的增长率低，但是工业制度还是进一步导致了大量社会冲突，这恰恰是几乎摧毁古代人类的原因。在他们看来，只要物质资源更加丰富，一切问题都可以解决。这股强烈却毫不理智的信念是巴塔哥尼亚人执念的病征，源于对绽放活力的渴望。

在这种情况下，古代历史中的一事一物自然让他们无比着迷。无限能源的秘密曾经为人知晓又失去。那么，巴塔哥尼亚人为什么不用自己的智慧重新发掘它、利用它，让地球成为一个人间天堂呢？无疑，对古代人来说，放弃这种危险的能源是正确的；但是巴塔哥尼亚人头脑清醒、心境平和，没有理由担心。确实，有些人认为抑制物种衰老的进程比开发能源要来得重要，但不幸的是，尽管物理科学进展迅猛，更加精细的生物科学还相对落后，主要是因为古代人除了改良自己，也没有留下别的技术遗产了。因此，巴塔哥尼亚人聪慧的头脑主要集中在核心问题上。国家鼓励能源研究，建立并资助了许多实验室，它们的公开目的也就只有这一项研究。

这项研究十分困难。巴塔哥尼亚人十分聪慧，却不够坚定。在长达五百年左右断断续续的研究后，科学家才揭晓秘密，或者说秘密的一部分：只要消耗大量的初始能量，似乎就可以让正负电荷湮灭，变成一种罕见的原子。但这样的限制根本无关紧要，因为人类现在已经取得了无尽的能源，并且可以自如地控制。不过尽管可控，这个新玩意并不是万无一失的：根本无法保证会不会有人拿它干蠢事，或者因为无心之过而失控。

不幸的是，在新能源被发现的时代，比起衰老，巴塔哥尼亚人更大的问题是分裂。社会工业化，再加上根植在种族天性中的顺从，造成了甚至比旧世界还要极端的阶级分化，尽管两个世界的分化模式迥异。巴塔哥尼亚人身上常见的父母情结导致统治阶级不会像历史上的第一代人类一样粗暴扩张。除了工业化的最初一个世纪，无产者并没有遭受什么痛苦。家长式政府保证所有巴塔哥尼亚人都至少丰衣足食，可以享受各式休闲和娱乐活动。与此同时，政府的管制越来越严格。在第一世界政权统治时期，公民权利掌握在少部分工业巨头手中，但是方式和现在不同。之前，商业巨鳄的动力是一种产生活动的冲动，这种热情近乎神秘；而现在，统治的少数派以代位父母[23]的方式对待民众，目标是创造"心理上年轻的人，单纯，快乐，充满活力而忠诚"。他们的理想国家是某种介于预备学校和股份公司之间的状态：一方面有

23　原文为拉丁语。代位父母指的是某人或某组织在法律上承担父母职责的情况。

"老师"严格而富有爱心地对待"学生";另一方面，股份持有人的职能仅限于心怀感激地向英明的掌权者移交自己的权力。

整个系统长期运作良好，不仅仅是因为巴塔哥尼亚人的温和天性，还得益于政府吐故纳新的管理原则。至少，从早期文明的反面教材那里，人们学会了要尊重理智。通过严密的考评系统，各个阶级最聪明的孩子们会被选中，以培养成为国家的管理者，甚至管理者自己的后代也需要参加同样的测试，而只有通过考试的人才能被"青年领袖学院"录取。虽然存在一些腐败现象，但是总体来说整个系统运作得当。通过考评的孩子们会接受严格的理论和实践教育，成为管理者、科学家、教士和逻辑学家。

相对缺乏才能的孩子所接受的教育和青年领袖完全不同，他们会知道自己没有其他人那么有才干，必须要尊重高人一等的青年领袖；青年领袖将在各自的专精领域内为人类共同体做出巨大贡献，因为他们有这个能力。不能说平凡孩子受到的教育就是奴隶教育，实际上人们希望他们成为母国温和、勤奋和快乐的儿女。他们被教导要忠诚、乐观，要接受不同岗位的职业训练，并为各自的职业规划尽可能地发挥智慧。但是，他们绝不可以接触国家大事及宗教和科学问题。在官方教育理念中，青年之美是基础。人们要学习大家公认的青年品格，尤其是谦逊和天真。作为一个阶层，他们非常健康，因为在巴塔哥尼亚，体育锻炼是教育中非常重要的一环。此外，在这些工人阶级之间，阳光浴作为一种宗教仪式非常流行，因为人们相信它能让身体保持年轻、让心境保持平和。被统治阶级的乐趣主要在于田径和其他运动项目，不管是身体还是智力运动。人们同样乐于练习乐器和从事其他形式的艺术，因为这都是年轻人爱玩的东西。政府会审查艺术作品，但是审查力度基本上不强，因为巴塔哥尼亚人忙碌而迟钝，无暇欣赏边缘的、极端的艺术。他们把时间完全花在工作和娱乐上。当时也没有任何性行为管制。人们的政治需求主要由官方的青年崇拜和对共同体的忠诚满足。

在迈入工业社会的第一个世纪后，和平社会维持了大约四百年。随着时间的流逝，两个阶级之间心智的差异越来越大。普通工人阶层中能力超群的人变得愈发罕见，而新的领导队伍更是只由领导自己的后代组成，直到最后变成事实上的世袭制度。分歧逐渐变深。渐渐地，统治者开始失去和被统治者的一切思想交流，他们犯下了大错。如果心理学和其他科学保持一样的发展节奏，这样的错误本可以避免。对于心智相对落后的工人，统治者越来越把他们当成孩子，完全忘了他们也是成年男女；虽然工人们很单纯，但是他们也希望自己在伟大的人类事业里有存在感。从前，人们一直在营造责任感的幻觉。随着阶级差异的加剧，无产者渐渐变成婴儿，而不再是青年，更像被悉心照料的动物而非人类。他们的生活受到了日渐严格的系统管理，尽管这一切都是出于好意。同时，统治者也不再花那么多精力教导被统治者理解和欣赏人类的共同事业。在这种情况下，社会气氛发生了变化。尽管实现了除第一世界政权时期外前所未有的发达物质生活，但人们还是变得倦怠、失意、乖戾，对统治者也毫无感激之情。

这就是科学家发现新能源时的社会状态。世界共同体由两个非常不同的部分组成：首先是一批心智高度发达的少数人，他们比其他人更加充满热情地投身国家建设和文化事业；其次，大量迟钝的工业社会住民，虽然生理上得到了悉心照料，但是精神贫瘠。两个社会阶级曾经就一种药物的使用爆发过严重的冲突。因为该药物能产生巨大的快感，人们要求生产流通，但是管理层因为它的副作用而禁止大众购买。药物被禁后，无产者误解了政策的动机。群众心中对政府的积怨——尽管他们自己没有意识到——最终还是因为这件事情爆发出来。

当时，有流言称在未来机械能量将会用之不竭，人们期待全新时代的到来。那时，每个人都会有私人的无限能源，不会再有工作，只有无尽欢愉。不幸的是，新能源一开始主要用在金属和其他矿物的挖掘上。现在人们可以下降到前所未有的深度，寻找很久以前就在地球表面消失的资源。对于矿工来说，这意味着困难而危险的作业。一些人员伤亡事故开始引发骚乱，这时新能源又用在血腥镇压上。统治者宣称，尽管他们那颗为人父母的心为他们的"傻孩子"感到遗憾，但是为了防止更大的恶，惩罚是必要的。他们要求工人们学习圣童最后教导的超然态度，以此面对困难处境，但是这个主张理所当然地被人嘲笑。更多的罢工、暴动、谋杀出现。工人阶级面对他们的统治者，宛如羊群面对羊倌，缺乏在大局下有组织行动的头脑。但正是这样一起悲惨而无用的抵抗运动，导致巴塔哥尼亚文明最终覆灭。

在一处新矿区发生了一起小型冲突。管理层禁止矿工向自己的孩子传授工作经验，因为职业教育必须在正规学校里完成。因为触犯到自己的父母权威，工人对这道禁令感到愤怒。历史仿佛闪回到了旧社会，工人控制了一组动力装置并将其疯狂捣毁。这些破坏分子无意间让事态恶化：物理能量的神力挣脱了镣铐，开始在这颗行星上发威。第一起爆炸足以让矿区旁的山脉灰飞烟灭。这片山脉里蕴含的许多致命物质，被爆炸产生的射线引爆，由此激发了连锁反应。一阵炙热的飓风席卷了巴塔哥尼亚的领土，它所及之处刮起原子风暴，破坏力不断升级。这场灾难沿着安第斯山脉和落基山脉北上，让整片大陆变成一片火海。它攻陷了白令海峡，像一群愤怒的巨蛇一样侵入亚洲、欧洲和非洲。

很久以前开始，火星人就在观察地球，就像猫在观察远处的猎物一样。他们发现自己邻近星球产生的能量突然大幅增加。此刻，各处的海水沸腾，伴随着海底运动。潮汐没过海岸，侵袭了山谷，但同时因为海水大量蒸发和海底断层，致使海平面大幅下降。所有的火山都变得非常活跃。地球的两极开始融化，但并未像地球其他地方一样被焚烧。大气中弥漫着的水汽和尘土，在飓风中不断搅动。随之而来的是电磁坍塌（Electromagnetic collapse），地球的表面温度逐步升高。最终，只有在极地和极地周边的少部分地区才有生物存活。

巴塔哥尼亚人的灭亡过程很短暂。在非洲和欧洲，虽有少部分偏远居住地的住民没有受到爆发的影响，但很快都死于蒸汽飓风。三个月之内，两亿人类要么被烧死，要么窒息而亡，除了碰巧逗留在北极周边地区的三十五个人。

第六章 转变

§1 困境中的第一代人类

命运总有各式各样的精妙把戏，让人类陷入绝境，但有时也会助他们一臂之力。不久之前，一艘极地科考船深入北极海的浮冰，预计停留四年，而在大灾变发生时已经是他们在北极停留的第六个月。那是一艘帆船，在新能源可以投入实践之前就已经出发。队伍由二十八个男人和七个女人组成，因为这个人种的女性性能力受到的削弱相对男性而言较少。实际上，在这个小型共同体中确实存在偶尔的忌妒与不和，但是团体精神[24]还是占了上风。所有队员都经过精挑细选，兼具合作能力、忠诚心、良好的身体条件及专业技能。所有人都称自己是圣童的后裔，是青年领袖。此外，巴塔哥尼亚人的父母情结在考察队员身上有着古怪的体现：他们随队携带了一对小猴子作为宠物。

考察队第一次察觉到大灾变，是因为一股热风融化了冰雪表面。天空一片漆黑，北极的夏天夜晚变得怪异而湿热；

---

24 原文为法语。

雷雨交加，雨水倾泻在科考船的甲板上；成片的刺激性烟尘侵扰着眼睛和鼻腔；海底的地震撼动着浮冰。

爆炸一年后，北极点附近，科考船在暴风雨中的冰山群里作业。受困的队伍开始向南走，但是随着船只的前进，空气逐渐变得极为炎热，且具有刺激性，风暴也十分剧烈。又是十二个月过去，他们依然在北极海打转，一遍遍因南方的恶劣天气撤回北极。不过，随着时间的推移，情况有了轻微的好转，考察队排除万难抵达了原定目的地——挪威，却发现那里的低地已经化作焦土，寸草不生，而高处的植被开始渐渐复苏，绿色隐隐可见。他们的基地所在的城镇已经被飓风扫荡一空，街道上还躺着住民的白骨。继续向南，到处都是一样的荒凉破败。他们希望这场灾难只是局部的，于是围绕不列颠诸岛航行，又折返法国。但是法国已经成为一个可怕又混乱的火山国度。随着风向大变，红热的火山碎屑散落海中，激怒了海水。他们艰难地沿着西伯利亚海岸前行，终于抵达了世界上最大的河流之一的入海口，找到了可以忍受的落脚地。科考船在此停泊，队员们得以休息。队伍人数减少了，有六男两女在航行中丧命。

即使在这里，生存条件也十分恶劣，植物大量枯死，动物尸体遍地。但很显然，第一波爆发的影响正在减弱。

这时，远航者已经开始认清现实。他们记起半开玩笑的预言，说新能源迟早会毁灭整个星球。现在看起来，这个预言太准确了。世界性灾难爆发，他们因为距离太远，又身处北极的冰天雪地，才幸存下来，逃离了和他们的其他同类一样的命运。

在已经被毁灭的星球上面对如此绝望的处境，余下的这些人早已筋疲力尽，有几位一心求死。每个人都这么想过，除了一个意外怀孕的女人。她种族本性中的父母情结焕发出来，恳求所有人为了她腹中的孩子而奋斗。她当然知道孩子即使生下来也会面对艰难的生活处境，她只是一味坚持，并不想以理服人："我的孩子必须活下来。"

男人们耸了耸肩。因为疲惫的身躯已经从不久前的挣扎中恢复，他们也意识到他们所处境况的庄严意义。其中一位生物学家说出了所有人都心知肚明的想法：至少有存活下去的一线希望。如果说男人女人们有任何神圣的职责，那他们无疑义不容辞，因为他们已经是人类精神最后的希望。不论遇到任何艰难，不管前景多么凄凉，他们都必须让人类重新夺回地球。

共同的使命给他们注入了力量，也让他们变得无比团结。"我们只是普通人，"生物学家说，"但是我们必须伟大起来。"实际上，因为自身的处境，他们确实变伟大了。共同的使命和共同经历的磨难在他们心中埋下了深厚的情谊——虽然没用言语表达，但是实际的奉献行为说明了一切。事实上，他们在孤单感和责任感的陪伴下，不仅体会到了情谊，更是感觉到他们全体都是实现某项神圣事业的工具。

他们开始在河边建造住所。整片区域一片狼藉，但是得益于掩埋在土地里和随风而来的根茎和种子，植物群很快复苏。郊野现在重返绿色，被那些可以调节自身、适应新的环境的植被占领。动物群遭受的打击更严重一些。除了北极狐、一些小型啮齿类动物和一小群驯鹿，只有活跃在北极圈内的动物得以存活，例如北极熊、几种鲸鱼及海豹，还有很多鱼类。大量鸟类从南方蜂拥而至，又因为食物短缺而成批死去，不过也有几种已经适应了新环境。事实上，地球上的整个动植物生态正在短时间内经历损失非常惨重的再调节过程。很多早已扎根的物种完全无法在新世界立足，而不起眼的生物却可以继续前行。

科考队发现他们可以种植从挪威的一个仓库废墟中带来的玉米种子，甚至稻谷种子。但是高温、经年的滂沱大雨及多云的天气使让农业种植格外困难且不稳定。此外，大气污染严重，人类器官难以适应。最终，科考队员们的身体长期处于疲惫状态，备受疾病困扰。

孕妇在生产时去世了，但是她的孩子活了下来。孩子成为队伍的圣物，使每个队员心中的典型巴塔哥尼亚人的父母情结被激发。

慢慢地，定居点的人数因为疾病、飓风和火山气体而减少。但很快他们与环境的关系达成了平衡，甚至能营造相对舒适的生活。然而，随着定居点越来越繁荣，人们却不再像之前一样团结了。性情之间的差异让他们陷入险境。人群中出现了两个领导者，或者说一个领导者和他的批评者。先前领导远航的人没有能力处理新状况，最终自杀身亡。科考队就将副航行官升为了总管，没有人有异议。另外一位天生的领导者是一位青年生物学家，性情和副航行官完全相反。两人的关系很大程度上决定了人类历史最终的走向。两个人物本身也很值得研究，不过这里我们只能一笔带过。在困难时期，副航行官的权威无可动摇，因为所有工作都取决于他积极、英勇的形象。但是在相对舒适的时期，针对他的议论四起，因为即使是在不那么需要组织纪律的情境下，他也要求纪律严明。在他和年轻生物学家之间有一种混杂了敌意和欣赏的奇特气氛——生物学家虽然批判副航行官，但同时又爱慕他，总是说整个团队之所以幸存，副航行官的实践才能至关重要。

上岸三年后，幸存人类的共同体虽然在数量和活力上有所减弱，但是已经建立起了狩猎、种植和建筑的日常生活。

三个相当健康的婴儿让长辈们头疼又怜爱。生活已经相对安定，副航行官的行动才干越来越没有用武之地，而科学家的知识变得更重要。副航行官对种植和畜牧技术一窍不通，在矿产开采方面也是外行。随着时间的流逝，他和其他海员变得躁动不安；最终，当领导者下令返回科考船以探寻新的土地时，队伍中爆发了严重的冲突。所有海员都支持这一决定，但是科学家们因为非常清楚到底发生了怎样的灾难，又因为航行生活实在艰苦，所以拒绝同行。

团队内部逐渐出现暴力苗头，但是双方都接受过尊重他人、忠于集体的教育，所以都很克制。忽然有一天，性激情点燃了导火索。被公认为是定居点"皇后"的女人本是领导者的圣物，但她和一位科学家同床，以宣告中立。领导者袭击了科学家，并在暴怒之下杀死了这个年轻人。小小的社群爆发了两个派系之间的武装冲突，鲜血遍地流淌。然而，所有人很快意识到这场冲突是愚蠢而有渎神圣的，毕竟他们是文明种族仅有的幸存者。在一场和谈之后，他们做出了重要的决定。

科考团分成两个队伍，其中一个队伍由五男两女组成，由年轻的生物学家带领，留在定居点。领导者本人带着剩下的九男两女远航欧洲，寻找更合适的居所。他们承诺，如果有可能，在接下来的几年里都会发来消息。

做出决定后，两个队伍再一次变得友好。所有人都在为探险队做准备工作。当最终启程时，他们举办了一场隆重的告别会。所有人都为重新团结而松了一口气，又因为要和长久以来情同手足的战友分别的伤感，气氛相当沉重。

这场分别比他们所想的还要重要得多，两个队伍最终分化出不同的人类物种。

留下的人再没有从探路者那里听到任何消息，最终认为这场航行以失败告终。但实际上探路者们一路西行，从旧冰岛（现在是火山聚集区）的西南方向前往拉布拉多海（Labrador）。航行途中，队伍因为剧烈的风暴和汹涌的海水损失了大部分队员，船只也最终失去动力。当他们的船只最终搁浅在碎石滩上时，只有船长和他的两个女伴和一对猴子活了下来，攀登上岸。

他们所在的环境比西伯利亚要炎热得多，但就像西伯利亚一样，拉布拉多的高地也有丰富的植物资源。对男人和他的两个女人来说，觅食一开始非常艰难，但是很快他们就适应了食用莓果和菜根。很多年之后，生存环境彻底破坏了他们的心智，后代也都变得野蛮，最终退化成非常原始的物种，只比自己的猿类祖先多了些人性。

西伯利亚的定居点目前处于困境，但是人们无比坚定。通过计算，科学家认为地球要回到原先的状态，至少需要几百万年。尽管最初的灾难表面上已经休止，但最严重的几次爆发事故留存了大量被压抑的能量，需要几百万年的火山活动才能完全释放。这支队伍的领袖是个罕见的天才，他沉着地思考了这样的处境。他认为，未来的百万年间，除了西伯利亚海岸非常有限的一部分地区，地球上不再适合居住。这一时期人类注定受困于这种艰苦的环境，一切希望都在于人类文明的幸存者能最终存活下来，而人性也将在环境适宜的时代到来之前一直潜伏。为此，整个队伍必须努力繁衍，并为他们的后代创造出文化生活的环境。最重要的是，他们要尽可能记录巴塔哥尼亚文明的一切。"我们是幼芽，"他说，"必须保护自己，记录时间的流逝，保存人类的遗产。我们身边环境的变化几乎毁了我们，但即使只有一线希望也必须战胜它。"

事实证明他们做到了。有那么几次他们几乎陷入绝境，但还是拖着疲惫的身躯保住了人性的火种。定居点的生活无疑是一场跌宕起伏的戏剧。尽管这些人因为一项神圣使命团结在一起，就好像纠葛在同一只手臂上的肌肉，但是每个人又都有自己的性格。降生的孩子激发了长辈的父母情结，导致他们相互忌妒。他们会为了讨年轻家伙的欢心、讨好这些人类血脉仅存的种子而产生冲突，这样的冲突时而隐忍克制，时而公开直接。此外，在对下一代的教育问题上也存在分歧。尽管所有的长辈都因为孩子的童真而疼爱他们，但至少有一位，即富有远见的领导者，将他们看作是人类精神潜在的容器，因此需要为了伟大使命进行精心打磨。在个性和使命隐隐的冲突与矛盾中，这个小型社会一天天存续下来，就好像手臂要依靠肌肉之间的张力作用才能活动一样。

冬天，定居点的成年人将主要的闲暇时间花在记录全部人类知识框架的英雄事迹上。领袖自己很看重这项工作，但是其他人却经常对此感到厌烦。每个人都负责记录文化的一个部分，他或她要仔细考察其中一个分支并且在石板上写下草稿，接受同伴的审阅，最终深深地刻在硬石板上。经过常年的工作，这样的石板已经有几千块，被悉心保存在一个洞穴里，将地球和人类历史，以及物理学、化学、生物学、心理学和几何学的框架保存了下来。每个人还要相对详细地记录自己研究领域的总结，并且附上自己对存在的理解。他们还花了很大精力编撰配图字典和语法，希望在遥远的未来能用于解读整座书库。

记录人类思想的工程进行了很多年。定居点的建立者已经非常孱弱，而下一代中最年长的还是个少年。两个女人中的一个已经去世，另一个则近乎瘫痪，她们都为生育儿女奉献了终身。如今，人类的历史寄希望于一个年轻男孩，一个男婴和四个不同年龄的女孩身上。不幸的是，这些珍贵的生命正在吞下因过于珍贵而酿成的苦果。他们的教育很失败。长辈对他们既纵容又约束，他们觉得所有东西都可以给这些孩子，但是孩子们反而被这种呵护和教导击垮，于是疏远了长辈，并且对寄托在他们身上的理想感到厌倦。人们擅自将这些生命带到了世界的废墟上，他们因此拒绝承担向不可能的未来前进的重负。狩猎和为开创新时代的每日斗争让这些年轻人充满勇气，相互信任，在意彼此的个性。他们只为了当下、为了触手可及的现实而活，而不为只存在于言语中的文明。尤其是，他们非常憎恨在花岗岩石板上永无休止地刻下长篇废话。

　　最年长的女孩开始发育时，危机终于爆发。领袖声明，她的义务就是立即开始生育，命令她和他的儿子（也算是女孩的半个哥哥）交合。她曾当过上一场生产的助手，她母亲就是在那时身亡，因此拒绝服从。领袖试图强制她听命，而她则丢下刻字工具逃走了。这是最初的反抗行动。又过了几年，老一辈已经不再享有权威。定居点开始了新生活，更加有活力、危险、丰富，也更加漫不经心。这是因为住民放低了对生活舒适度的要求，组织也不再那么严格，也是因为身体更加健康和有活力。动植物培育的实验荒废，建筑经年失修，狩猎和探索技能却有所精进。闲暇时期，他们放弃了赌博和算数，投身于歌舞和故事讲述。对于这些更美妙的生命来说，音乐和文学成为他们主要的表达方式和抒发隐秘宗教体验的途径。老一辈人崇尚的智慧遭到奚落。这些可怜的科学知识究竟能告诉我们什么？永生的真相、多面的现实，它们永远在流逝，从来不会保持一致。科学能告诉我们关于它的一丁点知识吗？在常识世界，人类可以依靠智力进行狩猎、耕作，但如果走得更远，迎接我们的就只有荒漠，灵魂也会失去养分。听从自然本性生活吧！让年轻的神在心中永远活跃吧！聆听苦苦挣扎的、非理性的、晦暗的生命活力吧！它不再以逻辑实现自身，而将蜕变成美。

如今，只有老人才会刻石板了。

但是，有一天，男婴也将成长为少年，并开始对海豹尾巴般的后肢产生了兴趣。老一辈小心翼翼地鼓励他。他又进行了更多的生物学考察，被引导着逐步揭开了这个星球上生命的历程，接受了他们的使命。

与此同时，在失败的教育之后，性与父母情结的天性在年轻人身上展现。他们不可避免地互相爱慕，也诞生了几个婴儿。

就这样一代又一代，人类定居点保存了下来，有着不同的成就，不同的生活滋味，还有对未来不同的期许。随着环境的变化，人口起起落落，一度锐减到只剩两个男人和一个女人，但又渐渐地繁衍到了数千人，这也是海岸区食物容量能容纳的最大人口数量。长远来看，尽管自然环境没有让人类物种灭亡，但是让人类的心智开始萎缩。西伯利亚海岸地处热带，南部是一片火山区。随着世代变迁，人类心智失去活力，不再那么敏锐，原因可能是过于频繁的近亲繁殖。不过这也并不是没有好处。尽管心智衰弱，但同样有一些珍贵的品性变得更加坚固。定居点的开拓者代表了第一代人类最优秀的血统。他们因为刚毅和勇气、纯粹的忠诚、强烈的探索兴趣被选中。因此，即使心智正在逐渐衰落，但人类不仅存活了下来，还保留了好奇心和集体意识。即使人类的各项能力都在逐渐削弱，但理性的意志、种族大团结的信念保留了下来。虽然他们对人类和宇宙的认识逐渐沦为粗糙的神话，但是他们对未来抱有超出理性的忠诚，同时也忠诚于神圣的石板图书馆，尽管他们现在已经完全无法理解里面的内容了。几千年甚至百万年之后，人类物种的生物本质已经改变，但他们还在潜意识里崇尚心灵的才智，对辉煌的过去依然还有模糊的概念，同时近乎病态地坚信人类会有更加辉煌的未来。最重要的是，自相残杀的冲突几乎已经绝迹，偶然的冲突只会让人类保持团结与和谐的意志更加坚定。

§2 第二黑暗时代

我们现在要快速浏览第二黑暗时代的历史，只考察对人类未来有重大影响的事件。

许多个世纪之后，大爆发后积攒的能量逐渐耗尽；过上几十万年，新生的活火山群才重新休眠；再过几百万年，地球上的大多数地区才重新适合生命繁衍。

这期间发生了很多变化。大气变得更加清澈、干净、平和。气温下降，极地地区已经会偶尔降雪、结霜，没过多久就重新形成了冰帽。同时，地球内部的压力使得地理运动加速，在自然力量的撕扯下，大陆板块再一次发生变化。南美洲几乎已经塌陷到爆炸产生的空洞中，但是一片新大陆联结了巴西和西非。东印度和澳大利亚也变成了一块完整的大陆。因为长期的地壳运动，青藏高原下陷，同时向西部迁移，在阿富汗地区形成了离海平面四万英尺的山区。欧洲沉没于大西洋下。河流像扭曲的蠕虫一样，在大陆上奔腾。新的冲积层形成，海底也堆积了新的岩石层。极地地区幸存的生物演化出了新的动植物物种，传遍了亚洲和美洲。在新的森林和草地地区出现了驯鹿的后代，以及成批的啮齿类动物。以这些动物为食的，是大大小小的北极狐新种。其中有一种北极狐体型巨大、长得像狼，很快在新秩序中成为"万兽之王"，直到被演化相对缓慢的北极熊取代。一种海豹恢复了古老的陆地习性，发展出了狭长的蛇形身体，可以迅速地在海岸边的沙丘堆里爬行，它们的捕食习性是尾随啮齿类，甚至一直跟随到猎物的洞穴里。鸟类开始遍布世界各地。曾经因为古代动物群销声匿迹而留下的诸多空缺，现在都被鸟类填补上了；它们不再飞行，反而演化出陆行习性。因为大火而几乎灭绝的昆虫在那之后增长得极快，种类和习性千奇百怪，很快又夺得了曾经对地表的统治权。新的微生物群演化得更加迅猛。为了适应新的生活环境，新的生命形式覆盖了旧的。总体上来说，地球上所有的动植物习性都发生了巨大改变。

人类两个分支的发展相差甚远。拉布拉多人因为闷热的气候，又不像西伯利亚人一样有意保存人类文化，几乎沦为低等动物，但他们的部落最终密集地占据了整个西部地区。相反，在第二黑暗时代的一千万年里，亚洲人口一直十分稀少。海水的侵袭从南方将他们和西方人分割开来。亚洲人聚集在曾经的泰梅尔半岛（Taimyr Peninsula）所变成的一个岛屿的北部海角，岛屿沿海地区则是以前叶尼塞河（Yenessi）、下通古斯河（Lower Tunguska）和勒拿河（Lena）的峡谷。后来气候好转，人类部落向岛屿的南部迁移，一直到海岸。宜人的居住条件让他们得以在一定程度上恢复文化生活，但人们开发大自然的能力已被过去的炎热时期摧毁，他们已经不能从新的大自然的恩赐中获取更多利益了。而且，在长达一千万年的第二黑暗时代末期，极地气候向南蔓延，占领了他们的岛屿，推毁了种植的谷物。养殖场的啮齿类动物数量开始锐减，本就稀少的鹿群因为食物缺乏而死。渐渐地，神圣的人类退化成一群幸存的极地原始人。就这样过去了一百万年。从心理角度来说，他们几近瘫痪，完全失去了发明创造的能力。在雪覆盖圣所时，他们甚至已经无法灵活运用山谷里的石块，只是制造骨制工具。语言能力也逐渐退化，只能咕哝一些表达重要行动的声音，还有稍复杂一些的情绪表达系统，因为他们的情绪还十分敏锐。尽管几乎完全失去了智力创造的能力，但他们的本能反应仍打下了更加高级的智慧的烙印：他们的生活高度社会化，同时又深深地尊重个人生活；他们父母情结强烈，对宗教事务狂热得可怕。

在整颗星球恢复生机后不久，在巴塔哥尼亚灾难发生大约一千万年之后，一批原始人随着冰山向南方漂流，抵达亚洲大陆。他们十分幸运，因为极地气候正在蔓延，而岛民不久之后就灭绝了。

幸存者在新大陆扎根、繁衍，几个世纪之后终于深入亚洲的腹地。人类的迁徙过程十分缓慢，因为他们不善生育，也不灵活。但是现在的自然环境极其有利，气候宜人：俄罗斯和欧洲已经变成了一片浅海，接收来自大西洋的暖流。除了一些小型灰熊（北极熊的后代）和狼狐，没有其他危险的动物；几种啮齿类动物和鹿提供了大量的生肉；还有各种习性的鸟类在此生存；木材、果蔬、野生谷物和其他营养丰富的植物在水分充沛的火山泥上茂盛生长。此外，长久以来的火山喷发使得包裹着岩层的地表再一次富有金属。

几十万年之后，在环境适宜的新世界上，人类从零星个体繁衍成了遍布整片大陆的不同种族。在种族之间的冲突和交融中，在火山泥中的某些化学元素的长期滋养下，人类最终重新焕发活力。

时间轴 II

时间单位为上一时间轴单位的一百倍，无疑极其粗略

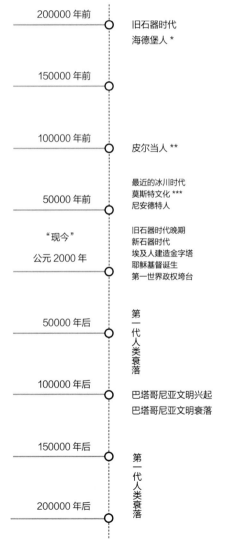

200000 年前	旧石器时代 海德堡人 *
150000 年前	
100000 年前	皮尔当人 **
50000 年前	最近的冰川时代 莫斯特文化 *** 尼安德特人
"现今" 公元 2000 年	旧石器时代晚期 新石器时代 埃及人建造金字塔 耶稣基督诞生 第一世界政权垮台
50000 年后	第一代人类衰落
100000 年后	巴塔哥尼亚文明兴起 巴塔哥尼亚文明衰落
150000 年后	第一代人类衰落
200000 年后	

* 海德堡人：被视为欧洲尼安特人的祖先。

** 皮尔当人：二十世纪初著名的古人类化石伪造时间中命名的古人类，直到 1953 年真相才被揭发。

*** 莫斯特文化：欧洲旧石器时代的代表文化。

第七章　第二代人类的崛起

§1 新物种诞生

巴塔哥尼亚灾难大约一千万年后，在一场世界范围的生物演化中，一些人类族种的基因开始发生变异，其中很多变化意义非凡。基于这样的"原材料"，加之新环境长达几十万年的刺激作用，最终，第二代人类诞生了。

总体上来说，虽然第二代人类的脑容量更大，身材也更加高大，但和祖先依旧十分相似。他们的头部即使与自己的身体比较也显得十分庞大，会给脖颈带来负担；手掌宽厚，又十分精致；巨大的身型要求更大的支撑力，因此双腿也比祖先的更加粗壮，超出了原来的比例；脚掌已经没有分开的脚趾，同时因为脚骨慢慢长在了一起，也变得更加稳固，步行的效率比以前更高了。第一代人类在西伯利亚流浪期间逐渐长出了厚实的毛发，而大多数第二代人类也继承了有着金黄毛发的外表。他们的眼睛很大，大多是翠绿色的；容貌则像大理石雕像一样，但略微能透一丝光，表情也变化自如。或许可以说，大自然最终在第二代人类身上重现曾经与第一代人共同取得的荣光，并改进了先前不幸的造物，创造出这些穴居的猎人和艺术家。

第二代人类的内部器官与之前的物种差异巨大，他们完全摆脱了那些可能在不知不觉间束缚第一代人类的原始遗留——不仅没有阑尾、扁桃体和其他没用的赘生物，整个身体结构也更加统一、稳定。新的化学组织能让人的生物组织更高效地从创伤中恢复。尽管以头部的大小来看，他们的牙齿小而稀少，但是几乎已经不再有龋齿。新的腺体能让青春期延后到二十岁，直到五十岁才完全成熟，一百九十岁时才会渐渐衰弱。而通过几年的沉思，几乎所有人都会选择在年迈之前死去。就好比当一个人的工作全部完成后，他平静地回顾一生，发现不再有任何事物值得他关注、让他不愿永远睡去。女性生育需要怀胎三年，哺乳期则是五年；在这期间和未来的七年内不能再次怀孕。在一百六十岁左右，她们会迎来更年期。第二代人类的女性像自己的男性配偶一样魁梧，在第一代人类看来或许会像是可畏的女巨人；但即使是这些早期的"半人"也会受到第二代人类女性的吸引，因她们的无限活力和触动人心的神情。

第二代人类的性情和他们祖先相比有惊人的差异。性格的各种要素都是相同的，但却以不同的比例混合在一起，同时，基于深思熟虑的个人意志扮演了更重要的角色。人们重拾性活力，但是性旨趣已经大不相同。从前，人们主要寻求异性之间肉体与感情上的欢愉；现在，人类本性已经升华，变得更加深刻，能够欣赏所有生物的身体和心灵形式。稍微狭隘一些的生物或许很难想象取向如此广泛的性本能，因为他们不明白，原先只针对异性同类的猛烈爱意如何可以释放到所有飞禽走兽和植物的美丽形体和灵性上。新物种依旧有浓烈的父母情结，更心怀一切生灵。他们天生乐于照料一切需要帮助的生物，并且以此为事业。这种充满热情的利他主义在之前的人类中十分少见，但新人种的所有寻常男女都受到了感召。与此同时，尽管第一代人类不愿意承认，但他们的家长情结更是一种占有欲，而现在的人类是真诚地照料他人。人们的自负心也有巨大的改变。在过去，人的很多精力都专注于盲目地宣称自己作为个人要强于他人，而所谓的慷慨在本质上也不过是一种自私。这种基于竞争心的自负，人类要强于其他动物。所幸，这种现象在第二代人类中已经有所缓和。从前，如果不是人们利己的荣誉心，大部分社会事业都不可能建成；但是第二代人类的情况恰恰相反。很少有人愿意仅仅为了私人的目的而付出，大多都是为了某个共同目标而努力。只有当意识到自己正参与无数人共同奉献的事业，人们才可能奋斗。因此，第二代人类与最初的人之间的差异更是内在的。其中最为不同的一点就是他们有天生的世界主义倾向。当然，他们也有自己的民族和国家，战争也并不罕见。但是即使在原始时期，每个人从根本上来说也是忠于整个人类种族的。亲善的本性让战争逐渐退化为暴力的体育竞技，结局往往是双方在醉酒狂欢中和解。

但是，也不能认为第二代人类心中最大的利益就是社会的利益。他们不在意所谓国家、民族或世界联合这些抽象概念，因为他们最重要的性格特征不是强烈的集体感，而是更加新颖的东西——对人的个性发自内心的关注，这不仅限于现实生活中人的多样性，还包括个人发展的理想。第二代人类有一种特别的力量，能察觉到自己独一无二的同伴的特别需要。第一代人类总是因为彼此之间几乎不可逾越的精神鸿沟而陷入艰难处境。即使是爱人，或是那些对人性有非凡洞见的人，也无法像现在的人一样了解、体恤他人。这不是因为现在的人有什么新的生理官能，只是因为他们更加关注他人，直觉更加敏锐，想象力也更加活跃。

同时，他们还对高级的心智活动和微妙的事物有着浓厚的兴趣。即使是孩子，也会本能地想对世界和自身行为进行真正意义上的美学考察，以及萌生对科学探索和总结的兴趣。比如说有些男孩不仅喜欢收集鸟蛋或水晶饰品，还会通过数学方程把它们的形状表达出来，对数不胜数的贝壳、蕨草、树叶和其他植物枝节也是这样。第二代人类还创作了丰富的传统童话故事，主要是由哲学谜题改编而成。小孩子们很喜欢听这样的故事：可怜的幻觉被逐出"真实之国"；或者来自一维世界的线先生有一天在二维世界醒来；抑或是在一个神奇的国度，所有的风景都是声音，所有的生物都是音乐，有一位年轻勇敢的曲调英雄击败噪音怪物，迎娶悦耳新娘。对于第一代人类来说，只有经过大量艰辛的教学之后，学生才会对科学、数学和哲学产生兴趣。但是第二代人类有一种与生俱来的能力，这样的爱好近乎原始冲动。当然，学习依旧是必要的，他们只是更加有能力和热情从事这些事业，像上一代人类对其他俗事的关注程度一样。

早先人种的神经系统并不均衡稳定，某一分区可能过于活跃，很容易给整个系统造成负面影响。但是在第二代人类的大脑中，最核心的部分与其他低级官能保持和谐，因此，一时冲动和深思熟虑之间、集体利益与个人利益之间的道德冲突几乎不存在了。

除此之外，新人种的实际的认知能力也大幅超越了旧人种。例如，他们的视觉官能有很大的提升，可以看到一种介于蓝色与绿色之间的原色；在蓝色之后也并不是泛红的蓝色，而是一种新的原色，会随着红色的加深消失在古老的紫外线中。这两种新的原色互为补色。在色谱的另一端，他们把红外线看成是一种特别的紫色。另外，因为视网膜很大，视杆细胞和视锥细胞数量激增，他们可以通过肉眼辨别非常细微的东西。

得到强化的识别能力和丰富的想象力让他们对周遭的环境有极深刻的洞见。对于上一代人类来说，智力发展到十四岁左右就停止了，但是第二代人类可以发育到四十岁。因此，一个普通成年人可以解决上一代人需要推演很久才能想明白的问题。在心智发达的第二代人类看来，束缚了他们祖先数个世纪的很多困惑和迷信根本不值得一提。除了智商高，他们的思维也更灵活，比上一代人更愿意打破那些毫无道理可言的传统。

概括而言，宜人的生存环境孕育出了非常高贵的物种。他们和自己的祖先在本质上相同，但是许多官能都有提升。很多第一代人类需要长期的自制和学习才能实现的事业，第二代人类可以轻松愉快地完成。特别是上一代人曾有两个看似无法实现的理想，现在每个人都能实现，即完全的冷静克己与像自爱一样毫无保留地爱邻人。事实上，从这个角度来说，我们或许可以称第二代人类为"天生的基督徒"，因为他们总是乐于以耶稣的方式爱所有人，所有的社会政策是基于大爱与亲善。一方面，文明早期也发展出基于爱的宗教，人们以各种不同的方式体验这种爱，直到灭亡。另一方面，冷静克己的认知让他们很快学会了崇敬命运。而他们天性热爱思考，因此总是为爱的教义与对命运的虔敬之间的矛盾而困扰。

这样看起来，人类精神似乎将迎来迅速的发展并成就辉煌。不过，尽管第二代人类比起之前一代有很大提升，但他们依旧有缺陷，因此还无法在心智上迎来下一阶段的伟大进步。

除此之外，第二代人类之所以能完善，是基于第一代人类不曾有的缺陷。有时，在不幸的生活中，唯有英雄般地努力，才能救人们于停滞与衰败之中，让他们重新前行。对于第一代人类来说，无数自我的浪潮带着激情盲目地向同一个方向冲击，这就是他们前进的动力。但是，重申一遍：对第二代人类来说，自我从来不构成行事动机。只有当集体忠诚或对他人的爱意在呼唤时，他们才可能拼命前行。如果一件事情看起来只是个人的成就，他们宁愿选择平常的生活，选择运动、同伴、艺术或智力的愉悦，放弃事业，不愿意成为自身利益的奴隶。因此，长此以往，尽管第二代人类生来幸运，但从不会渴求权力与个人荣耀，正是这些催生了工业文明和军国主义，束缚了之前的人类文明。尽管这么多世纪以来他们都享受着宁静的生活，但在整个文化层面上，说来奇怪，他们很少有意识地想要占据自己居住的星球。

§2 三个物种的碰撞

不出几千年，新物种就遍布了从阿富汗到印度，再到中国海的整片地区，又深入了新澳大拉西亚（Australasian）大陆腹地。他们的扩张不是军事扩张，而是文化扩张。第一代人类的残余部落人群无法和第二代人类正常交合，其文化也难以和发达文化相匹敌，因此很快就被后者淹没，退出了历史的舞台。

之后的几千年里，第二代人类一直都是"高贵野蛮人"，随后突飞猛进，从游牧阶段发展到农耕阶段。这时，他们派遣了一支探险队跨越了壮阔的新兴都库什山脉（Hindu Kush），对非洲进行探索。在这里，他们遇到了几十万年前从西伯利亚起航的船队后裔——他们已经不像人类了。这些"动物"从美洲南下，跨越新大西洋地峡，最后遍布非洲。

他们在更高级的人种面前显得十分矮小，只能够到后者的膝盖；还经常屈身，因为要用双臂辅助前行；脑袋扁平，鼻子长得怪异，外形与其说像人类，还不如说更像狒狒。即使在野外生活，这种生物也能通过嗅觉建立起了复杂的阶级制度。以智力为代价，他们的嗅觉变得十分发达。有种味道因为过于恶心，反倒变得神圣。据说只有某些病患才会散发出来，于是在同类中备受尊重。即使病患已经因为疾病虚弱不堪，也没有健康的人敢于反抗。这些气味本身就是贵族的象征，因此体味天生较弱的需要敬重身体已经腐烂至极、散发出恶臭的同类。这种疾病有一个特殊的症状：它可以刺激繁殖能力。这一方面是病患受到尊重的原因，另一方面也是种群繁衍生生不息的源头。得益于此，尽管他们遭受疾病烦扰，心智迟钝，最终也能遍布两片大陆。其中还有一个因素是，疾病虽然致死，发作过程却十分缓慢。另外，尽管病入膏肓的成员基本会失去自理能力，健康的个体却会服侍他们，更会为受到感染而感到十分高兴。

不过这些生物最令人震惊的一面是：他们很大部分已经变成另一物种的奴隶。当时第二代人类深入非洲，进入森林地区，很多小型猴子出来阻止他们进一步前进。人们很快意识到，在这个地区，如果试图干预亚人（sub-human）悲惨而漠然的生活，猴子会十分愤怒。这些猴子能使用原始的毒箭，严重阻碍了入侵者的旅程。使用武器和其他工具的能力，以及战斗中引人注目的合作能力，都说明这些猴子已经发展出相当的智能，超越了除人类之外的一切物种。实际上，第二代人类现在所面对的是有史以来唯一一种和人类一样心灵手巧的陆地生物。

随着入侵者的逐渐深入，猴子们将成群的亚人聚集在一起，不让他们和人类接触。人们发现，这些被驯服的亚人完全不会感染困扰着他们野生同类的疾病，而患病者又根本看不起给猴子卖力的健康同类。后来，入侵者发现这些猴子驯服亚人是为了把他们用作驮物的牲畜，亚人肉也是不错的食物来源。很快，第二代人类又发现了一座正在建设中的树上城市，因为亚人都忙于将木材运到高处，身后是拿着骨制长矛的猴子监工。很显然，猴子的权威并非基于武力，更多是来源于恐吓。猴子在自己身上涂抹了一种植物的汁液，气味独特令那些可怜的牲畜感到恐惧，只有服从。

侵入树林的只是一小批探路者。他们需要寻找在火山时代上升到地表的金属，因此有必要进入山地。第二代人类生性温和，因此对猴子没有敌意，甚至还觉得它们的习性和智谋颇为有趣。然而，猴子们仅仅因为这些更高贵的生物出现在这里就感到不满。很快，上千只猴子聚集在树顶，用毒箭杀死了探险队。只有一个人逃了出来，回到亚洲，几年之后又带着一大批人重返此地。但这不是报复性侵略，因为第二代人类很难有愤怒情绪，这点确实颇为古怪。他们在森林地区的外围建立了根据地，努力尝试与树上的居民们沟通、交易。不久之后，他们终于可以自由出入猴子的领地，展开伟大的冶金学研究。

如果仔细研究这些与众不同的智慧生物之间的关系，当然会收获颇多，可惜我们时间紧迫。或许在自己的领域内，猴子能展现出比人类高级一些的智力，但也仅仅是在极少情况下，它们才能发挥这项才能。在寻找各种满足嗜欲的方式上，猴子会显得十分机敏，但它们完全不具备自我批判的能力。在满足本能需求的基础上，猴子发展出了很多曾出现过的、传统的欲望，大多数都有成瘾性而且有害。相反，尽管第二代人类有时会显得不如猴子，但是从长远来看则更加睿智、有才能。

两个物种之间的差异，从对待金属的态度上就可以看出来。第二代人类发掘金属，是为了推进一个已经相对先进的文明。但是猴子第一次看到闪闪发亮的金属块时，只是为此着迷。它们本来就因为外来者优越的天性和丰富的物质资源而讨厌他们；现在又因为忌妒，再加上原始的占有欲，猴子逐渐把铜和锡当作是权力的象征。为了确保作业畅通无阻，外来者之前已经用他们国家的一些篮子、陶器和特制的小型工具作为买路费。但对于挖掘出的金属原材料，猴子要求外来者上交一部分最上乘的成品。人们乐意接受这个条件，这样一来就不用再从亚洲带货物来了。但是金属制品对猴子来说没有实际用处，只是拿来贮藏，而且它们很快就变得贪得无厌。如非走到哪里都带着金属块，就不会得到其他猴子的尊敬。不久之后，随身携带金属块已经成为一种礼节；在猴子的两性群体交流之后，它们决定用这优雅的符号遮挡生殖器。

越是有更多金属的猴子，越是想要更多。猴子之间时常为争夺金属贮藏而爆发冲突，但冲突的目的最终发展成禁止出口更多的金属。甚至有些猴子提议要用这些金属制作更强大的武器，把外来者赶走。提案很快被否决，不仅是因为没有猴子知道该怎么加工金属，还因为它们觉得金属十分神圣，而任何实用功能都是对它的亵渎。

后来让它们针对驱逐外来者的问题达成一致的，是关于亚人的争论。猴子对待这些可怜的生物十分粗暴。亚人不仅过度工作，而且还遭受冷酷的折磨。倒不是因为猴子追求残暴，只是因为一种奇怪的幽默感，能在不和谐中找到乐子。例如，猴子喜欢强迫亚人牲畜以直立的方式劳作，这会带来一种古怪而强烈的愉悦感，因为亚人已经不适应这种活动方式了。还有，它们有时会让亚人吃自己的排泄物或自己的子女。要是有亚人因为这些虐待而反抗，猴子就会因为其缺乏幽默感而震怒——它们根本无法对他人产生共情。不过，猴子确实可以友好而慷慨地对待同类，即使是在同类之间，幽默的恶作剧也会引发骚乱。一旦有谁被同伴误会，它肯定会受折磨至死。但总体上来说，受苦的主要还是奴隶物种。

外来者为这种愚蠢行径感到愤慨，表示抗议。对猴子来说，他们的抗议简直不可理喻：高级的生物利用牧畜，这不是理所当然的事吗？显然，猴子想，这些外来者的心智终究还是太粗糙，理解不了这种美。

诸如此类的摩擦频发，猴子最后想出了一劳永逸地解决人类的办法。第二代人类很容易患上他们次等同类所得的病，只有在严格的隔离措施下方可免受其扰。一方面是出于报复心理，另一方面是出于唯恐天下不乱的恶趣味，猴子决定利用人类的这个弱点。在猴子国度的偏远地区有一种坚果，对猴子和人来说都很可口。之前，猴子就用这些坚果来换取更多的金属，而第二代人类已经开始安排货运队伍把坚果带回自己的国家。猴子发现了好机会。它们小心翼翼地利用野外的亚人感染了一大批坚果。很快，这些受到感染的坚果抵达亚洲。这种见所未见的微生物给第二代人类带来了灭顶之灾，不仅使前线基地彻底被摧毁，也让大多数人类走向死亡。亚人已经适应了这种病菌，甚至能借此激发繁殖能力；但第二代人类的身体机能过于精致，他们如秋天的落叶般成批死去。文明支离破碎。不出几代人，亚洲土地上就只剩下残弱的原始人，他们也基本染了病，绝大多数已经失去自理能力。

尽管经历了这样的灾难，人类物种却还和从前一样拥有无穷的潜力。几个世纪之后，他们就摆脱了疾病的侵扰，重新走向文明。又是几千年后，拓荒队再次翻山越岭，进入非洲。这次，他们的行程十分顺利。猴子虽然十分凶险，但是它们的智力发展停滞已久，身体挂满了沉重的金属，脑子里想的也全都是金属。不久之后亚人就推翻了奴役，吞噬了猴子。

§3　第二代人类的极盛

在二十五万年的时间里，第二代人类经历了繁荣与衰落。固然他们种族的智慧值得称道，但其文化发展似乎并不稳定，也没有实现多么伟大的成就。不论对于个体还是对于物种来说，各种意外事故总能打破即使是最保守的期待。比如，第二代人类一度为"冰河时期"所困，那时北极气候甚至向南蔓延到了印度。渐渐地，恶劣的极寒天气导致人们不得不聚居在印度半岛，文化也趋同于因纽特人。当然，他们很快就从中恢复过来，不过又会陷入其他灾难，其中最具毁灭性的就是细菌导致的传染病。这个物种晚近发达又严密的组织很容易遭受疾病的侵扰，不止一次，前途光明的原始文化或"中世纪"文化，都被瘟疫抹去。

但是第二代人类遭受的最严重的自然灾害，却是来源于他们自身构造的演化。就好像古代的剑齿虎因为尖牙长得过大而无法进食一样，第二代人类的大脑比例与身体的其余部分严重失衡。本来人类头骨内的空间有富余，现在，大自然的这个神奇造物的脑部空间却越来越狭窄；原先运作得当的循环系统更是无法在这个狭窄的结构中让血液良好运转。这两个问题最终导致了严重后果：先天性残疾越来越多，后发性精神疾病也越来越普遍。几千年里，人类岌岌可危。大多数人都死去了，但有些地区的人的身体条件意外地好，在短时间内发展出了相当程度的文明。人类精神所闪现的其中一个火花，就是长江流域短暂的城邦文明。这个文明为后世留下一部才华横溢又充满绝望的文学作品，主要内容是人类和宇宙的现状与潜在可能之间的差距。后来，鼎盛时期的第二代人类常常聆听着过去的悲剧之声，以提醒自己不要忘记存在的无限恐惧。

与此同时，第二代人类的大脑长得越来越大，社会组织也变得越来越失去控制。要不是出现了生理机能更加稳定的人种，第二代人类无疑将和剑齿虎一样走向灭绝。很久以前，他们取道非洲抵达北美，在那里演化出了宽阔的头骨和功能强健的心脏。很幸运，新的机能是显性孟德尔性状[25]（Mendelian character）。新人种和之前的人种自由交合。很快，一个极其健康的种族占据了美洲大陆。人类得救了。

25　所有的性状中只有一小部分是完全的孟德尔性状，即孩子只要遗传了父母中任意一位的显性等位基因，就会表达出相应性状的显性形式。

　　但是在第二代人类迎来极盛之前，还有十万年的时间。我无法在这里详细讲述这首人类交响曲，尽管它着实丰富多彩。新的人类历程不可避免地老调重弹，但有自己的特色，大大小小的事件也有所变调。原始文化相继出现，有的能演进到野蛮时期或"中世纪"文明，之后又衰落，或者朝别的方向发展。事实上，这段时期曾两次诞生世界性的文明，每次持续了几千年，也都因为不幸而崩塌。这不足为奇，因为和第一代人类不同的是，第二代人类完全没有煤或石油。在两个早期的世界共同体中，人类社会都极其缺乏能源。因而，虽然他们的文化遍布全世界，也极为深邃，但某种意义上依然停留在"中世纪"。在每片大陆上，密集的高技术型农田从谷地蔓延到山脚，"漫"过灌溉过的沙漠。在四散的花园城市中，所有公民都参与劳作，有时也做精细的手工活，同时还能拥有娱乐和沉思的闲暇时间。五大洲之间由四轮马车、大篷车和帆船相连。帆船技术在此时复兴，并远超之前文明的成就。每一片海洋上都有大量木质红帆船，船首和船尾精雕细琢，船侧游动着驮运着各地货物的海豚——有的还载着乐意到海外休假的旅行者。

　　此时的人类心智成熟，不再存在反社会的私心，因此一旦时机成熟，即使没有发达的机械能，人类文明也可以收获颇丰。但这和谐景象注定无法存续。一种攻击腺体的病毒给世界文明带来了神秘的灾祸。当时的人们对生理学一无所知，因此对疾病一筹莫展。数个世纪之后，山谷和沙漠不再有农田，手工技术失传，思想也沦为偏见。文化的消沉影响甚广，让人们陷入绝望。很快各个社群之间失去联系，相互遗忘，也忘记了他们共同的文化，分裂成原始部落。地球再一次沉睡了。

几千年之后，疾病消失得无影无踪，几支伟大的族群各自发展。当他们最终相遇时，因为彼此之间差异太大，相继爆发了艰难的文化变革，其中也不乏流血冲突，直到全世界人民再一次感觉到自己是个整体。但是第二次世界统一只保持了几个世纪，因为深深印刻在潜意识中的差异已经无法让人类全心全意地相互保持忠诚。宗教最终分裂了这场所有人都渴望但并不真正信仰的联合。一个骁勇善战的一神论民族试图将自己的信仰强加给有着模糊泛神论观念的世界人民。第二代人类陷入世界内战，是有史以来第一次，也是最后一次。在这场宗教战争中，人们的残暴程度前所未闻。两个人类族群狂热地相互炮击。农田荒废，城市陷入大火，河流与大气最终也变得具有毒害性。当最恐怖的时期过去很久之后，处境不利的一方已经丧失战斗意志，而另一方勇猛的疯子依然想要摧毁他们。最后的崩溃更为彻底。颠覆一切的启蒙最终在每个人心中萌发，这群敏感的人类感到自己深深违背了人类精神，认为这场荒诞的斗争，剥夺了他们的一切活力。直到几千年之后，第二代人类才又一次实现了世界共同体。他们不会再重蹈覆辙了。

第三个世界文明，是第二代人类最为持久的世界文明，重新经历了第一个世界文明的中世纪时期，并继续前进，迎来自然科学的繁盛期。化学肥料的使用增加了谷物的产量，也带来了世界人口的增长；风力和水力发电所产生的动力成为人力和畜力的补充。很快，在几次失败之后，人们学会如何用火山和地热驱动发电机。不出几年，文明的物质面貌就发生了改变。而且在迅速工业化的进程中，第二代人类规避了古代欧洲、美国和巴塔哥尼亚的错误。一方面，这得益于他们强大的共情能力，成功地让所有人都团结一致，只有一次脱轨引发了宗教战争。另一方面，这得益于他们比以前的英国人更有实践常识，比俄罗斯人还要对财富无动于衷，亦拥有希腊人都难以企及的、对心灵生活的热情。不过，即使有充足的电能，矿业和制造业还是和以前一样困难重重。好在，每个人都对他生命中的所有人心怀同情，几乎没人会为私人的经济权力着迷。真诚帮助他们摆脱了工业文明的恶魔。

在鼎盛时期，第二代人类的文化由对个人的尊重引导。不过，当下的人对他们来说既是目的，也是手段，最终要驶向遥远未来更广博的生命形式。虽然比之前的人种更加长寿，第二代人类依旧为人类生命之短暂而感到烦恼；与周遭无穷无尽值得探寻和崇拜的事物相比，人类的所有成就都过于渺小。因此，他们决定培育更加长寿的物种。另外，尽管人们彼此之间的理解比从前更加深入，但种种曲解和误会还是让人实现不了完全理解他人的愿景。和祖先一样，他们历经了自我意识和他人意识的原始阶段，追崇不同人格模式的理想形态。他们崇拜原始英雄，崇拜浪漫、敏感、率真、热忱、颓废、平和与严厉。最后，他们认为，每个人自身作为某种人格模式的表达，也应该对其他的模式敏感。他们理想中的共同体，应该是每个独特的个人通过直接心灵感应体会到所有同伴的经验，以此结合成一个单独的心灵。但事实证明这个理想难以企及。希望的破灭给他们的文化埋下了黑暗的伏笔，对精神联合的深层渴望，以及对孤单的恐惧——这些情绪从未让更加孤立的第一代人类感到苦恼过。

对联合的渴望影响了人类的性生活。首先，他们的心灵与生理联系紧密，因此如果心灵没有联合，性爱将无法导致受孕。随意发生的性关系和真正的亲密关系因此相去甚远。前者如刺绣般是令人愉悦的生活调剂品，是一种雅趣，代表无忧无虑地温存、寻乐，带来肉体的沉醉。但除了类似友情的欢愉，它没有任何意义。相反，当两人成为灵魂伴侣，只有在内心深层的激情交流之后，性交才能孕育生命。如此一来，亲密的爱人之间需要避孕，但是普通的性伙伴从来不需要。这一代心理学家最重要的发明是自我暗示技术，让人们可以在无碍事的工具辅助的情况下随心所欲地受孕或避孕，而且没有副作用。

第二代人类的性伦理观念经历了上一代人类经历过的全部发展阶段，但是，在建立了单一的世界政府之后，人们的性关系也孕育出了一种前所未有的形式：不仅男人和女人都被鼓励尽可能多地性交以满足自己的需求，而且在精神结合的层面上，严格的单偶制不复存在。更高意义上的性象征着精神结合，而他们早就希望实现众生相连。因此，爱人能给他的所爱带来的最珍贵的礼物，不是处子之身，而是美妙的性体验。性伴侣在之前与他人的性与精神结合中收获越多，他所能带给爱人的体验就越丰富。尽管原则上人们不推崇单偶制，实际上更高级的结合有时也会产生终身伴侣。因为他们的平均寿命比第一代人类要长得多，一方面，在这些相对罕见的长期关系中，双方都会有意暂停一段时期，更换伴侣，以便之后重逢时能重新点燃激情。另一方面，一群男女可能会保持多人复合的、永久的婚姻关系。还有可能，两组这样的群体之间会交换一个或几个成员，或者所有成员都四散到各处，好丰富各自的经历，几年之后再回归。不管以何种形式呈现，"群体婚姻"的备受推崇是性行为在更深刻意义上的外延。对于第一代人类来说，短暂的生命让他们无法尝试这种新颖的形式。很显然，短短三十年的亲密接触无法让他们发展出任何性与精神的高度结合。考察第二代人类极盛时的社会结构当然很有趣，但是我们没有太多时间可以花在这个主题上，甚至没有时间讨论他们远超祖先的智力成就。显然，第二代人类的自然科学和哲学对这本书的读者来说肯定是无法理解的。只要说明他们没有像第一代人类走向错误的抽象理论或烦琐而幼稚的形而上学，这就够了。

直到科学和哲学完全领先于第一代人类的最高成就以后，第二代人类才发掘出西伯利亚石板图书馆。一组工程师在为开发地热能打井的时候偶然发现了它们。石板破碎、散乱、受潮。不过研究员还是在图文词典的帮助下慢慢将它们复原、破译。他们对这一发现兴趣浓厚，但并不像是西伯利亚人当初希望的那样将它们当作科学与哲学真理的集合，而是作为翔实的历史文献。石板展现出来的宇宙观过于幼稚和做作，却能将早期物种心灵向新人类敞开。因为火山时期之后古代文字几乎没有遗留，在发现图书馆之前，第二代人类对他们的祖先所知甚少。

　　这场考古发现中只有一件文物有超出历史价值之外的意义。西伯利亚聚居点的生物学家领袖记录了与圣童的一生有关的大量文本。记录的最后则是先知的遗言，那一段一度让巴塔哥尼亚人深深感到困惑的遗言。然而这个主题对第二代人类来说意义重大，甚至对第一代人类中的精英来说也是如此。对第一代人类来说圣童的那种淡然的狂喜只是一种理想，而非实际经验；但是第二代人类则在先知的话语中察觉到了一种似曾相识的感觉；很久以前长江沿岸城市的天才也表达过这样的直觉。在那之后，更加健全的世代常常能获得这种体验，但总伴随着羞耻感，因为它似乎与心灵病态相关。但是现在人们愈发坚信这才是健康的，于是开始向前摸索。最终，他们感悟生命，研读远古的年轻使徒的遗言，终于找到了妥当的表达形式。人类开始领会福音。

　　世界共同体很快进入了相对完善与平衡的状态。人类迎来了长久的社会和谐、经济繁荣和文化昌盛。几乎所有能够凭借当时的人类心智实现的成就，都已经实现了。长寿、热情、相互取悦的人们代代相传。人们开始觉得是时候聚集一切力量让心灵飞跃到新的境界了。现在的人类不过是大自然粗糙又充满矛盾的产物，是时候让人们掌握自身，走向更高贵的存在了。为此，人们开启了两项伟大工程：

理解人类的深层本质和研究如何改造人类。所有人在私生活中相互取悦，让社会充满活力，同时又深受恢宏的人类共同事业感召。

但是在太阳系的别处，一种极为不同的生命形式正在通过自己独特的方式追求人类无法理解、却在本质上相同的理想。当二者终于相遇时，迎来的却并非合作。

第八章　火星人

§1 第一次火星人入侵

在曾经的兴都库什地区，新生的山峰高耸入云，山脚下有很多度假胜地。年轻的亚洲男女常来攀登险峰，净化灵魂。就是在这片地区，一个夏日的黎明，人类第一次目击了火星人。清晨出发的徒步旅行者注意到天空染上了一层难以名状的绿色，太阳尽管已经升起，却显得十分苍白。他们惊讶地发现那片绿色集结成上千朵云，夹杂着明亮的蓝色。旅行者架起望远镜，看到每一块绿色中间都有泛红的核心，发出红外光——早期人类可看不到这种颜色。这些壮丽的云斑尺寸相仿，最大的略小于月轮；形态各不相同，变化起来比最初形成卷云的时候要快得多。事实上，尽管它们的形状及运动方式和云非常相似，但从某些特征和行为方式来看它们是有生命的，就好像显微镜下看到的原始变形虫一样。

云块散落在整张天幕上，有些聚集在一起，有些则相对分散。它们看起来在移动，向雪线上的一座高峰飘移。最前面的几朵云已经抵达了山顶，又缓缓地像变形虫一样从岩面上下滑。

与此同时，两架电动飞机前来近距离调查怪异现象。飞行员驾驶飞机冲向云层，在云中飞行，毫无阻碍，甚至视野也没怎么受到影响。

一大群云块聚集在山上，爬下悬崖和雪地，进入了冰谷。有时冰山变得陡峭，它们就会减缓速度、逐渐停止，后来的同伴则慢慢积压在上面。不到半小时，天空再一次变得晴朗，只剩下几朵普通的云。但是在冰山上，似乎留下了一朵格外黑暗的、固态的雷雨云；只不过它是绿色的，还在剧烈运动。几分钟里，这些奇怪的东西又聚集成体积更小的一块，颜色也更深了。之后，它又继续前进，越过冰山的峭壁，抵达一片被松林覆盖的山谷，最后被山脊挡住，消失在人们的视野中。

山谷下方有一个村庄。很多居民看到一团神秘的浓烟席卷而来，都开车逃跑了。但也有好事者在原地等待。很快，他们被吸入一片昏暗的、黄褐色的浓雾中，到处都闪着红色的光条。完全的黑暗。手电的光照不出一只手臂的距离就被黑暗吞噬了。呼吸逐渐困难，喉咙和肺很难受。所有人都开始剧烈咳嗽、打喷嚏。云朵流淌过村庄，看起来在随机地施加压力，并不总是朝着总体的方向位移，有时反向施压，好像是在拽着人体和墙壁借力向前进。没几分钟浓雾散去，离开了村庄，只在小巷子里留下了几丝烟雾状的痕迹，像是迷路了。不过它们很快又找到了方向，急忙朝着主干道赶去。

气喘吁吁的村民差不多已经恢复体力，这时山脚下的城镇发出无线电信息，要求人群暂时疏散。消息并不是通过广播发送，而是通过一束射线，这束射线恰好穿过那团有害物质。云块一接触到射线信号就停止运动，轮廓逐渐模糊、粗糙，随后，支离破碎，随风飘动，最终消散了。而当无线电消息发送完毕，云仅花了十五分钟调整休息，很快又恢复原状。十来个大胆冒进的年轻人从城里出来，好奇地接近这块黑暗的物质。他们来到云的跟前，在山谷里围成了一圈。云迅速缩小，体积不比一栋房子大多少。它现在的形态介于黏稠不透明的烟雾和胶体之间，一动不动，直到人类又冒险接近了几码[26]。显然人类已经泄了气，准备往回走了；但还没等他们走出几步，一根长喙像变色龙的舌头一样从云体中迅速射出，将他们包裹起来。云块慢慢撤退了，但年轻人们还在它的里面。云（或者说是胶体）使劲搅拌了几秒，之后把被嚼成一块的尸体吐了出来。

杀人凶手正沿着路向城镇前进，碾碎了它所遇到的第一间屋子；它四处游荡，像熔岩流一样推倒面前的一切。有的居民跳上了车子，也有几个被它吞噬、杀死。

26　英美制长度单位。1 码等于 3 英尺，合 0.9144 米。

临近的几座军事设施从四处向云发送射线，使其破坏活动随之减缓。云再一次分解、展开，变得像一缕烟一样飘动。到了高处，它们如初始那样分散为数不胜数的绿色云块，又渐渐隐去，变成统一的淡绿色，直至消失。

这就是火星人第一次入侵地球。

§2 火星生命

我们关心的是人类，因此只讨论火星人和人类的关系。但是为了理解两个行星之间的悲剧历史，还是有必要考察火星的环境，以及栖居于此、与人类有着奇妙不同却在本质上相似的生命。它们现在企图占领人类的居所。

要在短短几页里描述一整个世界的生物、心理与历史，这几乎和火星人在短时间内真正理解人类一样困难；再怎么样，也需要百科全书甚至图书馆的体量。然而我必须讲述这颗遥远星球上的苦难与欢愉，以及千百万年的挣扎，只有经历了历史，这些怪异的非人类智慧生命才以今天的面貌与人类相遇。火星人某种程度上远比人类低级，却又在一些方面高于人类。

火星的质量大约是地球的十分之一，因此重力的影响相对于地球来说更小。低重力再加上稀薄的大气使得其气压也比地球上低不少。氧气并不充裕，水也非常稀有：不存在海洋，只有浅水滩与沼泽，而且很多还会在夏天枯竭。总体来说，火星气候十分干燥而寒冷。因为没有云，火星常年被遥远的太阳的微弱光线照耀。

在火星历史的早期，大气和水比现在更丰富，地底也提供更多的热量，那时海岸边还有生物，其演化历程和地球也大同小异。原始的生命分为基本的动物和植物类型。多细胞结构诞生，并为了适应不同的环境演化出不同的形式。大量不同的植物覆盖了行星表面，通常伴有成片的、巨大的细茎树叶。类似于软体动物和昆虫的生物在四处爬行、蠕动、跳跃。巨型的蜘蛛状甲壳动物或大型蚱蜢，为了追逐它们的猎物，最后演化得相当敏捷，能够灵活应对各种环境，像很久以后人类占据地球一样占据了火星。

但与此同时，火星大气和水汽迅速流失，使得早期的动植物群无法继续适应环境。不过，有一种完全不同的生物组织从中获益。正如在地球上一样，火星上的生命也是由某种"亚生命"形态发展出来的。火星上的新物种就是从与之前不同的亚生命单细胞组织演化出来的。在此之前，这种亚生命形态一直无法成功演化，在生态圈中无足轻重，至多发展成动物呼吸系统中罕见的病毒。这些超微基础亚生命单元比地球上的细菌甚至病毒都要小不少。它们最初出现在每年春天都会枯竭的浅滩里，与被太阳烘烤的泥土相伴。它们中的一些种类能随着尘土飘向空中，发展出在极其干燥的环境中生存的习性。它们通过吸收随风携带的化学物质生存，也需汲取空气中极其少量的水分。除此之外，它们还会通过光合作用吸收阳光，就像植物一样。

从这一点上来说，它们和其他生物类似，但也有一些是其他物种在演化开始时就已经失去的机能。地球上的生物，或者火星上类似的生物，都是通过神经系统或其他物理连接系统来作为一个统一的"单位"活动。其中最高级的形式就是庞大而复杂的"通信"系统，通过中央海量的数据中心大脑与身体各部分沟通。因此在地球上，每个有机体都毫无例外地由连续无法分离的物质组成。但是火星上的这种独特亚生命组织最终发展出了一种复杂的有机体，不再需要物理上的直接接触就可以保持协调一致的行为及统一的意识。这是因为它们有完全不同的物理基础。超微级别的亚生命单元对所有形式的振动都很敏感，这对地球生物来说绝无可能。同时，它们可以引起振动。以此为基础，火星生命的最终演化形式虽然不是连续的有机物，但依然可以实现个体生物组织与个体意识的形态。因此，最典型的火星有机体的形态是云块，是由"群组心灵"主导的一组自由活动的成员。由于种种原因，它们中的一种不仅发展出了简单的云块，还形成了庞大的流动系统。这就是最终决定入侵地球的火星人。

火星有机体的活动不依赖于"信号线",而是一个巨大的"无线信号台",能根据不同的官能接收并释放不同的波长。每个单元的信号当然十分微弱,但是整个系统可以在很长一段距离内与自己的另一部分保持联系。

这种火星上的主导生命还有另一个重要特征。就好像地球生命的细胞可以改变自身的形状一样(因此才可能有肌肉活动),火星人身上自由浮动的超微单元可以在周边产生磁场,用于吸引或排斥相邻的单元。由此,尽管这些单元互相分离火星人的各个部分依然相互联结,最终形态介于烟云与稀薄的胶状物之间。它们拥有清晰但变幻不定的轮廓,以及具有排斥性的表层。通过各组成部分之间的推力,它可以在周遭物体上施加压力。在聚合最紧密的状态下,火星云胶可以施加强压,也可以实现精细操作。磁力同样可以让云块整体像软体动物一样在地上运动,以及在云块内部传递无生命的物质或生物。

亚生命单元用于吸引与排斥相邻单元的磁场比"无线传输"的范围要小很多。组合系统也是如此。因此,第二代人类在天空中发现的每一朵云都是一个行动单位,但也与同伴处在"心灵感应"状态中。事实上,在公共活动(类似于地球上的运动会)场合,广阔的无线信号范围内可以完美维持统一的意识状态。而只有在整体聚集成相对小而黏稠的云胶时，才能形成单一的磁力运动单元。现在我们知道，火星人一共有三种可能的形态，或者说组合方式：一是相互独立、稀薄的云块，通过"心灵感应"交流，通常联合形成群组心灵；二是一整块聚集的、更强有力的合体云块；三是紧密聚集的、可怕的云胶。

除了这些显著特征，火星人和地球生命之间没有其他根本区别。前者的化学构成从某种意义上来说比后者更加复杂，比如硒对地球生物来说就没有在火星上那么重要。此外，火星人生物组织的独特之处在于能兼容动物和植物的功能。但是，除了这些特点，这两种生命形式的生物化学基础是相同的：两者都需要土壤中的元素和阳光，都依靠自己"身体"里的化学反应维生，都趋向于将自己维持成有机个体。在繁衍上，两种生命存在差异。火星上的亚生物单元保持了生长和再分裂的能力。火星上的母云再分裂之后会喷射出作为新个体的子云。又因为每个单元的官能高度分化，子云也会继承相应的特征。

在火星演化的早期，每个亚生物单元在生殖结束之后会离开彼此，各自独立。但是后来，原先基础的、冗余的辐射能力逐渐演化，在生殖之后，自由个体之间会通过辐射联系，发展出越来越庞大的合作关系。再之后，这些合作群组会通过辐射和自己的后代联络，接收更多具有特殊官能的个体。

随着群组越来越复杂，辐射信号范围越来越广，直到火星演化的鼎盛期，整颗星球（除了代表着其他未成功演化的生命形式的动植物）已经能组成一个单独的生物和心理个体。但这种情况通常只出现在涉及与整个物种有关的事物时；绝大多数时候，火星人个体是不同的云块，就像威慑第二代人类的那些；而大型灾难发生时，每一朵云块会突然觉醒，找寻整个种族的共同心灵，通过无数同类进行感知，也通过整个种族的经验来理解自己的感受。

因此，火星的主导生命可以说是介于由组织纪律严明的专精个体组成的庞大军队和单一心灵控制的躯体之间。和军队一样，它们可以以任何形式行动而不破坏整体；和军队一样，它们有时候是散兵游勇，有时候又可以接收特殊指令完成特别任务；和军队一样，它们由经验丰富的个体自愿组成，接受集体纪律。和军队不同的是，它们有时会觉醒联合成单一的意识。

在个体与群体之间浮动是整个种族的特征，也是每一朵云块的特征。每一朵云可以是个体或个体组成的群体。但是当整个种族完全形成一个个体时，除了很特别的情况，云块很少会脱离集体。每一朵云都是由更小的专门群组组成的专门群组，这些小型专门群组则是由基本的几类专门亚生命单元组成。每个由自由流动的单元组成的自由流动的群组构成了专门的器官，在整个有机体中发挥特定的作用：有些云块专精于产生引力与斥力；有些发射辐射信号；有些吸收和储存水分；有些用作特定感官，比如感知机械压力和振动，或者温度和光线变化等。也有一些器官功能类似于人类的大脑，但是运作方式不同。云块整体通过不同的器官振动发射出无数波长不同的"无线信息"。"大脑"的功能就是接收、联系并利用过往的经验解读它们，再按照不同器官各自对应的波长发送回复。

除了个别高度专精的种类，所有这些亚生命单元都可以作为细菌或病毒在气流中独自生存。一旦它们丢失了和整个系统的联络信号，就会开始独立生活，直到再一次被接收。它们全都是自由浮动的单元，但通常都受到整个云块系统的电磁场影响，听从指令，在各处发挥自己的特殊功能。在这样的影响下，有些单元与其他单元之间的相对位置需要严格把控，比如视觉器官。在演化早期，它们曾用于运输小水珠，之后是更大的水滴，上百万个单元一起涌动着传输生命之流最微小的一滴。最终，这一官能转变成视觉。水镜片和公牛眼一样大小，由聚合成的支架支撑。同时，镜片的焦距处有组合而成的视网膜。就这样，火星人可以构成它们所需的各种眼睛，包括望远镜和显微镜。对视觉器官的生产和控制很大程度上都是潜意识的活动，像人眼的聚焦机制一样。随着物种的演化，火星人可以有意识地控制各种生理机能，由此得以实现辉煌的光学成就。

在考察火星人的心理之前，必须注意另一个生理官能。在很久以前，火星人就已经演化完成，但仍未发展出文明。这时它们已经不再从空气中、火山灰中获得化学物质。相反，它们会在夜晚停留在地表，在草地上形成膝盖高的薄雾，在泥土中插入管状器官组，就好像根茎一样，有时白天也需要这么做。后来，它们开始吞噬火星上衰退的植物生命。最终，火星文明极大地改进了泥土和日光的利用率，一方面是因为采纳了机械手段，另一方面是由于器官也更为专精。即使如此，随着它们的活动越来越频繁，植物官能已严重制约了它们的发展。它们尝试发展农业，但是在这个气体行星上只有一小部分地区可以成功。最终，对地球上的水分和植物资源的渴望促使它们开启这场伟大的旅程。

§3 火星人的心智

火星人的心智种类和地球人完全不同，但本质上是一样的。因为火星人的躯体独特，心智必然会有不同的欲求，理解周遭环境的模式也不一样；又因为历史迥异，困扰它们的偏见与人类的谬误截然不同。即使如此，火星人的心智也是心智的一种，为了生命的维系和演进及释放活力而存在。从表面上看来，它们的心灵和身体都与人类相差甚远。而从根本上说，火星人和其他生物基本一样，会在自由施展自己的身体和心灵时感到愉悦。

与人类相比，火星人最突出的特征就是个体之间更容易分离，同时又能直接参与到其他个体的心灵中。人类的心灵因他们固定的形体而保持统一，并在任何情况下都主导身体的任何部分。只有疾病才可能使人类产生精神或身体上的分离。此外，不同的人类之间无法直接相通，一个群组内也不大可能出现"终极心灵"。然而，火星云块虽然在身体和心灵上相互分离，却比人类更有可能觉醒，形成整个种族的心智，更能通过其他个体的感官来认知外界，使所有个体与整体的思想和欲望达成统一。但不幸的是，就像我之后要讲的，火星人的共同心灵从未进化得比个体意识更加高级。

火星人与人类的心理之间存在差异，各有自己的优势和劣势。火星人不会像人类一样自私，在精神上与他人孤立，却无法保持心智的连贯性，无法集中注意力进行深度分析与综合推理。此外，清晰的自我意识和严格的自我批判精神在第一代人类中就已经存在，在第二代人类中则更加成熟，但在火星人的心灵中却见所未见。所有火星人的性格几乎相同，因而它们拥有完美的和谐。火星人受这种千篇一律的性格束缚，无法凭借丰富多样的人格实现人类那样宽广的心灵视野。确实，千变万化的人性也带来了人与人之间无休无止的冲突，残酷而无意义，从最初的人类到第二世代在不同程度上都是如此；但这同时让人类可以和性情、思想、追求都与自己不同的人交流，从中丰富自己的精神世界。火星人很少受困于人际冲突，不会为仇恨蒙蔽，但也不会感受到爱欲的激情。火星人可以崇敬并信仰自己忠诚的对象，但它们崇敬的是某种模糊的"种族精神"，而不是具体而独特的同类个体。同类对它来说只是工具，或者"终极心灵"的器官。

火星人的心灵会在整体的辐射影响下觉醒；而只要它们能发展出更高级的心智，上述缺陷就不会是缺陷。但事实并非如此，它们只是知觉、思想和云块意志的大杂烩。因此，火星人所忠实的事物并不在精神上更加宽广，而只是在体量上更加庞大而已。

火星云块和作为动物的人类一样，都有着复杂的本能。晚上它们会像植物一样从泥土中吸收化学物质，白天则会进行光合作用。它们还需要水和空气，不过当然有自己的一套独特方式。它们也有运动自己的"身体"的本能，包括移动和操控自己。火星文明给这些基本需求提供了解决方案：一方面通过发展农业，另一方面通过繁复而精彩绝伦的"云舞"

和运动项目。这些柔软灵活的生物喜好在空中展现出变化多端的姿态，按照韵律喷射出条形气体，以螺旋状相互缠结，又或者聚集成空心球面、立方体、锥体等所有绚丽的形态。这些运动和形状在它们的生活中是重要的情绪表达，蕴含着宗教似的热情与庄严。

火星人也有恐惧的念头与好斗的冲动。在遥远的过去，这些情绪针对的常常是同类中的敌对成员。但是随着种族内的团结一致，它们现在只会针对其他形式的生命和非生命体。自作主张的本能不存在了，取而代之的是集体观念。火星人没有性别，不需要结伴繁殖。但是它们会产生与其他身体和心灵结合的冲动，以及觉醒为终极心灵的冲动，这与人类的性欲十分相似。火星人确实也有某种"父母情结"，但基本上已经不能这么称呼了。它们只想从原先的系统中发射出新生命，并像和其他个体相处一样与它保持联系[27]。它们不理解人类为何会奉献自己去照料人格萌芽期的孩童，也对异性气质的微妙结合知之甚少。然而在第一次入侵时期，火星人的繁殖受到了严格控制，因为星球上已经人口过剩，而且每一朵云块理论上来说都不老不死。火星人不会"自然死亡"，生命不会单纯因为自然老去就终结。通常来说云块的成员会不定期通过产出组成部分修复自己。不过疾病常是致

27　原文为法语。

命的，最可怕的是一种瘟疫，与地球上的癌症一样。患病的
亚生命单元无法感知信号，因此会像原始有机体一样不停地
繁衍；患病单元通常还会寄生于健康单元，使云块难逃死劫。

　　和地球上的高级哺乳动物一样，火星人有强烈的好奇
心。它们的文明有很多实际需求，它们的机能又天生适合进
行物理实验和考察微观世界，因此在自然科学方面有很大的
进展。在物理学、天文学、化学和生命化学领域，人类全面
落后。

　　火星人耗费了数千年建立了庞大的知识体系。它们的整
部科学史和当下的成就都记录在用植物浆液制成的巨大卷轴
上，储存在石制图书馆里。有趣的是，火星人都是些顶尖的
石匠，摇摇欲坠的建筑遍布整个星球表面，这是在地球上不
可能建成的。除了在极地地区，火星人不需要居所，只用建
造工作室、粮仓及其他仓库。对它们来说建筑不可或缺，而
这些绵软的生物也把摆弄固体当成娱乐。即使是完全投入实
际使用的建筑，也都布满了哥特式或阿拉伯式的绚丽图饰，
这些都是由这些气体生物根据自己的形象用坚硬的石块打磨
而成的。

　　在入侵时期，火星人的智识水平依然在进步，它们的理
论物理水平已经足以让自己离开母星。很久以前，火星人就
知道，通过日出和日落时太阳光线的压力可以将微小的分子

带入太空。很快，它们就学会了如何像驾驶帆船一样利用这种压力。将自身分离成超微单元之后，它们计划利用太阳系的引力场驱动，就好像行船在水上要利用龙骨和船舵一样。这些超微舰队就这样抵达地球。在地球的天空中，火星人重新组合成了云块，穿过稠密的空气来到山顶，又向下爬行，如同游泳的人在水下的梯子上爬行一般。

这一切都高度依赖复杂精密的计算和化学发明，尤其是要保证它们可以活着抵达外星球，还要在那里活动。为此，火星人必须对物理世界有深入而准确的了解。尽管它们对"自然知识"了如指掌，却在"精神知识"的种种方面极端落后。火星人对自己的心智几乎一窍不通，对心灵在宇宙秩序中的地位了解得则更少。从某种意义上来说，它们是高智能物种，却又完全没有哲学兴趣。它们很少思索那些即使第一代人类都坚持面对、哪怕会一无所得的问题，更不用说提出解决之道了。对火星人来说，现实和表象、一和多、善和恶的差异之间没有任何神秘之域。它们从不会批判自己的理念，只是全心全意地发展遍布整个行星的终极个体，但从来没有认真考察过是什么构成了个体，也无所谓个体的发展。对火星人来说，除了自己的辐射系统，其他生物都相当于不存在。尽管智力水平很高，火星人却是最幼稚的自我欺骗者，难以洞察到真正值得探求之物。

§4 火星人的愚妄

要想理解火星人是如何欺骗自己，并最终因为疯狂的意志而自我毁灭的，就有必要考察它们的历史。

文明的火星人是它们星球的物种中仅存的一支。它曾在遥远的过去和其他同类物种竞争，并最终消灭了它们。得益于气候变化，它们又消灭了几乎其他一切类似于地球生命的动物，同时也使它们日后所需、精心培育的植物大幅减少。这个物种之所以得胜既因为它们的智识与机敏，又因为暴躁的性情，也因为辐射和感知辐射的独特能力，这使得它们的合作关系能让所有群居动物都自愧不如。但是就如同生物史的其他物种一样，火星人引以为傲的能力同时也是缺陷的根源。当它们进展到类似于人类原始文化的时期，其中一个种族因为有更高的辐射交流和物理联合能力，已经可以像单一生物组织一样活动，也得以消灭其他所有竞争对手。几千年来种族冲突不断，只要其中一个种族展现出这种绝对坚定的意志力，它就胜利在望，并沉溺于屠杀的快感。

但此后，在战争时代的末期，取得胜利的火星人还是会承受心理痛苦。它们实行种族灭绝时的荒蛮暴力与文明中萌发的慷慨之心相冲突，在胜者的意识深处留下了疤痕。

它们试着说服自己，认为自己的种族闪耀着无上荣光，种族灭绝实际上是一种神圣使命。它们认为，自己所谓特别的价值就在于独一无二的辐射能力。由此，它们的文化传统极其虚伪，最终毁了整个物种。它们一直都相信，意识物质基础必然是由对空气振动极其敏感的单元组成的系统；依赖物理接触的生物过于粗劣，因此不可能产生任何经验。在种族屠杀时代结束之后，它们试图说服自己相信任何有机体的美或者说伦理价值完全取决于它辐射的复杂度与统一。多少世纪以来，火星人通过这个平庸的学说不断巩固自己的信仰，并基于对辐射的狂热追求发展出谬论与执念。

要是讲述所有这些无关紧要的幻想，无疑需要花上很长时间，比如它们是如何巧妙地将这些谬论嵌入整个科学体系的。但我们至少需要提及一点，因为涉及与人类的冲突。火星人知道，固体之所以"坚固"，是因为一种叫"原子"的电磁系统相互作用而成。硬度之于它们，和空气、呼吸、精神之于早期人类一样，有着重要的意义。火星人最强大的形态就是类固体形态，而要维持这种状态，耗能相当巨大。因为知道硬度本质上是电磁系统维持的结果，再加上上述种种认识，火星人认为坚硬即圣洁。渐渐地，这种迷信因为一些生理上的偶然因素而深入它们的内心，它们开始崇拜一切坚硬的物体，尤其是坚硬的水晶，最神圣的就是钻石。除因钻石极其坚硬外，火星人还认为钻石是非凡的魔术师，可以发出一种叫光的辐射。因此，它们觉得每一颗钻石都是宇宙万物间紧绷的能量与永久平衡的化身，必须受到崇敬。在火星，云块把能找到的所有钻石都置于圣所的高处，将其暴露在阳光下。它们还认为邻近星球上或许还有处置不当的钻石，这也是它们入侵地球的原因之一。

火星人的心智就这样偏离了正轨，沦为病态；心智目标仅仅是幻象，它们却为之战斗。在失衡的早期阶段，辐射只是心智必备的标志，而辐射的复杂程度仅仅是衡量精神价值的一种尺度。但渐渐地，辐射与心智相互混淆，不再有区分，火星人开始把辐射组织错认为精神价值本身。

在某种意义上，火星人的这种狂热类似于第一代人类衰落时期对运动的奉献，但略有不同：火星人的智力依旧发达，尽管其活动成果以"种族精神"之名受到严格审查。所有的火星人都有双重人格。它既徘徊在个体意识和种族意识之间，又在作为个体时自我分裂、相互对抗。尽管它们绝对忠于终极个体，会谴责或无视任何无法与公共意识调和的想法和冲动，但这些想法和冲动深藏在它们存在的最深处。火星人很少意识到它们，而且一旦意识到它们的存在，就会感到深深的震惊与恐惧。但这些想法和冲动是存在的，时不时地或持续地批判火星人最引以为傲的经验。

这就是火星人的精神悲剧。从很多角度来看，火星人都极其适合心智演进和真正的精神之旅，但是命运的玩笑让它们只懂得崇尚统一与和谐一致，而使精神永远受到束缚。

火星人所痴迷的公共心智不仅没有比个人心智更加高级，事实上在很多方面都要更加低劣。公共心智在危机中因军事合作需求而占据主导位置。长久以来，尽管公共心智已经实现了智力的巨大飞跃，但在本质上仍然是一颗"军事头脑"，介于最高统帅与古希伯来人的神之间。曾经有英国哲学家描述并高度赞扬了这种虚构的国家人格，并命名为"利维坦"。火星人的终极个体是有意识的利维坦。然而在它们的意识中，有的仅仅是那些可以轻易与传统调和的东西。因此，公共心智总是在智识和文化上落后于时代，仅在社会组织的实践方面比个体要先进。带来智识进步的总是个体，这种进步对公共心智的影响基于每个个体和先驱的私下接触。公共意识自身带来的变革仅限于社会、军事和经济组织层面。

在地球上遭遇的新环境向火星人的心智提出重大难题。适应一个全新的世界是一项独特的事业，它同时对公共和个体活动提出了极高要求，由此导致每个个体心灵内部的艰苦斗争。因为尽管"事业"本身是社会性的甚至军事性的，严格要求行动的协调、合作和统一，适应全新的环境却需要不被束缚的个人意识。此外，火星人在地球上还遇到了很多它们的常识不适用的情况——在个体意识灵光一现的时候，它们确实能意识到这一事实。

第九章　地球与火星

§1　困境中的第二代人类

　　火星人入侵地球的时候，第二代人类正准备集中力量完成历史的重大飞跃。入侵的原因既有关经济，也有关宗教：火星人寻求水和植物资源，也抱着远征的精神，想要"解放"地球上的钻石。

　　对于入侵者来说，地球上的环境极为不友好。超重力环境的影响倒是低于预期，只有在最坚固的形态下才会让它们感觉到些许压力。伤害更大的是地球上厚重的大气。大气拘束这些活跃而稀薄的云块，让它们颇为痛苦，也阻碍其生理机能和一切活动。在母星，火星人可以轻巧而敏捷地四处游动。但是它们被地球上黏稠的大气严重束缚，就好像水中的鸟一样。不仅如此，保持成个体云块时受到的浮力让它们很难下潜到山顶的高度。过量的氧气也是困难的缘由之一，这会让火星人陷入难以自制的疯狂暴力。大气中过量的湿气造成的伤害则更大，一方面会溶解亚生命单元中的某些部分；另一方面，降水会干扰云块的生理进程，并将很多生理组织冲刷到土地上。

火星人还需要面对覆盖整颗星球的"辐射"信号，这会对它们自己的辐射系统造成干扰。入侵者对此并非毫无准备，但是近距离的"无线波束"还是令它们感到惊骇、困扰、折磨，并最终击溃了它们。它们只好逃回火星，留下一些残兵败将在地球的大气里。

但是前锋军队（或说个体，因为在军旅中军队会保持统一意识）回到母星之后，有很多可以汇报的信息：一方面，如它们所料，地球上有丰富的植物资源，并且水资源可以说是过于丰富。也有固态的动物，就像史前时期的火星动物一样，但主要是两足直立动物。实验证明，这些动物被破坏成碎片的时候就会死亡。而且尽管日照会激发它们视觉器官中的化学反应，但是它们无法直接感知到这些动物的辐射。显然，这种动物不可能具有意识。另一方面，地球大气中一直活跃着一种粗暴而不连续的辐射。目前还无法确定这些粗糙的微幅振动是自然现象，或是宇宙心灵不经意间的衍生物，还是通过地球上的某种有机体发射出来的。但有理由相信是最后一种，这意味着一些隐藏的地球智慧生物把那种固体生物用作工具。在地球上确实发现了一些建筑，里面就有那种两足动物。不仅如此，那场辐射波束攻击是针对火星人突然发起的，说明这是一起有预谋的敌对行为。云块当即采取了惩戒行动，摧毁了一些建筑和两足动物。这种智慧生命的物理基础有待考察——但肯定不是地球上的云，因为它们同样无法感知辐射。无论如何，这肯定是一种十分低级的智能，因为它们的辐射不成体系、过于粗暴。火星人在地球的建筑物里还发现了一两颗不幸的钻石——没有迹象表明它们得到了应有的尊重。

在另一端，地球人对当天的事件感到十分茫然。有些人打趣说，既然这些奇怪的东西明显有报复行为，它们肯定有生命，也有意识。但是没人真的相信这个说法。不过，能够确定这些东西会在辐射波束下分散。这至少是条非常实用的信息。但是人们在理论上对这种云块的真正本质，以及它们在宇宙秩序中的位置，仍然一无所知。对于一个有着强烈认知兴趣和辉煌科学成就的种族来说，这会让他们困扰万分。因此，尽管在这次入侵期间有人殒命，人类还是真诚地希望有机会继续研究这些令人惊叹的存在：它们既不是气体，也不像固体；表面上看不是生物组织，却能像生物一样活动。很快，他们迎来了第二次机会。

在第一次入侵的几年之后，火星人卷土重来，攻势比之前更加猛烈。这一回，它们几乎对人类的辐射攻击免疫。火星人在地球上的所有高山区域同时发起行动，从源头上吸干了所有的大江大河；它们又往原野上进发，遍布林地与农田，吞噬每一片树叶。村庄与田野仿佛遭受了无穷无尽的虫害，整片土地没有留下一丝绿色。火星人把战利品带回母星。无数专精于运输水和食物资源的亚生命单元，装载上少量战利品的分子，向火星前进。与此同时，火星人的主力依旧四处掠夺，势不可挡。为了吸收水和叶片，它们在乡野间肆虐，成为人类无力驱散的、捉摸不透的迷雾。随着人类文明渐渐崩塌，云块组成了愈发庞大的云胶军团，比第一次入侵时组成的"怪兽"庞大得多。它们踏平了城市，将人类碾成肉泥。人类则尝试了一种又一种武器，但所有的攻击都不起作用。

火星人在无数无线信号站里发现了地球辐射的源头。终于找到地球智慧生命的物理基础了！但它们可真是低级！多么滑稽的生物啊！这些固定的玻璃和金属复合物无法动弹，实在凄惨，在复杂程度和精致程度上和火星云块根本没法比。这种生物的唯一特点似乎就是可以控制无意识的双足动物，让动物们照料自己。

在探索的途中，火星人发现了更多的钻石。第二代人类已经不再沉溺于对珠宝的痴迷，但他们懂得宝石和稀有金属的美，将它们作为是官职的象征。不幸的是，火星人在攻占一个城镇时，遇到了一位胸配钻石的女士。她是那里的镇长，正在负责疏散工作。神圣的石头竟然被如此使用，显然仅仅用于标识牲畜的身份。入侵者感到愤怒至极，远甚于在发现某些切割机器内的钻石之时。战争现在开始蒙上了一种圣战的英雄主义与暴虐色彩。在已经确保丰富的水与植物战利品的安全之后，在地球人终于发明出有效的攻击手段之后，在地球人开始用人造闪电释放出的高压电屠杀火星云之后，误入歧途的火星狂热分子还在忙着拯救钻石，将它们带到高山上。一批登山者在很多年之后发现了这些钻石，它们在岩石边缘被排列成闪闪发光的一纵列，就像海鸟的蛋一样。垂死的火星云块残余用尽最后的力气将它们运输到那里，在钻石感受到高原上的纯净气息之前它们无暇拯救自己的命。第二代人类发现了云块贮藏钻石的习性，于是真正意识到：他们所面对的并不是什么古怪的物质，也不是（某些人主张的）大群的细菌，而是某种更加高级的生物组织。如果不是有意识的行为，云块为什么单单挑出这些宝石，从金属支架里取出，并将它们小心翼翼地有序排布在岩石上？这些杀人的云块至少像寒鸦一样具有偷盗的习性，因为显然它们沉迷于珍宝。不过，尽管贮藏钻石的习性表明它们是有意识的动物，但似乎同样能证明它们的智能不超过基于本能行动的动物。但人类没有机会纠正这个错误的看法了，因为所有的云块都已经被摧毁。

斗争只持续了数月。它给人类造成了严重的物质损害，但并不是不可弥补；对人类心理上的影响却是颠覆性的。长久以来第二代人类已经习惯于近乎乌托邦的安定与繁荣，突然之间他们就经历了一场自己的知识系统难以理解的灾难。如果是他们的祖先，在这种情况下，或许会因为自己独特的禀性而做出一些介于人类和亚人之间的行为。他们会感染浪漫主义式的狂热，任意做出自私或自我牺牲的举动；他们会在公共灾害时窃取利益，向比自己更加幸运的人咆哮；他们会咒骂自己的神，并寻找更加有用的新偶像。但同时，矛盾的是，他们也会理性行事，一再展现出和第二代人类相仿的理智水平。因为从未经历过大规模的流血冲突，更加高级的第二代人类为同伴遍地的遗骸而感到悲伤。但是他们对自己的怜悯一语不发，甚至没有注意到自己的悲痛，因为全都忙于救援工作。战争要求大量勇气与忠诚，人们也确实在对命令的遵从中感到振奋，精神也因为面对险境变得更加敏锐。但他们并不觉得自己的行为有多英勇，只觉得这是有常识的理性之人应该做的事。要是有谁处于进退维谷的境地，他们不会嘲笑他懦弱，而是会提供药物让他的头脑保持清醒；如果还是没有效果，则会带他去看医生。无疑，这样的指令对第一代人类来说不可能被接受，因为这些依旧愚钝的生物还没有清晰的指挥视野，也无法像第二代人类那样对组织保持忠诚。

　　整场灾难对这个高贵的种族产生的直接心理影响，就是让他们有机会施展自己的忠诚与英雄主义。不过，除了一开始的振奋，第一起冲突及随之而来的一系列战争给第二代人类带来了各种积极与消极的影响——我们或许可以称这些影响为"精神"的。很久以前他们就清楚，宇宙中不仅有私人悲剧，也有公共悲剧；他们的哲学没有试图掩盖这一事实。第二代人类凭借温柔而刚毅的性格面对私人的悲剧，甚至带有接纳一切的狂喜，这在第一代人类中是相当罕见的。至于公共悲剧，乃至世界悲剧，他们认为应该以同样的精神面对。但是亲身经历世界悲剧和在概念上理解它截然不同。如今，第二代人类专心致志地进行重建工作，更决意在他们的存在深处吸收这场悲剧，勇敢地反省、体会、消化，最终在他们身上释放出无限潜能。因此他们不会咒骂自己的神，也不会乞求它的怜悯。他们对自己说："世界就是如此。看到深渊时就看到了高峰，而二者我们都要歌颂。"

但是他们的启蒙仍未开始。入侵地球的火星人已经覆灭了，但残留的亚生命单元在整颗星球上四散，变成了致命的超微生物尘。作为"生物云"的一部分，这些单元可以进入人体却不造成长期损伤，但当它们脱离了高级有机生命体后，就转变为恶性病毒。通过呼吸道进入人类的肺部之后，它们马上就可以适应新环境，从而破坏整个生物组织的平衡。它们每进入一个细胞就会破坏它的结构，就好比一小批特工潜入敌对国家，通过宣传战对敌国造成重大打击，甚至推翻政权。因此，尽管面对火星的终极个体，人类似乎取得了暂时的胜利，但是他们自己的生命单元被死去敌人的残留物毒害、破坏。当时人类的身体机能和政治生活一样完美，但是现在却渐渐失去活力。而且，战争给他们留下的是一颗荒芜的星球。水资源的损耗无伤大雅，但是各个战区植物资源所遭受的破坏给第二代人类带来了闻所未闻的饥荒。除此之外，文明建筑已是一片残垣断壁，需要花上数十年时间重建。

事实证明，物质的损失远不如生理的损伤严重。大量的研究很快就发现一种抗感染的方法；通过几年来严格的净化行动，大气中和人类的体内都不再有残余物了。但是遭受攻击的那一代人已经无法痊愈了，他们的身体机能已经完全被侵蚀破坏。当然，陆续诞生的年轻一代安然无恙。但这批人只占少数，因为老一代人的繁殖能力也大大降低。如此一来，地球上的人口就被划分为一小部分健康的年轻人，和很大一部分虚弱的老年人。很多年来，这些受到残害的人类都在努力重建世界，尽管已经力不从心；逐渐地，他们的耐力和效率都已经无法支持这样的工作。生命在他们的手中快速流逝，在漫长的衰老中沦陷，这是第二代人类之前从未体会过的。与此同时，年轻人根本还没有准备好就要投身于同样的事业，因此会粗心地犯下老一辈不可能犯的过失。但是第二代人类的总体心智已经十分成熟，因此在这种容易相互攻讦的时刻，展现出一种无可比拟的对人类的忠诚。入侵时期的几代人一致决定，一旦有人在他的同辈们看来已经无力继续前行，他就需要自杀。而年轻一代一方面出于对老人们的爱，另一方面又觉得自己无法承担如此庞大的事业，一开始极力反对这样的政策。其中一位年轻人说："我们的长辈可能已经失去活力，但是依然被爱，头脑也保持清醒。没有他们我们无法继续这项事业。"但是老人们坚持己见。新生一代中的很多已经不再年少，而且，如果政治共同体要从这场经济危机中幸存，那就必须无情地割除已经坏死的部分。终于，所有人都赞同这个决定。随着将死之时的到来，入侵时代的老人一个接一个选择了"逝去的平静"，最后只留下了很少的人口——他们没有经验，但是充满活力，时刻准备重建毁灭的世界。

四个世纪之后，火星云块又出现在了地球上空，又一次的毁灭与屠戮，又一次的两种心智相互调和失败，又一次的火星人覆灭，又一次的传染性肺病、缓慢净化及受到重创的人口，以及又一次的慷慨赴死。

又一次，它们又一次出现了，不过这次间隔了五万年。每一次入侵，火星人都会自我强化，完全免疫上一次人类对付它们的武器，势不可挡。因此，渐渐地，人类开始意识到敌人并不仅仅是根据本能行动的生物，而是一种智慧生命。他们于是开始尝试与火星心智接触，提议双方和解。但很显然，商谈必须由人类发起，而火星人认为人类只是地球智慧生物的牲口，因此谈判特使要么得不到任何回应，要么就惨遭杀害。

每一次入侵，火星人都艰难地试图将大量的水运回火星。而每一次它们都因为对水资源无穷无尽的需求而在地球上久久停留，直到人类开发出可以突破新防线的武器时才会撤退。每次入侵之后，人类的恢复进程都变得更慢，同时也恢复得更不完全。而火星人尽管损失了大量人口，但长期来看，它们可以通过新掠夺来的水恢复元气。

§2 两个世界的覆灭

在火星人首次出现的五万多年后，它们在南极台地上建立了永久的根据地，并扩张到澳大拉西亚和非洲南部地区。很长一段时间里它们都占据着地球表面的很大一部分，从事某种农业生产，研究地球的环境，并耗费大量精力试图"解放"钻石。

在火星人定居地球之前的很长一段时间里，它们的心智状态都没有太大变化。但是在地球上长久居住之后，它们的自满和团结开始崩塌。一些负责科考的火星人发现地球上的双足动物尽管对辐射没有敏锐的感知，却是这个行星上真正的智慧生物。一开始，研究员有意避开了这样的结论，但所有地球上的火星人都逐渐意识到了这个问题。与此同时，它们发现如果要考察地球的处境，包括殖民地的社会结构，不仅要依赖公共心灵，还要依赖于个体的主观能动性。殖民行动中的终极个体只能带领出征，灭绝地球的智慧或其辐射。而对这种新处境的洞察让它们从世纪长梦中苏醒，火星人发现：它们最重视的终极个体，只是集合了所有个体身上最微不足道的特质，是一个以特定的技巧、由一堆原始的幻象与渴望编织而成的单一心灵。来势汹汹的精神复兴席卷了整个火星人殖民区，让它们陷入茫然。这场运动的核心学说是：火星物种最有价值的并不是辐射能力，而是心灵。这两个完全不同的东西长久以来都被混淆、甚至等同了。火星人开始对心灵展开笨拙却真诚的研究，甚至已经能区分高级和低级的心灵活动。

没有人知道这场复兴将指向何处。可能火星人迟早会发现其他一切心灵和火星人心灵一样是有价值的。但是这种观念在一开始对它们来说还是太超前了。尽管它们现在已经理解人类是有意识的智慧生物，但对人类不抱同情，只有越来越浓的敌意。殖民地的火星人仍然效忠于火星种族或"兄弟会"，但这只是因为它们有共同的身体及心灵。现在，殖民地的火星人所关注的并不是废除地球上的公共心灵，而是重建它——包括母星的在内。

但是殖民地的公共心灵依旧在很大程度上统治着那里的火星人，并且将一些私下里有着变革意识的火星人遣返回母星，以矫正它们的想法。当时，母星的火星人对这种新想法无动于衷。居民们团结一心，试图将被遣返的同胞带回正轨，但只是徒劳。数个世纪之后，殖民地的公共心灵已经严重偏离了火星正统，正经历着一场奇异且具颠覆性的变化。我们可以设想，殖民地的火星人有可能因此成为太阳系中最高贵的生物。渐渐地，公共心灵仿佛出了神。也就是说，它不再掌握个体成员的注意力，而是通过潜意识（或者说未被注意到的心灵）联结在一起。整个殖民地依旧通过辐射保持统一，但仅仅是无意识的；而就是在潜意识的深度，巨大的蜕变在新理念的滋养下萌芽。新的主张在全然清醒的心灵革命中产生，之后才逐渐探入如海洋般深邃的潜意识中。在这种条件下，迟早会诞生在本质上全新且更为美好的心灵；而且这样的变化不仅停留在个体成员层面，更能达到终极个体的高度。但与此同时，公共意识的出神状态破坏了灵活的合作行动，而这本是火星生命最出色的能力。母星的公共心灵轻而易举地就摧毁了自己叛逆的孩子，开始着手重新殖民地球。

　　三十万年间，类似的历史反复上演。单一不变的火星终极个体行事极为高效，每次都能在新的心灵破茧而出之前就将其扼杀。这场悲剧本可以永远重复下去，直到地球的人类身上也发生了一些转变。

　　在火星殖民地建立最初的几个世纪，地球上战火纷飞。但最终因为资源严重受限，第二代人类只能勉强和神秘的敌人共处一个世界。长久以来对火星人的观察让人类重拾了破碎的信心。在火星殖民地建立之前的五万年间，人类对自己的认知已经崩溃。他们曾经以为自己是天之骄子。突然之间，一场惊人的事件爆发，完全击垮了他们的认知。慢慢地，人们发现自己正在与来自遥远星球的敌人交战，这些敌人意志坚定，骁勇善战。人类逐渐感觉自己或许应该被淘汰，被一种人类完全无法理解的生理机制淘汰。但是当火星人在地球上建立了长期殖民地之后，人类科学家开始研究火星有机体的真正性质，他们欣慰地发现这并非是人类科学不可理解之物。他们还发现火星人尽管在某些方面高度发达，但是本质上并不是高级心智。这些发现让人类重新振奋，开始积极面对当前的处境。人类使用不可逾越的高压电栅将火星人拒之门外，耐心地、尽可能地重建自己破碎的家园。一开始，火星远征军的战争热情依旧高涨。但是从第二个千年开始，来自火星人的进攻就逐渐放缓，两个种族互不干涉，除了火星人偶尔重新燃起侵略之心。人类文明尽管无法达到最初的高度，但最终还是得以重建与巩固。终于，人类又一次回归和平与相对繁荣，虽然偶尔会有长达数十年的战事冲突打破平静。在某些方面，人类的生活比之前更加艰难，身体机能也大不如前，但是人类依旧享有会让最初的人类眼红的生存条件。饱受摧残的人们终于走出了自我牺牲的无底洞。再一次，精彩多元、无拘无束的个性得以展现；再一次，男男女女可以顺利地投身于各自的事业，感受微妙的人际交往；再一次，曾因集体灾难被长期压抑的对同伴的关怀和激情重新苏醒，让人类心灵焕然一新、愈加开阔；再一次，生活中又有了甜蜜的音乐，人们静心聆听过去的黄金时代；再一次，文学和视觉艺术成就斐然；再一次，人们开始用自己的智性探索物理世界和心灵的潜能；再一次，曾经因为暴力与战争的自我欺骗而模糊、失却了的宗教体验，在复苏的文化中得到升华。

在这种情况下，早期那些相对迟钝的人类物种可能会一直繁荣下去。但是第二代人类并不是这样，由于生性极其敏感，他们被一种挥之不去的想法纠缠，认为尽管重现繁荣，但是他们已经沦陷了：虽然从表面上看，他们完成了缓慢而伟大的重建事业，但与此同时精神却在经历一种同样缓慢但是更加深刻的衰落。一代又一代，人类社会在自己有限的领土内，凭借有限的物质财富，发展得近乎完美。不同人格的能力敏锐而丰富，被开发到了极限。最终，人类再一次提出古老的人类本质改造提升计划。但是不知为何，他们已经没有前进下去的勇气与自信。因此，虽然提出各种各样的方案，但是没有人付诸实践，就这样一直延滞下去，表面上看，有关人的一切都保持原样。人类就好像被折损却没有被折断的细枝，虽然能安定下来维系自己的生命与文化，但是无法进步。

我们很难用寥寥数语描述正在摧毁第二代人类的病症。要说这是自卑情结，倒也不能算全错，但是这种庸俗的理解不免有所误导。若要说人们不论对自己还是对宇宙都已经丧失信仰，也是不妥当的。粗略地说，他们遭遇的困境在于自己的精神状态已经超出依旧处于原始状态的机能。在精神层面上他们已经超越了自己，耗尽了所有力气（姑且这么说），因此已经无法继续前进了。他们决心将自己种族的悲剧看作是一件美好的事情，但以失败告终。这种隐隐约约的挫败感正在蚕食他们——尽管第二代人类在很多方面都无疑是一个出色的物种，但是他们无法忽视自己的失败，因此难以维系日渐稳定的繁荣与热情。

在火星人入侵的早期，人类的精神领袖宣称这场灾难一定会带来某种极致的宗教经验。在为了保卫自己的文明而斗争时，他宣称，人们不仅仅要学会忍耐，还要学会欣赏最严峻的情境。"世界就是如此。看到深渊时就看到了高峰，而二者我们都要歌颂"。所有人都接受了这个主张。一开始，他们好像成功了。文学界出现了越来越多崇高的表达，似乎在人的内心中定义、发展，甚至确确实实地创造出了这种至高经验。但是随着世纪的变迁和灾难的反复上演，人们怀疑自己的父辈是否欺骗了他们。遥远的世代迫切地想要把种族的悲剧视作是万物之美的组成要素。最终，他们成功说服自己这种经验确实已经降临。但后代却开始慢慢怀疑这种经验究竟是否已经来临，或许任何人都不会有这种经验，甚至根本不存在这样的万物之美。在这种心境下，最初的人类或者会粗暴地坠入精神的虚无主义，或者发展出某种安慰性质的宗教传说。无论如何，他们的心灵都太过粗糙，不太会被如此难以把握的忧虑摧毁。但是第二代人类并不是这样。他们深刻地意识到，自己所面对的是人类存在境况的症结。如此，随着时光变迁，他们只能绝望地期待着只要再坚持久一些，人类就会迎来曙光。甚至就在火星殖民地前后三次被母星的正统派摧毁又重建之后，人类物种最大的忧虑还是离不开这一宗教问题。但此后，人类逐渐失去信心。他们开始相信：要么是人类的本质过于迟钝，以至于无法感受到万事万物的终极完美（他们在理智上充分相信这种完美的存在，尽管无法实际体验到）；要么就是人类种族彻底地欺骗了自己，宇宙万物的流变冗长而琐碎，归根结底毫无意义。

这个困境在折磨着他们。如果他们的身体仍如鼎盛时期那么强健，或许还有足够的勇气去接受这一点，耐心地剥开这颗真实存在的完美果实，因为他们仍然有创造能力。但是他们已经不再有那种可以自我克制的生命活力。所有这些丰富的人格，所有微妙而复杂的人际关系，所有这个伟大共同体的恢宏事业，所有艺术和智力研究，都让人如同嚼蜡。值得注意的是，一场纯粹属于宗教领域的灾难竟可以歪曲情人之间身体的愉悦，将滋味从食物中抽离出来，并在阳光与沐浴日光的人之间降下帘幕。此外，区别于他们的前辈们，第二代人类的个体如此紧密地联结在一起，因此当整体失去秩序之后，任何社会功能都无法健康运转。不仅如此，他们的体质因为经年的战争而落下了一些缺陷，导致心灵彻底崩溃，而失序的理智正是一度困扰人类物种早期种族的梦魇。面对种族癫狂的前景，人类越来越偏离理智。渐渐地，扭曲的欲望开始让他们恐惧。施虐与受虐的狂欢轮番登场，伴随着极端而残暴的庆典。人们以前所未有的方式背叛了共同体，最终催生了无孔不入的警察系统，地方组织相互残杀，国家诞生，一切恐惧造就了民族主义。

火星人在观察到人类世界发生的暴乱之后，在母星的煽动下组织了一场大规模的入侵行动。当时的殖民地内正在经历启蒙运动，早晚都会遭受母星的惩罚。事实上，当时有一些个体正在试图与人类和谐共存，而不是战争。火星人的公共心灵被这种人的背叛行为触怒了，打算派出新的部队击垮它们。人类的解体为入侵提供了良机。

第一波袭击给人类种族带来了巨大的改变。他们的疯狂似乎在一夜之间就消失了。几个星期之内，各个国家政府都将自己的权力交予一个中央权威。混乱、放纵和扭曲的心态都不复存在。背叛、自私与腐败曾经主导了数个世纪，现在却突然转为对社会整体完全的奉献。人类似乎重拾理智，尽管战争的恐怖吞没了一切，但所有人都像英雄般并肩战斗，披上了一层戏谑的伪装。

战事对人类不利，人们的情绪逐渐转为冷酷的决心。但胜利还是站在了火星人的一边。它们从母星运来各种丧心病狂的装备，丢弃了颇具吸引力的和平主义，转而通过暴力证明自己对种族的忠诚。强大的武装力量摧毁了人类的理智，使人们陷入一种无法控制的自我毁灭的欲望之中。就在这时，一位人类细菌学家称自己成功培育了一种病毒，相当致命且有很强的传染性。这种病毒可以击溃敌军，但代价是人类的灭绝。此时，人类已经极端疯狂，在这个消息公布之后，没有人讨论是否要使用病毒，而是直接下达了行动指令。人群中掌声四起。

　　不出几个月，火星殖民地就消失了，火星人的母星也受到了感染。火星人意识到自己已经无药可救。人类的构成比生物云要更坚韧，将死期延迟了很久。他们不仅受到自己释放出的病毒的侵害，肺部也因为解体的火星人的残留物而感染。但人类没有为拯救自己做出任何努力。文明的所有进程都已支离破碎，人类共同体因为绝望和对死亡的期待而崩溃，就好像失去了蜂后的蜂巢一样，地球人沉浸在漠然的情绪中。男男女女都留在家里，虚度时光，吃下一切他们可以烹饪的食物，一觉睡到太阳当头；而当他们终于醒来的时候，只会倦怠地回避所有人。只有孩子们还能感到快乐，尽管总是被长辈的阴郁笼罩。与此同时，病毒四散，每家每户都受到感染，也没有邻人的帮助。然而怪异的是，种族的挫败带来的精神痛苦让人们忘记了肉体上的疼痛。即使第二代人类物种已经发展到如此高度，身体上的痛苦也无法让他们忘记种族的失落。没有人想要拯救自己，他们也知道自己身边的人同样不需要帮助。只有孩子们，当疾病在他们身上蔓延时，会陷入深深的痛苦与恐惧。轻柔而冷漠地，长辈们会让他们永远睡去。没有掩埋的死者在将死之人身边腐烂。城市一片死寂，田地里的作物疯长。

§3 第三黑暗时代

新细菌感染性强、致死率高，它的创造者曾以为人类会像殖民者一样完全灭绝。垂死挣扎的人类因为通讯中断，彼此隔离，均认为自己在书写人类历史的最后一笔。意外的是——应该说是奇迹，人类生命的火种最终保存了下来，甚至点燃了新的圣火。种族中的某些族群或物种散布于各个大洲，不像大多数人那样容易受感染。又因为细菌在炎热的环境下会失活，有一些碰巧在热带地区的幸运儿从感染中恢复了过来。其中，还有个别人甚至从火星人尸体造成的肺病瘟疫中康复了。

可以预见，一个新的文明共同体会冉冉升起。这些像第二代人类一样天赋异禀的生物，可能不出几代，最多几千年的时间，就可以收复失地。

但情况并不是这样。恰恰因为这个物种自身是如此完善，才无法顺利地从衰落中恢复，并使地球的精神也陷入了沉睡。这段睡梦比过去整个哺乳动物的历史还要长。四季交替，周而复始，大约经过了三千万个轮回。在这期间，人类的身体和心智都维持在以前鸭嘴兽一样的状态。早期的人类或许难以理解为什么比自己更加完善的物种会迷失如此长的时间，因为文明进步的两个前提条件这里都有：一片富饶的无主之地和官能极其发达的种族。但是什么都没有发生。

当瘟疫和所有随之而来的堕落都远去，幸存下来的人类过上了愈发懒散的热带生活。因为老一代未将过去的学习成果传授给年轻一代，所以年轻人对直接经验之外的事物一无所知。与此同时，老一代用种族失败与万事徒劳的含糊暗示来吓唬后辈。正常情况下，年轻人并不会在意，反倒会以超常的乐观态度回击。但是如今，他们天生就缺乏激情。在一个高级官能完全控制低级官能的种族中，这场旷日持久的精神灾难已经对人类的种质造成了严重的影响。因此，每个人在出生之前就已经注定毫无活力，心绪也像低沉忧郁的小调。很久以前，第一代人类因为谬误与放纵交织而坠入种族的老年期。但是第二代人类，如同一个思想上过早担负沉痛经历的孩子，一直活在梦里。

数代人之后，文明已经隐去了踪迹，只剩下耕作与狩猎等日常活动。这并不代表他们的智力已经减弱，也不是说人类已经退回原始阶段。懒惰并没有阻止他们灵活地适应新环境。这些梦游者很快就发明出了一些便捷的方法，可以制造出原本只能在工厂里通过机械手段制造出的东西。几乎没花费什么心思，他们就用木头、燧石和骨头设计、制作出了各式各样的工具。虽然如此聪慧，他们的性情却消极而冷漠。

只有在迫于紧急的原始需求时，他们才愿意花些功夫。似乎没有人具有完全发挥自己力量的能力。甚至苦难都不会让人感到痛苦。除了能马上实现的事物，似乎也不存在什么值得追逐的目标。他们不再感受到疼痛，粗糙的灵魂可以抵挡一切刺激。男男女女工作、玩乐、相爱、受苦，但总是处在一种完全的漠然之中。他们仿佛是在努力回忆已经丢失了的重要之事。日常生活的种种过于庸俗，根本不值得认真对待；而有另一件无比重要的事情，值得投入全部的注意力，但却是如此晦涩，没有人知道那究竟是什么。甚至没有人意识到他们处于一种沉睡的状态，就好像没有任何沉睡的人会意识到自己正在沉睡一样。

人们可以完成最低限度的必要工作，甚至带着一种梦幻般的热情，但是任何额外的劳作对他们而言似乎都不值得。如此一来，当他们完全适应了新世界的环境之后，就陷入了完全的停滞。实践的智慧完全能应对变化缓慢的环境，甚至一些突发的自然灾害，比如洪水、地震和流行病暴发。在某种意义上，人类依旧是地球的主人，但是他们完全不知道自己该如何当这个主人。他们一致认定，最合理的生活就是在慵懒中活得尽可能久，在阴影中藏匿得尽可能久。不幸的是，人类当然有很多不得不满足的需求，因此被迫劳作。必须解决饥饿和口渴，还要照顾除自己之外的其他人，因为人类生来就有对他人的同情和对集体福祉的关切。唯一一种完全理性的行为就是集体自杀，但是非理性的冲动让这变得不可能。药物可以暂时带来天堂般的愉悦。尽管第二代人类已经衰落，他们还是过于敏锐，无法忘记欢愉之后的悲痛。

世纪轮转，人类一直延续着看似摇摇欲坠但实际上不可撼动的平衡。任何事情都无法干扰他们对野兽与自然万物得心应手的统治，也无法让他们从种族的长眠中惊醒。在长期的气候变化中，沙漠、丛林和野地像云朵一样流变。数百万年之后，地质变化在巴塔哥尼亚事件后续的一系列影响下重新塑造了行星表面。大陆沉没或从海洋中升起，整个星球几乎已经看不出本来的模样。随着地质变化而来的是物种的变化。当初险些让人类灭绝的病菌也对其他哺乳动物造成了巨大伤害。星球的物种再一次迎来大洗牌，而这一次的源头是在热带。旧的物种更新换代，只是没有巴塔哥尼亚灾难之后那么彻底。人类依旧微不足道，他们的精神受到挫败，但其他物种发展繁荣。尤其是反刍动物和大型食肉动物数量增长，并演化出许多不同的种类。

生物演化进程中最引人注目的莫过于火星的亚生命单元。它们跟随着殖民活动传播到世界各地，并引起了肺部疾病。然而随着世代的变迁，它们对于某些适应了火星病毒的哺乳动物来说不仅无害，反倒成了维持生命的必需品。原本是寄生与宿主的关系，现在完全转变为共生，发展为一种互利共赢的合作关系。地球上的动物得以获得消失的火星有机体的一些特性。终于，人类开始羡慕这些生物，并最终开始利用火星"病毒"。

与此同时，几百万年来几乎所有的生命种类都在前行，除了人类。他们就好像失事船只上的水手，在风暴平息许久之后筋疲力尽地躺在救生艇上。

然而，人类的停滞也不是绝对的。他们在生命的海洋中毫无察觉地漂流，偏离了初始的航线。渐渐地，他们的习性变得简单，更像是动物而非人类。农业活动不复存在，因为在富饶的土地上人们不需要劳作。越来越多的自我防卫和捕猎的武器可以应对不同的场合，但形式也逐渐固定。人类不再有话语，因为经验中再也没有新鲜事物，人们越来越倾向于用简单的手势传达相似的事实和情感。在生理构造上，人类没什么变化。尽管生命的自然周期被大大缩短，但这主要不是因为生理上的变化，而是因为中年人会陷入对生命的极端漠然——个体逐渐停止与周遭的环境互动，因此即使不死于袭击，也会饥饿而死。

就算有这样的重大变化，人类在本质上还是人类。他们并没有变成野兽，不像之前一样诞生出亚人。第二代人类的残余不是野兽，而是天真、简单的孩子，并且完美地适应了简单的生活。从很多角度来说，他们田园般的生活都令人艳羡。然而，黯淡无光的心灵甚至无法意识到自己的幸福，更难以体会到鼓舞又折磨着他们祖先的崇高经验。

时间轴 III

时间单位为上一时间轴单位的一百倍，无疑极其粗略

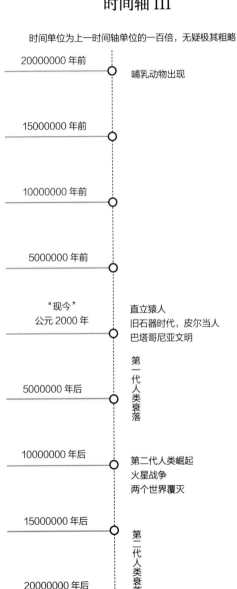

20000000 年前 — 哺乳动物出现

15000000 年前

10000000 年前

5000000 年前

"现今"
公元 2000 年 — 直立猿人
旧石器时代，皮尔当人
巴塔哥尼亚文明

第一代人类衰落

5000000 年后

10000000 年后 — 第二代人类崛起
火星战争
两个世界覆灭

15000000 年后

第二代人类衰落

20000000 年后

第十章 荒野中的第三代人类

§1 第三代人类物种

我们已经考察了四千万年的人类历史，而这部编年史一共会覆盖约二十亿年。因此，在本章和下一章里，我们必须迅速掠过比迄今为止已经考察的历史长三倍多的时间。如此广阔的时间跨度并不是一片荒漠，而是一片富有生命活力的土壤，孕育了此起彼伏的多样文明。生存在这期间的人类比第一和第二代人加起来还要多。这里的每一个生命都是一个宇宙，和本书的每一个读者一样丰富而深刻。

尽管人类的这段历史复杂多变，但也不过是交响曲中的一篇乐章罢了，就好像第一代人类的历史和第二代人类的历史各是一章。这不仅是一个由单一的自然人类物种和它最终转变成的人造物种主导的时期，而且是一个在无数次偏离中主旋律与人类的心境保持稳定不变的时期。现在，人类终于可以将自己的主要精力量用于改造自己的生理与心灵。在文明的兴衰史中，这一目的逐渐清晰，并在许多悲剧的、甚至是毁灭性的实验中展现；直到在这段漫长时期的尽头，它才得以最终实现。

　　第二代人类沉睡了三千万年之久，促成演进的力量终于开始悄悄唤醒他们。这次觉醒得益于地理变化。当时，海水逐渐上涨，将人类中的一部分隔绝在一片海中陆地上——它曾经是北大西洋海床的一部分。岛屿上的气候从亚热带气候转变为温带气候，又转变为亚寒带气候。居住条件的剧烈变化很快使受困人类的种质化学重组，从而导致广泛的生物变异。多种新人类出现。很久之后，更能适应新环境的人种从众多竞争者中脱颖而出，巩固了自己的地位，成为真正的新物种：第三代人类。

　　第三代人类在身高上不及他们前一代的一半，也成比例地更瘦小、轻盈。他们暖棕色的皮肤覆盖着闪闪发亮的金红色毛发，赤褐色的头发蓬松杂乱；金黄色的眼睛像蛇眼一样锐利，与其说深邃，不如说扑朔迷离；脸庞像猫脸一样平实；双唇饱满，但是嘴角纤细。耳朵是第三代人类身体上最引以为豪也是最性感的部位，在个人和种族之间都形态各异。这种奇妙的器官在第一代人类看来未免荒唐滑稽，却能传达出人的气质与情绪。它们巨大、精致而复杂，有着丝绸般的质感，同时活动自如，让本来类似于猫科动物的头看起来有些像蝙蝠。而这一代人类最突出的特征是他们巨大而纤瘦的手，有六根灵活的手指，仿佛是六根活钢筋做成的天线。

与他们的祖先不同，第三代人类相对短寿。他们的童年和成人时期相对短暂，之后是十年左右的老年期，会在大约六十岁时死去。但他们非常厌恶衰老，因此几乎没有人允许自己活到那个年龄，而是选择在自己身体与心灵开始迟钝时结束自己的生命。因此，除了历史中的特殊时期，很少有第三代人类会活到五十岁。

尽管在某些方面第三代人类无法达到自己祖先的高水准，尤其是在精细的心灵活动层面上，但这绝不是简单的退化。他们将第二代物种发达的感觉器官保留了下来，甚至有所提升：视觉和以往一样宽阔、清晰、多彩；触觉则更加细致入微，尤其是精细的六指；听力十分发达，即使闭着眼在树林中跑也不会撞到树干。除此之外，范围更广的声音与韵律被赋予很多不同的微妙情感。因此，音乐成为这个物种的文明最关注的事物。

第三代人类的心智和他们的祖先完全不同。他们的智力并没有下滑；但与其说这是智慧，倒不如说是一种灵巧，因为它更多地体现为实践而非理论能力。相比于抽象理性和无生命的东西，他们对感官体验和活物更加感兴趣。这些人精通各种艺术，在一些科学领域也表现出色。但是他们进入科学领域大多是出于实践、美学或宗教需求，而非纯粹的好奇。以数学为例（第三代人类因为有十二根手指，所以大量使用十二进制），他们是了不起的计算者，但却对数字的本质没有任何兴趣。在物理学上，他们也不会去探究空间的晦涩本质。事实上，他们几乎没有什么好奇心，这确实颇为怪异。因此，尽管他们有些时候可以产生神秘直觉，但是却从未真正研究过哲学，也不试图把这些神秘直觉与其他的经验联系在一起。

在原始时期，第三代人类是出色的猎手。由于强烈的父母情结，他们总是将捕获的动物当成宠物。在早期阶段，新人类显示出对所有动物与植物的同情和理解，而这对更早的种族来说或许是危险的。对任何生命本质的直观洞察，以及对生物行为多样性始终如一的兴趣，这两种冲动成为推动第三代人类历史前行的主导力量。最初，他们不仅精通狩猎，还是出色的羊倌和驯兽师。他们天生擅长操控万物，尤其擅长控制活物。这个物种整体上来说相当沉溺于各种玩乐，尤其享受操纵时的快乐，其中最重要的就是对有机体的操控。从一开始，第三代人类就在对驼状鹿的驯养上展现出高超的技术；他们也驯养了一种群居、善跑的野兽：狮狼。这种动物的血统可以由热带地区的火星瘟疫幸存物种一直上溯到巴塔哥尼亚灾难后遍布世界的北极狐。第三代人类驯养它们不仅是为了护卫和追击，还可以进行复杂的捕猎游戏。狮狼和男女主人之间经常会产生一种十分特别的关系：精神共生。

双方不发一言就可以凭借直觉互通，并生出一种基于生存合作的强烈而真诚的爱。这种关系是第三代人类特有的方式，带有宗教象征意义和坦诚的性亲密色彩。

作为牧人和羊倌，第三代人类很早以前就学会了配种；很快，他们就沉迷于改良和丰富现有的所有动物和植物品种。所有部落的首领不仅会吹嘘自己部落的男人最威猛、女人最美貌，还会说他领土内的熊是最高贵、最有"熊性"的，以及鸟可以编造出最完美的巢穴，比其他所有的鸟都精通飞行与歌唱。其他动物和植物也会被拿来攀比。

生物控制一开始是通过简单的配种实验实现的，但之后人们开始越来越多地对幼小动物进行粗暴的生理操控，即控制胎儿和（之后才实现的）控制种质。因此，在看到痛苦就想放弃的软心肠和不惜一切代价都要创造新生命的操控狂之间总是爆发冲突，并经常发展成带有宗教悲情的战争。事实上，这不仅仅是个体与个体之间的战争，还是心灵内部的斗争，因为每个人都是天生的猎人和操控者，但同时对自己施加的痛苦也有直觉上的共情。随着最心软的人心中也生出一丝残酷，问题变得严重起来。这种施虐倾向实质上表达了对感官经验几近神秘的敬畏。肉体疼痛作为最强烈的感官印象，也被认为是最完美的。可能这会让人觉得，相比起对他人的残忍，这更会导致自我折磨；有时也确实如此。但是总体上来说，那些无法欣赏自己肉身痛苦的人还是能够说服自己：当他们在低级动物身上施加痛苦时，他们是在创造生动的精神实在，并因此创造了卓越的成就。他们说，正是痛苦带来的强烈现实感让人和动物难以忍受；而以神圣心灵超脱的视角来看，这才能显示出最本真的美。他们还声称：当疼痛发生在动物而不是人身上时，即使是人类也能够欣赏这种卓越的表现。

尽管第三代人类对系统思维没有兴趣，但是他们的心智还是会关注私人生活和社会经济之外的东西。他们不仅具有美学经验，还能体会到神秘欲望。虽然之前的两代人都认为人类这种更高级的秉性是地球生物最高的追求，但第三代人类对此毫不在意。尽管如此，他们还是用自己的方式寻求完美的人性，甚至是完美的动物性。他们以两种不同的视角看待人类：一方面，他们是最高贵的动物，有着独一无二的天赋，可以称得上是神灵最独到的艺术品；另一方面，正因为他们的天赋在于对一切生命的洞察力和高超的操控能力，人类还是神的眼和手。这种信念是第三代人类核心宗教的教义。他们的神的形象由多种动物杂糅而成：有信天翁的双翼、大狼狗的下颌、鹿的四足，诸如此类。其中，人类的要素就是手、眼和性器官。神的双手之间是世界与生存在其中的万物。世界常被描绘为原始神圣潜能的果实，但有时会在神的手中呈现出剧烈变化，并趋向完美的模样。

第三代人类的主导文化是对生命的隐晦崇拜，作为一种无处不在的精神，它能在无数不同的个体身上展现出来。与此同时，直觉深处对生命的忠诚与对生命活力的模糊信仰经常混合着施虐倾向。他们认识到：高级生物所珍视的东西可能对低级生命来说无法忍受；同时，他们认为疼痛是这些珍贵之物中最为完美的一种。除此之外，施虐倾向还能通过另一种方式表达。对环境的崇拜补充了对生命——行动者与主体的崇拜。环境站在生命主体性的对立面，与生命格格不入，阻碍生命的实现，折磨它，但同时又让生命成为可能，让它在抗争中变得更加高贵。因此，痛苦是对神圣与普遍客体最生动的理解。

第三代人类的思想从来都不成系统。但是在某种层面上，就像之前我们所说的，对于同时涵盖生命的辉煌与衰败的美，他们有种隐晦的直觉，并力图为其赋予理性表达。

§2 第三代人类的迷途

第三代人类物种的生理与心理状态大概就是如此。虽然他们的注意力时常被分散，但一直在多彩的文化中保持对生物的兴趣。各个民族一次又一次艰难地爬出原始的未开化状态，接受启蒙，但大部分（尽管并不总是如此）启蒙的主题要么陷入狂热的生物创造，要么沉溺于施虐，或者二者兼具。如果一个人出生在这样的社会里，他不会看到任何主流性格，而会对这个时代人类活动的多样性留下深刻的印象。他会注意到丰富的人际交流、各式社会组织和工业发明，以及艺术、思想——这些都在宇宙的母体中绽放，以及每个人为保存或表达自我所做出的挣扎。不过，历史学家却能透过茂密的文化枝蔓看到这个社会的主旋律。

一次又一次，以几千年或几十万年为间隔，人类的精力都耗费在了地球上的动植物身上，并最终开始着手改造自身。一次又一次，出于各种各样的原因，他们的努力毁于一旦，人类再一次陷入混沌。确实偶尔会穿插着某些极为不同的文化。比如在第三代人类历史早期，在他们的本质尚未定型时，曾经出现过高度智慧的非工业文明，几乎和古希腊不分伯仲。有些时候，第三代人类还会"误入歧途"，像西方化的第一代人类一样建立起庞大的工业世界文明。总体上来说，机械设备并不符合第三代人类的旨趣，他们更关心其他事情。但至少有三次，他们还是向现代机械屈服了。这三个文明里，一个的能源主要是风力和水力，一个利用潮汐，一个则依赖于地热能。第一个文明因为供能有限，逃过了工业化最可怖的魔爪，在贫瘠中维持了数十万年的平衡，直到被一种神秘的病菌摧毁。第二个文明很短暂，却因五万年来对潮汐能的滥用很大程度上干涉到了月球轨道，最后毁于一系列的工业战争。第三个文明持续了二十五万年，它的民众都头脑清醒，建立了相当高效的世界政权。其在存续的绝大多数时间里，都保证了几乎完美的社会和谐，内部的冲突几乎和蜂巢中蜜蜂之间的冲突一样少。但这个文明最终还是以失败告终，罪魁祸首是那些为了特别的工业需求而大量培育的特殊人种。

但是，工业化不过是这个物种生命中的一次迷途、一场漫长而灾难性的偏离而已。人们还踏上过其他岔路。他们曾孕育出一种长达数千年的文明，其中音乐占据主导位置。这对第一代人类来说绝无可能；但是正如前文所述，第三代人类的听觉特别发达，对声音与韵律有着强烈的情感共鸣。于是，就像第一代人类在他们的巅峰时期沉溺于自己的机械才能，逐渐失去了理智，就像第三代人类也曾毁于自己对生物控制的迷恋，这次是音乐让他们无法自拔。

在这些音乐文化中，最耀眼的一种由音乐与宗教结合而形成的专政，不亚于在遥远的过去科学与宗教结合的程度。我们可以花上一些功夫考察一下这段插曲。

第三代人类极度渴望个人永生。他们的生命很短暂，因此对生命有着强烈的热情。他们认为存在的本质中有缺陷，因为他们要么在阴沉的晚年逝去，要么只能提早结束生命，无论如何都无法从头再来。音乐对这个种族来说有特殊的意义。他们对音乐的感受如此强烈，以至于开始将音乐认为是潜藏在万物之中的现实。艰苦与悲惨生活之外的闲暇时光，成群结队的农夫会用歌声、乐管或提琴召唤出比每日劳作更加美丽、也更加真实的世界。只要用敏锐的听觉欣赏缤纷多彩的声调与韵律，他们就宛如置身于音乐之中，凭此前往一个更加可爱的世界。难怪他们相信，每一种旋律都是一个精灵，在音乐的宇宙中引领自己的生命；难怪他们幻想，交响乐或合唱是潜藏在所有成员中的精灵；难怪他们认为，当男人、女人聆听伟大音乐时，个体之间的隔阂就会消失，所有人都能通过音乐成为同一个灵魂。

他们的先知出生在一个高原上的村庄，当地人对音乐的信仰很强烈，但毫无章法。很快他学会了如何让农夫听众们感受到无上愉悦和最深切的痛苦。之后他开始思考，并且以伟大诗人的权威讲授他的理念。他很轻易就说服了人们：音乐才是现实，其他的一切都是幻象；宇宙的生命精神是纯粹的音乐；动物和人也都是如此，尽管肉身最终会死去并且永远消逝，但灵魂的音乐却是永恒的。他宣称，旋律是万事万物中最为转瞬即逝的东西。它发生又停止。伟大的寂静吞噬了它，看起来湮没了它。过渡对它的存在来说至关重要。尽管对于一段旋律来说，停止相当于非自然的死亡，先知却声称所有的音乐都有永恒的生命。在寂静之后它可以再次发声，充满活力。时间无法让它老去，因为它的居所在时间之外的国度。这个年轻的音乐家渴望抵达的国度，也是所有男人、女人及一切有音乐天赋的生物的故土。寻求永生不朽的人必须努力在旋律与和声中唤醒自己沉睡的灵魂。若一个人的音乐十分独特，演奏纯熟，他就可以前往永恒的生命。

这个学说伴随着先知充满激情的旋律像火一样传播开来。器乐与声乐传遍每一片牧场与谷地。政府曾经试图压制它，部分是因为他们认为这会影响农业生产，但更主要是因为它的情绪甚至能在宫廷女子的心中激荡，可能会摧毁几个世纪的进步伟业。事实上，社会秩序自身已经开始崩塌。很多人公开声明，重要的并不是贵族出身，甚至不是精通古老的音乐形式（有闲阶级高度赞誉这些形式），而是在韵律与和声中表达感情的天赋。随着政府对新宗教的迫害加剧，越来越多的殉道者出现，据说他们会在火焰中高唱胜利的赞歌。

有一天，一度故步自封的神圣君主宣称改教，部分是出于真诚的信仰，部分是出于政治的考量。官僚制度让位于开明的专制统治，君主被尊为"至高旋律"；整个社会制度也发生革新，变得亲近农民阶级。足智多谋的王子率领自己的子民远征，带着广为传播的新信仰，很快征服了全世界，并建立了和声大公教会。与此同时，先知因为自己的传教过程过于轻易而感到失落，决定退隐山林，聆听风、雷电与流水的声音，希望借助那伟大的寂静精进自己的技艺。然而，兵器碰撞的响声打破了山林生活的寂静，随之而来的还有教会的唱诗班。君主派他们来向先知致意，并且希望将他带回自己的帝国。尽管有冲突，但他还是被带走，住进了音乐神庙。君主将他软禁在这里演奏神的"大音"，世界政府则把它当成是有待诠释的口谕。不出几年，他就饱受神庙的官方音乐和来自世界各地的朝拜者侵扰，最终失去了理智——这对当局来说倒是一桩好事。

神圣音乐帝国由此建立，给人类的未来一千年带来了秩序与意义。先知的话语经由政府的一些能人解读，逐渐成为庞大法律系统的基础，并凭借其神圣权威替代了各地区的规章。它的根源是疯癫，但是最终表达出来的却是复杂的常识，装饰着绚丽而无害的愚妄之花。自始至终，个体都被看作是具有一定需求、权利及社会义务的有机组织，这种理解是明智且心照不宣的；但对这一原则的表述与阐述是基于一种假设：每个人都是一段旋律，需要在社会的音乐母体中实现整全。

大约一千年后，信徒之中出现了分歧。一个狂热的新兴教派宣称教会扼杀了音乐宗教真正的精神。宗教的创立者教导说人们通过个人的音乐经验就可以获得救赎，但他们认为，教会已经渐渐忘却了这一主旨，取而代之的是对客观形式、旋律和对位法规则的枯燥兴趣。在官方的教条看来，救赎无法通过主观经验实现，而是需要遵守一种音乐技艺的晦涩规则。这种技艺是什么？神父与政客并不打算按照神圣音乐的法则塑造社会秩序，反倒是让神圣法则适应社会公约，直到音乐的真正精神消失殆尽。与此同时，同样也有人反对新教派，嘲弄反叛者以自我为中心的灵魂救赎情绪。比起关切自身的情感，这些人更加关心音乐的神圣与精密法则本身。

第三代人类对生物科学的兴趣在此之前都处于次要位置，如今终于在反叛声中苏醒。至少最虔诚的女性都希望自己能怀上音乐天赋极佳的孩子，这种想法自然也影响到了交合。他们的生物科学依然十分初级，但是繁殖技术已经成熟。在一个世纪之内，为音乐崇拜而孕育——或者说"灵魂孕育"的政策从一己私欲发展成了整个种族的狂热。事实上他们的确成功了，新人类逐渐壮大，并得到了普通人的认可和奉献。新人类对音乐极端敏感，甚至认为云雀的歌声都过于平庸，对他们来说简直是折磨；相反，在聆听所有他们认可的人类音乐时，则会陷入狂迷；而如果听到与自己品位不和的音乐，则会变得怒不可遏，甚至想要杀死演奏者。

　　没有必要追寻人类的这段疯癫史。人们渐渐臣服于这些人类疯狂的造物的异想天开，直到这些新人类在很短的时间内成为音乐神权中的专制统治者。同样没有必要考察他们是如何让社会陷入混沌的，以及困顿与杀戮的时代如何让人类最终重返理智又品尝到幻想破灭的苦涩的。这些让重新引领人类事业的力量流失。文明破碎，直到沉睡几千年之后才得以重建。

　　这可能是第三代人类的种种愚妄中最悲切的一幕。他们生来就具有天才般的美学经验，直到最后也仍然保持着某种疯狂的高贵。

　　许多其他的文明也在这一期间诞生，彼此之间通常都间隔着漫长的原始时代，但是这部简短的编年史无暇顾及它们。大多数文明的精神都崇尚生物。因此，一部分文明陷入对飞行的痴迷，疯狂地崇拜鸟类；另一部分文明则沉溺于代谢的概念或性繁育，不少走上了愚蠢的优生学道路。我们必须忽略全部这些，观看第三代人类通过自我折磨而创造出来的新人类中最伟大的一支的过程。

§3 生机艺术

　　在度过一段极其漫长的衰落期之后，第三代人类的精神终于绽放出最耀眼的光辉。没有必要考察他们是如何抵达这个阶段的，只需要知道他们最终创建了非常瞩目的文明。只有"瞩目"这个词可以用来形容这样的文明：那里没有鳞次栉比的建筑物，人们只有在保暖的时候才需要衣装，而工业的一切发展都由其他活动引导。

在这个文明历史的早期，对狩猎与农业的需求及对操控生物的天然冲动催生了较为原始但是实用系统的生物学知识，直到这个文明统一了全世界，生物学中又诞生出化学与物理学。与此同时，受到良好把控的工业化进程一开始利用风能和水能，之后则是地热能，这些能源为人类提供一切所需的物质奢华，并将人们从维持生活的工作中解放出来。要不是因为当时已经出现了让人类全体都专注其中的兴趣，工业化可能也会像历史上屡次发生的那样侵蚀这个种族。在工业化进程开始之前，整个第三代人类对生物的兴趣在这个文明中也占据了主导位置。他们的私心难以通过行使经济权力和炫耀财富得到满足。他们并非不受私心困扰，恰恰相反，他们几乎失去了在第二代人类中极为典型的利他天性。在绝大多数时候，他们的炫耀的情绪都和对"珍兽[28]"的原始兴趣联系在一起。拥有大量高贵的猛兽，不论是否有经济效益，都是尊贵的象征。平民百姓满足于在数量上拥有更多常见动

28　原文为拉丁语（pecunia），字面意思为钱币、钱财，由"牲畜（pecu）"一词衍生而来。在古代，饲养牲畜的数量象征着财富。

物，或者最多就是欣赏它们身上公认的特色。但是上层人士则会追求并夸耀一些十分特别的美学标准，以此来操控生物的形式。

事实上，因为这个种族对生物学有特别的洞察力，他们发展出一种崭新的艺术形式，我们可以称之为"生机塑造艺术"。这也是新文化中主要的艺术表现形式。所有人都带着宗教热情参与其中，因为这种艺术和对生命神的崇拜紧密关联。从事生机艺术的准则和他们的宗教规训在各个时代各不相同，但是总体上都承认一些最基本的原则。确切地说，尽管所有人都同意生机艺术的实践是至高目的，绝不能以功利主义精神对待，但还是存在两套相互冲突的原则和两类态度对立的信徒。生机艺术的一类信徒旨在释放每一个自然物种的全部潜能，让它们实现完美、和谐的天性，或者创造出同样和谐的新物种。另一类信徒则以创造出怪物为傲。有时，若要培育某一种特定的能力，需要以整个有机体的和谐和福祉为代价。比如人们培育出了一种鸟，具有前所未见的飞行能力，但是无法交配也不能进食，因此只能人工维持其生命。又比如，人们还会强行把本质上相互排斥的官能放在一起，保持危险的平衡，时刻折磨着动物。要说有什么例子，一个著名的案例是一种食肉哺乳动物，前肢形如鸟翼并长满了羽毛，但它不能飞翔，因为它的身体比例不适宜；唯一一种移动方式是张开双翼，以一种怪异的姿势奔跑。其他的怪物还包括双头鹰和一种以天才般的技艺培育而成的鹿。鹿的尾巴上长了另一个头，这个头有大脑，可以感知、可以进食。在怪物艺术中，施虐倾向影响了人们对生物的兴趣，因为他们为命运而忧虑，尤其是生命内部的命运——它是塑造我们终途的神圣之物。当然，怪物艺术最通俗的形式，还是对自我中心主义者权力欲望的粗暴表达。

怪异与扭曲的母题[29]不如另一种艺术形式盛行，即和谐与完美的母题——不论何时，它都在人类潜意识的层面运作。生物支配与追求完美的终极目标最终让整颗星球充满了形形色色的动植物，而人类则是地球生命的皇冠与创造生命的工具。所有的物种与所有的形态都在伟大的生态循环中有自己的位置，并得以实现自我。每一种动物的内在官能都是完美的。它们绝没有古老物种遗留下来的缺陷，所有的官能之间都分外和谐。但是要注意：人类的终极目标不仅仅是关注每个物种，而是整颗星球的生态经济。如此，虽然当时存在所有种类的生物——从最低级的细菌到人类，但一种生物的成长、进化往往意味着毁灭一个更加高级的物种，而这违背了神圣艺术的正统教义。然而，在生机艺术的施虐形式中，如果低级生物毁灭一种高级生物，人们会认为其中存在一种

29　原文为法语。

非常独特的悲剧美。因此，在第三代人类的历史上，两个教派之间曾经爆发出流血冲突，因为施虐主义者试图培育出寄生虫，以便摧毁正统教派高贵的产物。

在生机艺术家中（当然，当时所有人都在一定程度上参与了这项艺术活动），尽管有少数人明确拒绝了正统派的主张，但其中一部分人因他们的怪诞而声名远扬，甚至获得赞誉；而那些没那么幸运的人则会遭到放逐，甚至因此殉道，他们称自己创造出的是一个无与伦比的象征，象征着生命本质的普世悲剧。绝大多数人还是接受了神圣教导，选择了某种已经被公认的表达手法，例如强化有机体现有的官能，完善其能力或将有害部分从中剔除等。更加具有原创性、但也更加危险的工作，是创造出新的物种以填补世界的空白。为此，他们会选择一个合适的生物体，将其改造重构，意图创造出一种具有完美本质、能适应新生活方式的生物。这样的工作必须严格遵循各种美学原则。因此，将高级生物还原成低级生物被认为是糟糕的艺术，浪费某种官能也是。此外，因为艺术的最终目的不是制造具体的种类，而是在世界范围内建立完美的动植物生态体系，所以即使是无意间伤害比计划产物更加高级的生物也是被禁止的。正统生机艺术是一项合作事业。在神之下，最终的艺术家就是人类整体；最终的艺术品必然为这颗星球添上最为精致的华服，并取悦神圣艺术家——人类只是他的造物与工具。

当然，在应用生物学远远超越第二代人类很久以前实现的高水准之前，第三代人类成就甚微。早期培育者传授下来的经验法则远远不够。经过数千年的研究，第三代人类物种中最天才的一批人才发现更加精密的遗传规律，并发明出一种技术控制现有基因中的遗传因子。正是生物学的突飞猛进打开了化学与物理学的大门，又因为这一历史因素，后两门科学都带有一种生物学的视角，比如说他们认为电子是基本的有机体，而宇宙是一个巨大的有机物。

设想这样的一个世界：整颗星球就是一座巨大的动植物园，或者说野生公园，散布着农业区与工业区。所有的枢纽城市都有年度和月度的展出。最新创作出的生物登台亮相，接受最高生机艺术祭司的评判。优胜者会获得荣誉，并在宗教仪式中被奉为神圣。在展出中，有些展品的展出是出于功利性，但也有一些纯粹是为了追求美。展示的可能会有优化的谷物、蔬菜、牲口，或是一些特别聪明或强壮的牧羊犬，抑或是一种在农业生产或消化系统中有特殊作用的新型微生物。当然还有纯艺术的最新成就：长着硕大而光滑的翅膀但却没有鹿角的赛鹿，一些扮演了生态圈的新角色的鸟类和哺乳动物，能在生存竞争中消灭所有其他种类的熊，有不同的器官和生物本能的蚂蚁，以及和宿主之间的关系有所改进、能让宿主从这种真正的共生关系中获利的寄生物，诸如此类。到处都是创造这些神奇生物的小个子，浑身赤裸，皮肤红润，如同法翁[30]。羞涩的丛林野人有着廓尔喀人[31]的体型，站在羚羊、秃鹫或者像猫一样的新型捕食动物身旁。朴素的年轻女人身后跟随着巨大的熊，出场撼动大地。人群聚集在动物身旁，检查它们的牙口或四肢，而她可能会斥责这些好管闲事的人，让他们离开她的温顺的兽群。在那个时期，人与动物之间通常都维持着完美的友谊，这种感情如果发生在家养动物身上，可能会发展成一种细腻但伴随着痛苦的相互爱慕之情。野生动物也不会刻意回避人类，更不要说攻击他们了——除非是在特殊的捕猎场合，或者在神圣斗兽场上。

　　最后这几点需要额外注意。猛兽的战斗力和其他力量一样受到崇拜。男人女人们在观赏殊死搏斗时都能感受到一种原始的愉悦，近乎狂喜。因此人们会举办正式比赛，让不同物种对战，并允许它们搏斗至死。不仅如此，人与野兽之间、女人与女人之间也存在神圣的角斗——可能最让本书的读者惊异的是，还存在男人与女人之间的战斗。因为在这个人种中，一个处于巅峰状态的女人在体能上不会

30　法翁（Faun）是罗马神话中的半人半羊的农牧神。

31　廓尔喀人（Gurkha）是外国人对尼泊尔全体居民的统称，这是指英国在尼泊尔招募的雇佣兵。他们因勇敢剽悍而举世闻名，在第一次世界大战期间贡献显著。

比她的伴侣要差。

§4 计划冲突

几乎从一开始，生机艺术就在某种程度上被应用于人类自身，尽管人们对此有些迟疑。人们实现了一些重要提升，但是只针对一些无异议的生理问题。上一个文明留下的很多疾病和畸形都永远消失了，很多更加基本的缺陷也得到了解决。例如，牙齿、消化功能、腺体功能和循环系统都得到了极大的改善，极佳的健康状态和极美的身体都越来越普遍，怀孕生子变成了无痛且对身体有益的过程，衰老延后，实践智慧的标准迅速提升。这些成果能够实现，主要是得益于由世界共同体支持的大量研究与实验。但是私人繁育也非常高效，因为两性之间的关系现在由传宗接代的思想主导——更甚于第一代人类。甚至每个人都清楚他或她的遗传特征是什么，并且清楚不同的遗传类型之间的交合会繁育出怎样的后代。因此，在求爱期间，年轻人不仅会告诉他的爱人他与她在心灵上互相契合，还会说服她相信他们的后代会特别完美。因此，那里在任何时候都坚持选择性繁育，向着人们公认最理想的类型发展。在某些方面，包括健康、猫一样的机敏、灵巧的操控力、对音乐的感受力，对生机艺术中好与坏的审美，以及对生活中各种判断的直觉，这些标准被坚持了数千年。他们同样追求长寿与消除衰老，实际上也实现了。不同的时尚潮流曾让两性选择更加关注战斗力，或者某些特殊的面部表情或嗓音。但我们可以忽略这些昙花一现的热情。只有那些长期被追捧的特征才会在私人的选择繁育过程中得到加强。

最终，人们还是迎来了更加宏大的目标。当时的世界共同体由一个高度组织化的神权阶级统治，严格来说，是由生机神父和生物学家组成的至高理事会管理。总体而言，这种政体确实有可取之处。每个人，甚至是农业工作者，都在社会中有自己特别的位置，他们得到至高理事会或其代表的准许，根据遗传特性和社会需求被分配工作。整个系统当然存在不正当行径，但总体上可以良好运转。当时的生物学知识十分详尽，能精确到每个人的智力水平和特殊才能，因此反抗自己在社会中的位置基本就等同于反抗自己的遗传特性——这点世人皆知，并且被毫无保留地接受了。每个人都有足够的空间与自己的同侪竞争并取胜，而不需要徒劳地超越自己的天性，或者上升到更高的阶级。如果没有对生命宗教和生物科学的真理的普遍信仰，如果不是所有普通人都按照自己的能力成为神圣生机艺术的学徒，这种状态根本不可能实现。在这个人口稀少的世界上，所有的成年人多少都把自己看作是创造艺术家，不论在多么不起眼的领域都是如此。总体上来说，他或她通常都会疯狂痴迷于自己的工作，也甘愿离开社会组织与管理系统，把岗位留给合适的人才。除此之外，每个人的内心深处都把社会本身看作一个由特别单元组成的有机体。或许内心偶有挣扎，但这个种族对人类组织的强烈感情可以战胜强烈的利己冲动。

这样的社会对第一代人类来说几乎是不可思议的——他们现在甚至开始准备重构人类的本性。不幸的是，针对这个目标，社会上存在意见分歧。正统派只是希望继续长久以来一直在实施的工作，虽然这要求更庞大的事业和合作关系。他们想要完善人类身体，但仅基于当前的培育方案；他们试图完善人类的心灵，但依旧固守现在的本性。人类的体能、知觉、记忆、智力和情感将会提升到难以想象的程度，但是在本质上必须保持一直以来的状态。

然而，另一派别最终说服正统派在一个重要方面上拓展自身。我们之前说过，第三代人类依旧追求个人永生的古老梦想。这种渴望在第一代人类中也十分强烈。甚至天性超然的第二代人类有时也会放任自己对人格的崇拜发展为对灵魂不死的追求。不过，短寿而不善理论的第三代人类，在对所有生物的热情驱使下，能借助各式各样的生机行为以不同的方式理解永生。在最后的文化阶段中，他们设想：被生命之神认可的所有生物都会在死后进入另一个世界，那里类似于现实世界，但是无限美好。据说，他们将在那里与神同在，施展无穷的生机创造力为神服务。

人们认为两个世界之间是可以交流的，最高级的地球生物的沟通效率最高，而完全揭示未来生物的时刻已经到来。因此人们计划培育高度专业的"沟通者"，让他们获得来自另一个世界的信息以指引这个世界。在第一代人类中，这种沟通是利用灵媒进入出神状态；而第三代人类的新计划则试图培育特别敏感的媒介，并增强寻常人的灵媒能力。

还有另一个派别，他们的目标完全不同。他们说："人类是非常高贵的有机体。我们与其他有机体接触，设法让它们进化出最高贵的属性。现在，是时候也对人类做相同的事了。人类最与众不同的部分就是智性的操控力，即大脑与手。现在，现代机械已经将双手取而代之，但是大脑永远不会过时。因此，我们必须严格地培育大脑，强化理智的行为协作能力。所有可以通过机械实现的有机功能，则全都交给机械完成。如此一来，整个有机体的所有生机活力都可以用于大脑的建设与运作。我们必须创造出一种不再与原始遗留器官相捆绑的有机体，不再局限于理智摇曳闪烁的火光。我们必须创造出一种纯粹为人的人。一旦实现，我们就可以让他找到关于永生不朽的真理，只要我们愿意。同时，我们可以完全放心让他控制一切人类事务。"

统治阶级强烈反对这一计划。他们宣称如果计划一旦成功实行，只会创造出一种极其不和谐的存在，其本质将违背生机美学的一切原则。他们宣称，人类尽管具有独特的天赋，但在本质上还是一种动物。人类应完全发展自己的各种天性，而不是以其他部分为代价发展唯一的官能。他们如此主张的部分原因是自己的统治地位受到了威胁，但倒也有理有据，因此绝大多数人都赞同这一观点。然而，统治者中的一小部分人却决定秘密进行这个改造计划。

培育沟通者则没有保密的必要。世界政府支持这项计划，甚至为此设立了专门的研究院。

第十一章　人类改造自身

§1　巨脑之初

　　决定创造出超级大脑的科学家在地球上的一个遥远角落开展研究与试验。没有必要详细描述他们的进展。一开始，计划秘密进行；之后，他们试图说服全世界赞成他们的方案，却只是成功地将人类分为两个派别。政治体制被撕成了碎片，宗教战争爆发。在几个世纪间断断续续的流血冲突之后，主张培育沟通者与创造超级大脑的两个派别，各自在不同的地区追求自己的伟业，互不侵扰。很快，双方各自在宗教信仰与革命精神的联结下建立起了某种国家组织，二者之间的文化交流少之又少。

　　当时科学家尝试了四种方法创造超级大脑：选择性培育，控制生殖细胞中的遗传因子（生殖细胞在实验室中培育而成），控制受精卵（同样是在实验室中培育），以及控制正在发育的身体。一开始，实验经历了无数次惨烈的失败，我们不去讲述这些。但最终，在最初的实验的几千年之后，人们终于在成功的道路上迈出了一大步。科学家精心选取了一颗人类卵子，在实验室受孕，并通过人工手段进行大幅重组。通过抑制胚胎身体及大脑本身中低级官能的发育，同时刺激两个脑半球的生长，无畏的实验者终于成功创造出一颗十二英尺宽的大脑——其身体仅是大脑表面底部的一块退化的器官。唯一具有正常尺寸的身体部位就是双臂和手。这两只用于操控的强健手臂可以把肩膀上的大脑嵌入石室，也就是他的家，如此一来就可以稳定作业。巨脑的手是第三代人类的手，有六根手指，当然也经过极大强化与提升。这个怪诞的有机体在一个建筑内诞生、发育，和他在一起的还有一个用来维生的复杂器械。一个由机械驱动的自我调节泵充当他的心脏；化学反应装置为他的血液注入必要的营养物质，并处理废料，替代了消化系统和腺体；他的肺部是一个布满氧化管道的巨大空间，一台电力风扇一直在其中产生气流，同时也为人造语言器官提供空气。这些器官的设计旨在让大脑的语言中心的神经纤维可以激发相应的电子信号，以此保证与普通咽喉和口腔发出的声音一致。这颗没有躯干的大脑的感官由自然和人工系统混合而成。视觉神经在相应的刺激下沿着两根长鼻长出五英尺长，分别顶着一只巨大的眼睛。但是双眼的结构有着精妙的变化：晶状体可以随心所欲地移到一旁，因此视网膜可以应用于各种视觉功能。双耳也安置在长柄上，其神经末梢可以与各种人造共振器接触，也可以直接听到有机体最细微的律动。味觉与嗅觉作为化学感官得到了强化，可以通过味道区分几乎所有复合物与化学元素。压力与冷暖只能通过手指感知，但是他的手指特别敏感。人们本来计划将痛觉从整个有机体中移除，但这一点未能实现。

这个生物成功活了下来，并存活了四年。尽管一开始一切都十分顺利，但是从第二年开始，这个不幸的孩子（如果我们能这么称呼他的话）开始遭受严酷的痛苦，并显示出精神失常的症状。尽管负责养育他的父母用尽了一切办法，他还是逐渐陷入疯狂并最终死去。他的大脑过重，自己已经无法支撑，而血液循环系统也出现了种种问题。

我们可以忽略未来四百年的历史，这期间科学家只是徒劳地尝试重复这一实验，寻求进展。让我们直接看看第四代人类物种第一个真正意义上的个体。生产他的方法和之前的试验品一样，总体的设计规划也大致相同。不过，他的机械与化学配置更加高效，因为创造者期望通过认真调节发育与衰老的机制，让他获得永生。整个方案还在一个重要方面有所变动。科学家建造了一个巨大的环形"脑塔"并将其分成了多个部分，从中央区域辐射开来，表面上遍布"鸽子洞"。人类利用一项开发了数个世纪的技术刺激脑胚胎在发育过程中向外扩张，进入预先准备好的鸽洞里，形状有别于正常大脑盘绕的半球形。这一人造"头骨"是一个巨大的钢筋混凝土结构，直径长达四十英尺。有一道门和长廊连通外部世界与塔楼中央，其他的走廊则连通不同层的小型空仓。无数玻璃、金属和某种橡胶制成的管道为整个系统传输血液与化学物质。电暖装置让每个空仓及整个被精密保护起来的管道和神经纤维都保持适宜的温度。温度计、钟表盘、压力计及其他所有测量设备为监管人员提供巨脑的各项指标——这怪异的半自然、半人造系统，一座荒诞的心灵工厂。

在有机体诞生八年后，他终于充满了整个脑区，并且发展出了新生婴儿的心智。然而他发育成熟所需要的时间过于漫长，让养育者们非常泄气。直到五十年之后，他才可以真正称得上达到了一个机灵的年轻人所拥有的心智水平。但这并不是人们沮丧的真正原因。在之后的十年间，这位第四代人类的先驱已经学会了所有第三代人类可以传授的东西，并意识到他们的大多数智慧都很愚蠢。他的手工技能十分精巧，是上一代人类没办法比的；尽管操控能给他带来无穷乐趣，但他的双手主要奉献于不知疲惫的好奇心。事实上，显然，好奇是他最主要的性格特点，与他极度的好奇心相匹配的是最灵巧的双手。国家专门设立了一个部门负责他的营养供给与教育。一整个团队的有识之士随时为他待命，回答他热切的疑问并帮助他进行自己的实验。而当他已经成熟时，这些专家绝望地发现自己已经跟不上他的脚步，沦为了秘书、清洁工和跑腿的。上百个仆人在这颗星球上的各个角落之间奔波，寻找各种信息和标本。如今，这些仆人在做的事情究竟有什么意义，他们自己已经无力回答。不过，一方面，他们非常小心谨慎，不会让自己的无知公之于众；另一方面，正因为这些任务对人们来说如此神秘，他们也获得了相当的威望。

除了好奇心与创造力，巨脑没有任何本能的直觉反应。他不知道什么是恐惧，但当然知道要小心谨慎，以免自己受到损害，妨碍自己的狂热研究；他不知道什么是愤怒，但在面对反对意见时毫不妥协；他不知道什么是饥渴，只会在营养供给不足的时候感到虚弱；他对性也完全没有概念，他的本能也不包括对他人的温柔和集体归属感，因为他完全没有共情能力；他对自己最亲密的仆人毫无感激之情，有的只是冷淡的允诺。

一开始，巨脑对维系他生命、支持他一切想法并崇拜他的社会毫无兴趣。但最终他开始为当代的诸多社会问题提出绝佳的解决方案，并从中感到快乐。人们越来越依赖他的提议，他也最终成为这个国家的大独裁者。他自己的智慧、全然的超脱和人们对他迷信般的敬畏让他的地位比任何寻常君主都要稳固。他对自己的子民无关痛痒的麻烦毫不在意，但他决心让侍从们成为一个和谐、健康且强大的种族。更何况，在投身物理学与天文学艰苦而激动人心的研究之余，探寻人类本质也确实是有吸引力的休闲活动。看起来很奇怪：缺失人类共情的巨脑却可以得心应手地统治情感充沛的第三代人类。实际上，他建立了一种非常准确的行为主义心理学；就好像经验丰富的牧民一样，他非常清楚应该对自己的子民有何期待，尽管对他们的情绪一无所知。举例来说，虽然他根本看不起人们对动植物的崇拜与生命神论，但他很快就知道不该对这些狂热信仰显示出敌意，而是化为己用。他只是把动物当作实验原料。对此，人们乐于提供自己的帮助，一方面是因为他向人们保证自己的实验可以让所有的物种都得到提升，另一方面也是因为人们对他在实验中完全不使用麻醉手段的方法感到痴迷。人们在观看动物受苦的过程中沉醉不已，终于唤醒了长久以来受到压抑的残酷之心——不论对动物本质有多么了解，这都是第三代人类天性中不可挪移的事实。

巨脑对物质与心灵世界的探索逐渐深入，逐渐掌握了生物演化原理，并在自娱自乐时还原出了地球上生物的全部历史。他通过成熟的考古学技术学习了所有之前人类的历史，包括与火星人有关的一切，而第三代人类对这些都还蒙在鼓里；他学习了相对论与量子理论，认识到原子的本质是一个复杂的波系统；他测量了宇宙的尺度，并通过自己的精密仪器清点了远宇宙中的行星系统；他还在不经意间解决了有关善与恶的古老问题，知道了心灵及其认识对象的本质，调和了一与多之间的矛盾——这些活动都能让他感到满足。他通过国家政府建立了很多研究部门以记录自己的全部发现，使用的语言也是他专门为此设计的人造语言。每个部门的研究成员都是针对相关领域悉心培育、教导而成的专家，对自己部门的学科都有一定的了解，但只有巨脑才能洞察每个学科的本质，并实现所有学科的相互协作。

§2 第四代人类的悲剧

在巨脑诞生大约三千年后，这个独特的生物决定创造更多自己的同类。这并不是因为他觉得孤独，也不是因为他渴望爱或心灵伴侣。他只是为了进行一些更加深入的研究，为此需要与和自己的心智匹敌的存在展开合作。因此他在地球上的不同地区设计、建造了与自己类似的脑塔与工厂，性能与自己相比也都有大幅提升。他派遣自己的仆人向每一座设施送去了自己身体残余的细胞，并指导他们如何培育新的个体。与此同时，他在自己身上进行了深度实验，以适应更加宏大的规划。他赋予自己与后代们的新能力中最重要的就是感知辐射的能力，其实现手段是在脑组织中植入一块经过特殊培育的火星寄生物，它们在巨脑中存活，与所有其他细胞形成一个整体。每个大脑还配备了强大的无线传输设备，零星散落在世界各地的巨脑可以用"心灵感应"的方式相互沟通。

这项计划成功施行。大约一万个新的巨脑组成了第四代人类，他们根据自己所处的地理环境，专精于自己的领域。在地球最高峰上有超级天文学家，配备巨大无比的观察站，其配置一部分是人造的，一部分则是直接使用自己精密的大脑。在地球的内脏，一些耐高温的巨脑研究地壳运动，与天文学家保持"心灵联系"。在热带、极地、森林与沙漠，还有大海底部，第四代人类沉溺于自己的好奇心；而在母城，第四代人类之父周围的一批巨大的建筑物容纳了上百人。为了侍奉遍布世界的第四代人类，曾经合作创造出新人种的第三代人类耕作土地、照料牲畜，为新文明提供庞大的物质基础，并通过更加刻板的古老生机艺术满足自己的精神需求，甚至都没有意识到自己正逐渐沦为卑微的奴仆。但最终他们会心生不满，并偶尔会爆发反叛运动。但这几乎从来不会真正形成威胁，因为第四代人类的威望与劝服力无可抵挡。

然而最终危机还是爆发了。三百年来，第四代人类的研究不断取得进展，但是不久之后进度逐渐减缓，要取得新的研究进展越来越难。确实，他们的研究还有许多细节有待补充——不论是有关自己星球的知识，还是关于遥远的星球。但他们还是没有办法打开全新的领域，以探寻事物最深层的本质。事实上，第四代人类开始发现他们所探寻的不过是神秘之海上的一片涟漪而已。他们发现自己的知识形成了完美的系统，但却完全是一团谜。他们越来越感觉到：尽管某种意义上自己几乎知道一切，但实际上一无所知。

普通的心灵如果在智力活动上受挫，还可以在陪伴、体育运动或艺术中寻求慰藉。但是第四代人类无处可逃。巨脑全心全意地专注于客观世界，只是为了刺激自己的智力，而不是为了福祉。他们只欣赏智力活动本身，致力以此发现的解释性公式与原理。比起试管中的物质或机械运算，他们并不想关注男男女女的生活。唉！应该说他们也不过是把自己看成了认知的工具罢了。这个物种中的许多人都为对智力的疯狂渴求牺牲了自己的健康，乃至生命。

挫败带来的压迫感越来越沉重，第四代人类也越来越为自己天性的局限而感到痛苦。尽管在智力活动平稳进行时他们处之淡然，但在挫折面前他们却开始用一系列借口精心掩饰自己的各种渴望与愚昧的幻想。这些固定在基座上毫无欲求的人，长久以来见证了他们的奴仆自由行动、团体生活、相互做爱。这让他们愤怒，甚至心中充满了冷血的忌妒，但又因为自尊毫无觉察。他们对奴隶事务的规划已经偏离了正轨。人群中弥漫着不满。

冲突的高潮和科学研究的重大进展有关，人们终于突破了看不见的壁垒，重新推动了人类知识的进步。巨脑的数量成千倍增长，地球上的资源相比之前更大幅度地运用于智力的远征。因此第三代人类奴隶必须更加艰苦地工作，失去了可以放松的闲暇时刻。若在之前，他们或许会因为服务于超人类大脑的荣光心甘情愿地接受这样的安排，但是盲目奉献的日子已经过去。有流言称他们祖先的实验导致了巨大的灾难：第四代人类——巨脑尽管像魔鬼般精巧，也不过只是畸形的胎儿。

最后点燃导火索的，是暴君们宣布屠杀所有无用的动物，因为对于世界共同体来说它们已经造成了严重的经济负担。除此之外，在未来只有巨脑自己才能参与生机艺术。这一消息让第三代人类愤怒异常，他们分为了两派：一方面很多毕生服从于巨脑的人大体上都遵从这道指令，尽管他们也非常痛苦；另一方面，大多数人断然拒绝执行渎神的屠杀命令，甚至都不愿意放弃从事生机艺术的权利。后者的理由是灭绝这颗星球上的动物意味着抹去宇宙中许多美丽的生物，这将会破坏它均衡的形式，玷污生命神，而神一定会展开报复。他们呼吁所有真正的人类联合起来推翻暴君，而这简直轻而易举：只需要剪断一些连通巨脑和地下供电站之间的线缆就可以，如此一来电动泵就会停止给脑塔输送充氧的血液；在个别情况下，如果巨脑的地理位置允许他们自己利用水能和风能供电，那也只需要停止将食物运输给他们的消化工厂。

巨脑的私人侍从在这样的行动面前退缩了；他们的全部人生都奉献给了这些尊贵的生命，为此骄傲甚至心怀爱意。但是农学家已经决定停止食物供给。作为对策，巨脑用设计独到的精良武器配备自己的仆人。战争造成了巨大的破坏，但因为反抗者战死，农场已经没有足够的劳动力。一些巨脑和很多仆人都死于饥荒。由于战事越来越艰难，很多侍从也加入了反抗军。第三代人类确信巨脑将很快就失去抵抗能力，地球马上就会重回自然生物之手。但是暴君不会这么简单地就被击败。几个世纪以来，他们一直在秘密进行研究，试图发明能够更加高效地统治自然物种的办法。在最后时刻，他们终于成功了。

在这项计划中，巨脑受益于很久以前另一派自然物种的研究成果。当时他们试图培育特殊的沟通者并借此与不可见的世界接触。这个分支或者说这个神权国家，为这一目标挣扎了数个世纪，并终于实现了他们的愿景，培育出了可遗传的沟通者血统。沟通者们作为灵媒的中介长期处于昏迷状态，和另一个世界的居民接触，并听取指导地上世界的有关建议；但他们非常容易受到他人影响。从童年开始，他们就要学习有关不可见世界的知识，而他们的心智在昏迷状态时能够基于这些知识创造出诸多幻象。他们本身只是极端缺乏行动力和智力的普通人，加上过于单纯而迟缓，他们在心智上其实更接近于牲口而非人类。但是在心理暗示的强大力量下，他们获得了智慧与活力。然而，他们的智慧仅限于跟从他人的指示，而完全没有能力判断指示本身。

没有必要复原这个神权社会崩塌的场景，因为一切私人和公共事务都是根据沟通者的话语进行，因此国家不可避免地陷入混乱。第三代人类的另一个社群——也就是培育巨脑的那一批逐渐控制了全世界。然而灵媒的血脉依旧存在，沟通者的子嗣则同时受到尊重与蔑视。灵媒依旧在某种意义上被视为分享了神圣精神，但是如今人们认为他们只可能谈论神圣事物，与俗世无涉。

巨脑正是通过灵媒的血统巩固了自己的地位。我们暂且不去关心早期的种种试验。最终，巨脑创造出了一种可以随心所欲控制的智能生物机械，即使在很远的距离它们也可以听命于巨脑。第三代人类的这种变体因此可以和他们的主人"心灵相通"。火星人的生物单元也被加入了他们的神经系统。

在最后的时刻，巨脑成功将这些完美的奴隶投入战场，配备有最致命的武器。当剩余的人类仆人发现自己正在帮着对方培育自己的替代者时，一切都太晚了。他们加入了反抗军，但最终只是和反抗军一起毁灭。不出几个月，除了顺从的新变种和牢笼里的实验样品，所有的第三代人类都惨遭毁灭。几年之后，所有对人类生活毫无裨益的动物也都已灭绝，甚至连实验样品都没有留下，因为巨脑早就将它们研究透彻了。

不过，尽管巨脑对地球的统治地位无可撼动，但毕竟偏离了之前设定的目标。与自然人的现实斗争为他们提供了新的目标，但如今斗争已然结束，于是他们再一次沉溺于智力的挫败感中。他们痛苦地意识到：尽管具有相当庞大的神经组织；尽管他们知识渊博又个性狡猾，但比起自己的祖先，他们并没有离最终真理更进一步——二者都距离它无限遥远。

对于第四代人类——巨脑来说，除了智性生活之外不存在任何其他生活，而智性生活如今已是一片荒原。很显然，要解决更深刻的智力问题，光有庞大的脑子是不够的。因此，必须通过某种方式创造出新型的大脑或大脑有机组合的新形式，才能够获得对他们来说无法触及的视野与洞察力。他们必须设计出新的大脑改造方案，这就是新的研究目标。巨脑下意识地忌妒创造出他们的物种，因为这些创造者比他们自己更加自然且平衡，巨脑开始利用捕获的人类样本研究人类脑组织的本质。他们希望找到演化的巨大飞跃究竟将在何处发生。不幸的试验品因此遭受了成千上万次精心设计的身体与心理的折磨。有些人在保持存活的情况下，大脑被摊在了实验台上，为了供巨脑观察不同心理活动时大脑对应的微观反应；有些人则陷入了奇幻的心智失常状态；还有些人的身体和心理状态都非常健康，只是最终被经过特别设计的悲痛体验击垮。巨脑希望创造出某种发生质变的心灵新类型，但他们实际上在做的只是尝试一切可能的疯狂行径罢了。

实验持续了数千年，但渐渐进入瓶颈期，结果是一无所得。败局已定，第四代人类的心境发生了改变。

他们当然知道自然人将很多他们完全无法欣赏的事物看得很重。之前他们一直认为这是自然物种心智低下的症状。但是不幸的人类样本在实验中表现出来的行为逐渐让第四代人类更深入地洞察了自然人的爱好与崇敬之物，因此可以区分哪些欲望是基本的，而哪些是偶发的、为头脑清醒的人所拒绝的。事实上，他们发现这些人欣赏事物的眼光是如此清澈而坚定，正如他们自己对知识的追求一样。例如，自然人相互珍视，甚至会为了他人而牺牲自己；他们会珍视爱本身；他们还非常看重艺术活动，而人类自己和其他动物身体的活动对这些人来说则具有内在的整全。

第四代人类逐渐意识到，他们身上的问题不仅仅是智力的局限，更严重的是对价值的洞察力过于狭隘。他们认识到，这样的缺点并不是大脑的智力官能低下的结果，反倒是因为身体官能和低级脑组织的缺陷，而他们对此无能为力。很显然，对他们来说，已经不可能进行如此极端的改造以回到更加正常的生物状态。那么，他们是否应该全力创造比自己更加和谐的新人类呢？或许有人会认为他们对这样的工作毫无兴趣，但事实并非如此。他们辩称："我们的本质就是求知。只有比我们更加宽阔而有洞察力的心灵才能获得真理。因此，我们不能再浪费时间试图靠自己实现这一目标了，而是必须创造出一种新的生命，超越我们的界限，让他们代替我们实现这一理想。我们将竭尽全力创造新的生命，尽可能赋予其最高级的整全。拒绝接受这一使命是不理性的。"

于是，人造的第四代人类为了创造出取代自身的生命，开始按照新的方案对剩余的第三代人类样本进行实验。

§3 第五代人类

创造新人类的计划已制订得十分详尽，在真正进行实验之前一切都已安排妥当。新人类在本质上是个普通的人类有机体，与自然物种一样具有全部身体官能；但在各个方面都尽善尽美。他的脑组织体积会尽可能大，但必须保证与整体计划相适宜，不会再扩大下去。他的创造者谨慎地计算了他们的造物应有的尺寸与内在比例。一方面，新人类的大脑不能像身体一样大，因为身体要承载它的重量，并且利用自己的生理机能维持它的运转。另一方面，如果它的体积大于自然的大脑，那么身体的其他部分就必须对应地加强。和第二代人类一样，新的物种必然拥有庞大的体型。事实上，在创造者面前，这些自然演化出来的巨人也会显得像是侏儒。然而，他们的身体又不能过于沉重，否则会把自己拖垮，骨骼也会变得难以控制。

在设计新人类的整体方案时，创造者不断尝试发明更加有效的骨骼和肌肉组织。在数个世纪的耐心实验后，他们终于成功引导生殖细胞发育出更加坚韧的骨骼和更加强壮的肌肉。与此同时，他们使神经系统更加专精于各自的特别功能。新的大脑与他们自己的相比是如此微小，但不论是细胞个体还是其组织方式的精巧都弥补了这一缺陷。

此外，巨脑还发现通过改进消化系统就可以节省维持生命的能量和缩小器官的体积。他们还创造出新型微生物组织，与人类内脏共生，让整个消化过程更加轻松、高效、稳定。

生物组织的自我修复系统也得到了特别关注，尤其是几个损坏最快的部分。与此同时，第四代人类重新设计了发育与衰老的控制机制，使新人类可以在两百岁时发育成熟，并保持长达三千年的活力；而一旦显示出衰老的迹象，心脏就会立即停止运作。人们有过关于新人类是否应该和他们的创造者一样永生的争论，但是最后还是达成了一致：考虑到他们只会是一个过渡种类，保险起见，还是为他们的生命赋予限度，尽管已得到了大幅延长；绝对不能让他们觉得自己是生命形式的最终展现。

在感官方面，新人类具有第二代和第三代人类所有的优势，甚至所有的感觉器官都有了更精细的辨识能力。更重要的是，火星生物单元也嵌入了新的生殖细胞里。随着它们的发展，这些单元会散开并在新人类的脑部细胞中聚集，如此一来整片大脑区域都可以感知到最细微的震动，也因此得以发射强烈的辐射。但是巨脑让新物种的"心灵传输"能力屈居于次要位置，以免个体沦为人群的共振器。

多年以来的化学研究使得第四代人类能够大幅提升新人类的分泌系统，让他们同时保持完美的生理平衡和良好的脾气与性情。新人类虽然可以体会到一切情感生活，但是他们的激情不会因超出限度而引发悲剧；无论得时不得时[32]，也都

32　原文为习语（in season and out of season）。语出《圣经·提摩太后书》第四章第二节："务要传道。无论得时不得时，总要专心，并用百般的忍耐，各样的教训，责备人，警戒人，劝勉人。"

不会沉溺于感情。还有必要重新审视整个反射机制，废除、修改、强化某些部分。所有从直立猿人开始就根植于人类的更加复杂、"本能"的反应，也都经过了详细考察，包括它们的运作方式及这些本能反应针对的对象。愤怒、恐惧、好奇、幽默、温柔、自私、性欲和社会性必须全部在新人类身上实现，但是绝不能失去控制。事实上，新人种天然地就适合并爱好所有更高级的活动和事物，更甚于第二代人类，而所有这些对于第一代人类来说只有在艰苦的规训后才能实现。因此，整个培育方案同样涉及自我关切，新人类能够认可自己是智慧的社会生命，而不只是原始人；谈及社会性，新人类的本能兴趣直接指向的也正是所有心灵组织而成的共同体。再有，充沛的原始性欲与家长情结还能提供第二代物种曾体验过的、与生俱来的崇高感，例如对一切生灵利他主义式的爱与对艺术和宗教的崇敬。这几乎是智力的奇迹：巨脑在本质上是淡漠的，他们从未有过类似的经验，却单单凭借对第三代人类的研究，就可以意识到这些体验的重要意义，并设计出恰当的有机官能。这就像一个失明的种族仅仅凭借物理学研究就发明出视觉器官一样。

巨脑当然也注意到，对于平均期望寿命达到几千年的种族来说，生育活动必须减少；但是另一方面，为了心智的发展，性交体验与家长情结对两性来说又必不可少。部分解决方案是大幅延长幼年与童年时期，一方面提供足够的时间让心灵与身体完全发育，另一方面也让成熟的人类有更多时间扮演父母的角色。与此同时，生育过程被简化到了第三代人类的程度。他们希望通过改良生理组织，让婴儿不再需要全神贯注的照料，让母亲不再像之前的种族一样受苦。

仅仅是设计出人类改良计划中的主要框架就耗费了天才巨脑数个世纪的时间。在这之后，就是为了实际生产新人类而进行的漫长实验。几千年间，除了证实许多计划根本行不通，人们几乎一无所获。整个计划期间巨脑们有几次在项目的具体实施上产生过分歧，甚至还有一次诉诸暴力，动用了生化武器和生化机器人军队。

总而言之，第四代人类经历了无数失败，又出于各种原因搁置过这项事业；但在毫无所得的漫长时光之后，他们最终成功按照最初设想的样子创造出了两个新人类。他们在实验室里从同一个受精卵中诞生，是一对性别不同的同卵双胞胎，成为崭新而荣耀的新人类物种的亚当与夏娃——他们就是第五代人类。

可以说，第五代人类第一次在真正意义上实现了身体和心灵的和谐。平均而言，他们有第一代人类的两倍高，比第二代人类还要高不少。因此，他们的下肢相对于它们支撑的躯干来说要沉重许多。他们的双脚构成了宽阔的基底，让整个人看起来宛如石柱。尽管身型堪比巨象，但肢体活动却异常灵活而精准。他们的长臂与宽肩在更加修长的双腿的衬托下显得短小，不仅饱含力量，还具有精细操作的能力。双手也是如此：大拇指和食指形成了令人生畏的双钳，纤弱的第六根手指末端生长出了两根小指和一根对应的拇指。身体的轮廓清晰可见，因为他们身上没有任何毛发，只在头顶上有一层原本是红棕色的头发。外形鲜明的眉毛下遮时可以在阳光下遮盖住敏感的双眼。其他地方不需要毛发，因为精心设计的棕色皮肤不论是在热带还是亚寒带气候中都可以保持恒温，也就不需要外衣。与壮硕的身体相比，第五代人类的头部并不大，尽管脑容量达到了第二代人类的两倍。最初的两个人有着深紫色的灵动的双眼，面孔则突出且灵活。他们的面部特征并没有经过特别设计，因为这对第四代人类来说似乎无关紧要。但是各种生物学力量让它们与第二代人类的面孔相似，尽管他们额外拥有一种无法描述的面部表情——迄今为止还没有人类实现过。

新人类从最初的两个人渐渐壮大。一开始，他们的创造者热切地培育他们。后来，他们宣告自己的独立，并最终掌握自己的命运。巨脑难以理解和同情他们的造物并试图残暴地统治新人类。这个星球一度被分为两个相互敌视的共同体，大地被人类的鲜血浸染。最终，生化机器人被消灭，巨脑也弹尽粮绝、被敌人粉碎，当然第五代人类自己也战死无数。最终，这颗星球上又重新遍布荒蛮的迷雾，第五代人类从头开始建立文明——所有这一切究竟如何发生，都不是我们的主题。

§4 第五代人类的文化

要详细讲述第五代人类是如何发展、壮大并实现其最伟大的文明与文化，这是不可能的；我们关心的只是他们的鼎盛时期。即使他们维系了数百万年的极盛时期，我能讲述的也少之又少；这不仅是因为我必须尽快讲述完这一切，还因为他们的许多成就对于这本书的读者来说根本无法理解。我本人已经抵达了人类历史的最后阶段；我们终于开始认识自己的心智，理解自此之前从未显露过的真实存在。人类古老的目标仍在延续，并逐渐以从未有过的方式实现；但同时新的目标又出现，取代了以前的理想，因为人类日益深刻的经验迫使他们不断前进。一方面，就好像第一代人类的旨趣与理想完全超越了同代的其他猿类，第五代人类在巅峰时刻的兴趣与理念也完全超越了第一代人类能理解的限度。另一方面，就好像在原始人类的生活中也有许多事物即使对猿猴来说也是有意义的，第五代人类的生活中也留下了许多第一代人类可以把握的东西。

想象一个物质成就比第一代人最疯狂的梦想还要丰富得多的世界共同体。无限的能源一部分来源于人工原子裂变产生的能量，一部分来源于通过电子和质子结合产生湮灭而形成的辐射，完全清除了在此之前难以越过的文明阻碍，解放了生命本身。整个世界共同体的经济事务全都通过几个按钮来掌控，交通、矿产、基建甚至农业都是如此。事实上，在大多数时候，这些事务的运作本身都由可以自动规划的机械完成。因此，不仅人类不再需要在单调乏味的工作中浪费生命，甚至早期人类认为是高度专业（但也有固定模式）的工作现在也由机器完成。只有开创性的工业、无穷的令人兴奋的研究、发明和这个千变万化的社会的设计和重组能吸引男人、女人的心智。尽管这项事业无比庞大，但是它依然无法消耗整个世界共同体的全部精力。因此，第五代人类的充沛活力可以肆意挥洒在其他不那么艰难和严谨的工作上，或者尝试在各式令人赞叹的体育和艺术活动中娱乐自己。从物质上来说，每一个人都是大富豪，可以任意差遣各种强大的机械；但与此同时又都是贫瘠的修士，因为他们无法通过经济控制任何其他人类。他们可以在一个小时之内就从天边飞向大地的尽头，或者花上一整天的时间在云间作乐。不仅是天空，他们在海洋里也来去自如。他们可以在海床上闲庭信步，或与深海鱼类嬉戏。只要愿意，人们可以将自己的居所建成荒野中的棚屋，或者是让第一世界政府时期的建筑也相形见绌的高塔。他们可以独自享有一座宫殿并摆满自己的财富，也可以与其他人一起过群体生活。对这些人来说，所有这些便利就好像原始人的呼吸一样自如；又因为它们就像空气一样随处可见，所以没有人沉迷于此或因此对他人心生忌妒。

当时的地球人口众多。上百亿人居住在被冰雪覆盖的高塔中，这片大陆如同一片空旷的建筑森林。在这些方尖塔之间散落着农田、公园和荒野；有很多丘陵地区和森林都作为娱乐场所被保留了下来。还有一片大陆，从热带地区蔓延到北极，基本保留了原始的自然状态。这片地区有很多高山；当时有很多山地已经被水与霜冻侵蚀，因此人们十分珍视高峰。在这片野生大陆里，各个年龄层的人都准备花上多年的时间过原始人的日子，远离文明世界的一切。因为他们知道，作为一个十分复杂精致的种族，他们在大多数情况下都投身于艺术与科学，只能通过特殊的方法与原始世界接触。因此在野生大陆上，随时都活跃着一批散落的"原始人"，配备着他们或他们的同伴从土地上拾取的火石和弓箭——铁器已相对少见。这些自愿回到原始生活的人主要通过狩猎与简单的农耕维生。他们偶有的闲暇都交给了艺术、冥想和充分品味原始的人类精神。事实上，他们时不时给自己选择的这种生活是危险而艰难的。尽管乐在其中，还是有很多人会畏惧困苦与漂泊不定的生活，无法走出阴影。危险是非常现实的。第五代人类为了弥补第四代人类灭绝动物的蠢行，重新创造出了一个生态系统，让它们在野生大陆生活。其中就有一些凶猛的食肉动物，对只配备了原始武器的人类来说当然很可怕。在野生大陆，高死亡率不可避免。很多前途光明的生命戛然而止。但是从整个种族的角度来看，这样的牺牲是值得的，因为定期回归原始生活对人类精神的影响是实实在在的。由于寿命长达三千年，那些一直在文明世界生活的人可以通过偶尔回归野外重新焕发生命活力，触动自己的内心。

第五代人类的文化在很多方面都受到了他们"心灵感应"能力的影响。如今，人们能安全利用这种官能，并已经摆脱了它的风险。每个人都可以随心所欲地与同伴们的辐射信号隔离，完全或部分地远离这种精神活动。因此，他完全不用担心自己的个体性会迷失。但是，另一方面，相对于曾经那些只能通过符号系统交流的人类，他们能更直接地与他人分享经验。结果就是，尽管不同意志之间的冲突依然存在，但是比起之前的人类，他们更能通过彼此理解来解决矛盾。因此，不论是因为理念还是欲望，都绝不存在极端的或持久的冲突。所有人都认识到：观点与目标的矛盾可以通过心灵感应的讨论来解决。有时这个过程轻松、高效；有时则需要心灵之间耐心细致的"坦诚相见",才能发觉冲突在何处产生。

人类之间可以"心灵感应",因此不再需要语言。不过，人们依然保有语言能力并称赞它，但仅仅是作为一种艺术的表达方式，而并非沟通手段。当然，思维还是需要借助语词，但人们没有必要为了沟通说出这些话，而只需要自己思考就行了。书写语言对记录与保存思想来说依旧不可或缺。语言和它的书面表达都比之前要复杂且精准得多，成为表达与创造思想与情感更加可靠的工具。

"心灵感应"的能力、长寿与极其精巧的脑结构为每个人提供了无数亲密的友谊关系，甚至全人类都或多或少地相互认识。这对于我的读者来说恐怕难以置信，除非他们可以将其看作是物种心智发展的成果。无论如何，事实就是每个人都关切其他任何人，至少知道他们的样貌、名字或在从事何种事业。这种人际交流能力产生的效果再怎么夸张也不为过，因为这意味着整个物种在任何时刻都是一个庞大的团队或俱乐部——如果严格来说不算是朋友圈子的话。同时，又因为每个人都可以通过他人反思自己的心灵，还存在大量不同种类的心理类型，这让所有人心中都会产生一种十分清晰的自我意识。

对于火星人来说，"心灵感应"创造出了真正意义上的群组心灵，即通过整个种族的电磁辐射产生的单一的心理程序。但是群组心灵却没有多数的个体心灵那样的力量。个体身上所有突出的特质都无法给群组心灵带来什么。但是对第五代人类来说，"心灵感应"只不过是个体间交流的一种手段，而不存在真正意义上的群组心灵。另一方面，"心灵感应"甚至在最高级的体验中也能发挥其作用。正是在艺术、科学、哲学与对人格的欣赏中，第五代人类可以通过这种方式创造出群组心灵，或者说集体文化。火星人的心灵联合主要是通过消除个体之间的差异来实现的，而第五代人类的心灵感应则是心灵多样性的精神增殖，如此一来每个心灵都可以通过上百亿其他心灵来丰富自身。最终，每个人都真正成了种族的文化心灵，但是这种心灵和个人的数量一样多。没有一个外在的种族心灵高于个人的心灵。每个人自己就是一个意识中心，也能参与其他中心的体验并为之贡献。

如果不是整个世界共同体将精力与兴趣都引导向了更高级的心智活动，事情可能就不会如此发展。整个社会结构都是为了其最好的文化而塑造，并且所有人都相信大多数人不应该花费数百万年时间投身于工业发展，而是应该把精力放在艺术、科学与哲学上，绝不做重复工作，或者让自己无所事事。我只能说，心灵演化得越高级，它就越能在宇宙中找到可以从事的事业。

不用说，第五代人类很早就解决了几乎所有困扰第一代人类的物理学问题；不用说，他们完全掌握了整个宇宙与原子的结构。但自然科学的基础再三被新发现颠覆，因此他们只能耐心地重新建立整个体系。最终，科学家通过化学组合明确定义了心理—物理学原理，涵盖了旧心理学与物理学知识，第五代人类最终将整个科学盖在磐石上[33]。在他们的科学观念里，基本的心理学概念具有物理学意义，而基本的物理学概念则是通过心理学方法呈现的。此外，他们发现大多数物理学宇宙的基本关系与艺术的基本原则在本质上是相同的。但是，他们发现没有任何迹象表明这个令人惊叹的美学宇宙是一个艺术家有意识创造的结果，而且似乎任何心智都不可能在各种细节及其联结中欣赏这个宇宙的全部，因为它们不可能发展到这种高度——即使是对于第五代人类来说，这一切也流露着神秘并散发着恐惧。

在第五代人类看来，艺术在某种意义上是宇宙的根本，因此他们热衷于各种艺术创造活动。除了社会与经济的组织者、科学家和纯粹的哲学家，所有人都投身于艺术与手工艺创作。也就是说，他们创造出各式各样的物理实体，并试图展现出对于欣赏者来说具有美学意义的形式。这些物理实体

33 原文为习语（build upon the rock）。语出《圣经·马太福音》第七章第二十四节："所以凡听见我这话就去行的，好比一个聪明人，把房子盖在磐石上。"

有些时候是某种特别的言辞，还有纯音乐、移动的有色形状、钢铁立方体与条状物的组合，或者将人形转移到某种特定的媒介中，等等。但是这种美学冲动同样通过双手展现，他们制造数不尽的常用器具和泛滥的装饰物，认为事物可以因为其功能而具有美感。所有曾经出现过的艺术表现形式，第五代人类都有，而且他们还发明出了无数新花样。总体来说，他们更加欣赏不具有固定形式的艺术，即会随着时间和空间流变的艺术，因为这个种族对时间十分痴迷。

数不胜数的艺术家认为自己的事业具有重要意义。人们认为宇宙是四个方向统合而成的美学统一体，并且具有超出人类认知的复杂程度。因而，人类的艺术创作被认为是理解并欣赏宇宙美学的一种途径；若非如此，宇宙的特征过于广博、难以捉摸，人们很难理解它的形式。艺术工作有时被比作一个能简明扼要概括大量貌似混沌的事物的数学公式。但是对于艺术来说，艺术目标所试图探寻的联合，在本质上离不开生机与心灵本身。

于是，整个种族认为自己正在从事一场伟大事业，即发现与创造；而每个人都能创造独一无二的存在，并欣赏一切。

随着千百万年过去，人们逐渐意识到世界文化的演进似乎是螺旋式的，会有一段时期整个种族的兴趣都在某些关于存在本身的问题上；而在大约十万年后，对这些问题的讨论似乎已经足够成熟，就被撇在了身后。在接下来的时代，他们关注其他领域，之后又是些别的问题，最终他们还是会回到曾经无可挖掘的领域，并发现自己如今可以奇迹般地收获上百万倍于之前的果实。因此，在艺术和科学领域，人类反复回到古老的主题，再三发掘出新的细节，并为在之前的时代从未感受的真理与美而震撼。因此，科学不仅会稳步开拓对存在来说更加宽广而丰富的视野，还会定期发现一些革新的原则，并为旧有的知识赋予新的意义。在艺术领域，不同时代的作品可能表面看起来完全相同，但是真正有辨识力的人能看出来旧时代的作品根本无法比肩新的创作。人类的性情本身也是如此。生活在第五代人类纪元终结的人经常会发现，在他们的文明伊始，原始人类种族与自己竟是如此相似，但毕竟没有自己所拥有的多维本质。就好比地图与山地相似，图画有如风景，点与圆就像球体——如此，也只有在这样的层面上，早期的第五代人类与自己的后裔相似。

　　这些判断可能在任何稳定且文化进步的时期都成立。但是对于这个文明来说，它们有着特殊的意义，这也就是我接下来要试图给各位读者阐明的。

第十二章　最后的地球人

§1 消逝崇拜

第五代人类并没有被赋予创造者所拥有的不朽生命；他们无比长寿却终有一死，文化也为此留下了辉煌与哀伤。因为自然寿命长达三千年，最终又延长到了五万年，人们对将要到来的死亡与至亲之人的逝去感到十分困扰。如果是转瞬即逝的心灵，诞生之后会在进入到深刻的自我意识之前迅速消逝，这样当然可以以一种盲目的勇气直面死亡。即使失去曾经亲密的人，他们所承受的痛苦也不过是模糊的，犹如梦幻。瞬逝的心灵没有足够的时间完全苏醒，也无法与他人建立真正亲密的关系；在此之前爱人一定会离去，自己也重新陷入混沌。但是对于长寿但并非不死的第五代人类来说却完全不同。他们体验整个宇宙，获得了无比清晰而生动的洞见，还有对这一切的欣赏，因此很快知道灵魂的一切财富都终将走到尽头。爱——尽管他们不仅与一个人完全亲密，还有很多爱人，但任何挚爱的死依旧是不可挽回的悲剧，是最耀眼的光辉坠入永夜，是宇宙无尽的死寂。

在相对短暂的原始时期，第五代人类和其他种族十分相似，也通过死后生命的非理性信仰宽慰自己。比如，他们认为万事万物死去时都会延续尘世的生命，但是更加宽广，可能进入遥远的行星，或者完全不同的时空。尽管在原始时代这些思考从未丧失活力，但是人们还是觉得这不仅不太可能实现，而且是愚昧的。因为他们意识到，人性的光辉之美即使达到今天才实现的那种成就，也并不是至高的荣耀。他们无不悲痛又狂喜地认识到：即使是爱情奢求有情人拥有永恒的生命，这也是对人类最高忠诚的背叛。渐渐地，人们发现，那些运用自己的天才与天赋试图创立有关死后生命的真理的人，还有想要与死去的爱人重逢的人，都是怪诞、盲目、迟钝的。尽管为爱情而失去理智本身是可爱的，但他们毕竟因此走上了歧途。这就好像是在寻找丢失的玩具的孩子们，他们迷失了方向；就好像试图在童年遗物中重新追寻快乐的青年，他们离只有成熟心灵才能欣赏与崇拜的、更加艰难的事物远去了。

如此，他们最终确立了共同的目标，就是学会在失去挚爱之人后，更要崇拜无数个人生活中的奏鸣——而非人类自身，即人类种族的生命。第五代人类很早就发现，正是因为世人皆有一死，才存在一些未曾察觉的美。因此，虽然他们最终找到了可以让自己永生的手段，但却拒绝这样去做，仅仅是将自己后代的寿命延长到五万年。他们认为这样才能完全发挥人类的潜能，而不死则会带来精神的灾难。

如今，随着科学的发展，人们发现在群星形成之前，宇宙中曾经有一段时间没有心灵的位置；而在未来，心灵也会失去它的存在。早期的人类物种不必苦恼于心灵的最终命运，但对长寿的第五代人类来说，这一终点虽然遥远但并非不可企及。这让他们十分沮丧。他们让自己学会为种族而非个人的命运而活，但是如今看来，整个种族的生命本身不过是从过去到未来的无尽虚空之间短暂的一瞬。在他们的认知界限里，没有任何比系统演化的人类心智更值得崇拜的事物；现在却又发现唯一伟大的事物很快就会消亡，这让依旧局限的心灵充满了惶恐与愤怒。很快，就好像很久之前的第二代人类一样，第五代人类开始怀疑心灵的短暂存在固然悲哀，却也有一种美感在其中，它比那种熟悉的美难以琢磨，却更为精致。即使受限于一瞬，人类精神依旧可以感知到空间的全部尺度，以及全部的过去与未来。在高墙之后，人可以感觉到自己应该在理智上崇拜宇宙，这总要好过徒劳地用微不足道的力量逃离它。人因自己的脆弱与宇宙对人的漠然而变得神圣。

千万年来，人们一直坚守这一信仰。所有第五代人类都希望自己从心底相信这样才更好，而且也必须如此相信。但

是他们所谓的"更好"与祖先们的"更好"并不相同。他们
并不会欺骗自己，假装他们自己真的就希望生命终将消逝。
相反，他们一直希望一切都不是如此。但是在物理学的秩序
与心灵的欲望背后发现一种美学本质之后，他们坚信不论事
实如何，在整个宇宙的视角来看，它必然是合适、正确、美
好的，而且对万物的形式来说是整全的。因此，尽管内心感
到悲哀，认为这一切是错误的，但人们却将其作为正确之事
接受。过去和心灵不可逆转的消逝唤起了他们对一切存在过
又消亡的事物的柔情。这些人认为自己已经临近生命形式
的顶峰，赞颂自己的长寿与哲学式的超脱，却时常带着怜悯
之心为失落在过去的那些更加卑微、短暂、受困的心灵而着
迷。此外，他们自身极为复杂、精致，自我意识也十分强烈，
却慷慨地崇拜一切简单的心灵、早期的人类及野兽。他们痛
斥自己的祖辈毁灭了如此多美好而愉悦的生物，迫切地想要
依靠想象重现所有那些被盲目的理智灭绝的存在，因此狂热
地挖掘临近与遥远的过去，以图尽可能复原这个星球历史中
的生命。他们怀揣着克制的爱意，还原出灭绝生物的生命故
事，比如雷龙、河马、黑猩猩、英国人、美国人，以及依然
还存在的变形虫。他们不得不欣赏这些远古生命中的滑稽事
物，这样的娱乐是对简单本质深切洞见的必然结果，是他们
知悉原始生命由盲目而导致悲剧的本质的反面。而当第五代

人类认识到人类最主要的事业应该向未来前进时，他们也感受到自己肩负着对过去的义务，必须将其保留在自己的心灵中——如果不能付诸生活实践，也要让它存在。未来闪耀着荣耀、愉悦、灵性的光辉；未来需要维系，而非怜悯或虔敬；但过去却是黑暗、困惑和挥霍无度的，那些被拘束的原始心灵茫然、愚昧又互相折磨，然而过去这一切又有一种独特的美。

第五代人类不仅以抽象历史的方式，而且带着新事物般的亲密重建过去，这成为他们的主要事业。很多人致力这项工作，每个人都精熟某一段人类或动物的历史，并将他的工作引入当时的文化。因此，每个人都越来越觉得自己不过是"不再"的汹涌波涛与"尚未"的无尽虚空之间摇曳的微光。他们觉得自己是十分高贵与幸运的种族，却借由过去无数不幸的、幽灵般的生命来调和、拓展存在的情趣。有时，尤其是在当代，这个已经无比令人满意且充满希望的年代，对原始状态与过去的崇拜成为所有人的主要活动；人们时而反抗宇宙的专横本质，时而又相信这种恐怖在整个普遍法则内是合理的——人们认为正是因为过去不可逆转，宇宙及所有过去的存在才变得神圣，如同一部悲剧艺术因灾难的不可挽回而变得神圣一样。这样一种默许和信仰情绪，在未来的百万年间成为第五代人类的主要心态。

但是一个令人困惑的发现正等待着第五代人类，它将完全颠覆他们对自身存在的态度。纯粹基于经验，某些晦涩的生物学事实让他们怀疑过去的事件并不是简单的非存在；尽管过去不再存在于时间限度内，但它们会以其他形式永恒持存。对过去逐渐增强的怀疑使得这个曾经和谐的种族一度分裂为两派：正统派认为宇宙形式上的美意味着万物都将悲剧般转瞬即逝，另一派决心证明现在的心灵确实可以在"过去"的本质意义上抵达过去。

这本书的读者无法理解这场将要瓦解人类的冲突有多么激烈，他们无法站在第五代人类的角度来看待事物，因为他们不曾花费世世代代的努力去欣赏终将消逝的宇宙。在正统派看来，新的观点几近渎神，鲁莽且粗俗。相反，他们的反对者则坚称整件事情必须基于证据，要客观冷静地下判断。他们同样指出：人类对已逝之物的奉献归根结底还是因为坚信宇宙的至高无上。没有人真的在逝去中看到了完满与整全。这场争论十分激烈，正统派最终切断了与反叛者的"心灵感应"联系，甚至已经开始计划将他们毁灭。无疑，一旦真正实施暴力，人类将毁于一旦，因为对于拥有如此高心智水平的人来说，自相残杀严重违背了自己的本性。他们无法带着这种羞耻继续生存下去。然而幸运的是，在最后时刻，理智取得了胜利。人们允许渎神者继续他们的研究，全人类都在等待他们的成果。

§2 探索时间

对时间本质发起的第一轮挑战是一项庞大的合作研究，包括理论和实践两方面。最早是生物学研究发现了过去可能仍然持存的线索。也因此，人们根据这个新发现重新建立了生物与物理科学。在实践方面则必须进行大量实验，包括生理的与心理的。我们不应该在这些实验细节上停留太久。总之，几百万年过去了。有时，大概以几千年为周期，时间研究是人类主要的事业；有时人们被其他兴趣吸引，因而将它延后，或者完全置之不理。这么多年来人类在这个领域的努力都没有任何成果，直到最后才迎来了真正的成功。

人们选中了一个孩子，长期地悉心培育他，目标是让他最终掌控时间。从幼年开始，孩子的大脑就受到了严格的生理控制。同时，为了适应颇为怪异的工作，他还要接受严格的心理学调试。在科学家和历史学家的看护下，他会陷入某种昏迷状态，并在半小时之后苏醒。之后，科学家要求他以"心灵感应"的方式讲述他昏迷时的经验。很遗憾，此时他已经极度疲劳，提供的信息也几乎让人无法理解。几个月之后，他再次被询问，这次他可以描述一段非常特别的经历，事后证实是他已故母亲少女时代时经历的一起可怕事故。他似乎是以她的视角经历了这场事故，并且能感受到她的一切想法。这并不能说明什么问题，因为他也有可能是从一些在世的人那里获得信息。之后，尽管他苦苦哀求，研究人员还是让他进入了同样的昏迷状态。醒来之后，他零碎地讲述了一个有关"居住在矮塔楼中的小红人"的故事。显然，这是在说巨脑和他们的侍从。但这同样说明不了问题。而这个孩子则在讲述完之前就死去了。

于是人们又选中了另一个孩子，但是这次人们直到他成长为少年之后才进行实验。在一小时的昏迷后，他苏醒过来，激动异常，但依然勉强描述了一段历史学家认为是火星入侵时期的场景。这次实验不同寻常，因为他提及了一间有着大理石雕花门廊的房子，坐落在山谷中一个瀑布的顶端。他说他自己变成了一个老妇人，其他居民正在慌乱地帮助他（或她）逃走。他们看到了一个没有固定形态的怪物爬过村庄，毁坏了房子，并碾死了两个没有及时逃走的人。那间房子并不是典型的第二代人类的房子，因此一定是某个人异想天开的杰作。从这个男孩提供的证据来看，可以确定这个村庄坐落于一片历史可考的曾经的山区。那片区域没有任何村庄遗留下来，但是深度的发掘工作最终呈现出了古老的斜坡、瀑布遗留下来的缺口及石柱的碎片。

诸如此类的很多报告证实了第五代人类对时间有了新的

理解。在接下来的时代里，这项考察过去的技术日臻完善，但并非没有发生过事故。在早期，研究人员发现，实验用的"灵媒"回到过去之后只能继续存活几个星期。回到过去的经历似乎会造成精神失常，随后是瘫痪，最后在几个月之内死去。但他们最终还是克服了这个困难。科学家终于通过种种方式培育出了新的大脑，它可以承受时间旅行的巨大压力而不会遭受致命损伤。人们培育了越来越多的新人类。他们可以直接前往过去，并利用自己的一手经验大量参与历史重建的工作。但是回到过去的旅行并不可控。一方面，旅行目的地只能听从命运的安排；另一方面，启动这道程序也十分复杂，需要众多专家的协助，因此无法随心所欲地启动。一段时间之后，时间旅行的程序得以简化——事实上是简化过度了。旅行者可能突然就倒在地上，失去知觉与意识，并且只能依靠人工喂食存活数星期、数月甚至数年。或者他会在一天之内十几次进入历史上十几个不同的阶段。更加痛苦的是他对于过去事件的经验可能与事件本身的节奏并不协调。因此，事件可能奇幻般加速，旅行者可能在不到一天的昏迷中获得长达一个月甚至一生的经验。更糟的是，他还可能会发现自己在倒溯事件，以相反的顺序体验过去。即使是第五代人类伟大的大脑也无法承受这些，结果就是失去理智，最终死去。对最初的实验者来说还有别的问题：超时间体验最终演变成了危险且成瘾性极强的"毒品"。回到过去的人可能会沉溺其中，余下生命唯一的意义就是在过去徘徊。他们会逐渐与现实脱节，常失去意识坠入沉思，无法正常回应他周遭的环境，最终变得完全失去社会功能，身体机能也会因为无法自理而受到损害。

几千年之后，上述种种困难与危险都得以克服。最终，超时间体验技术已经近乎完美，每个人都可以自由而安全地操控它；而且在有限条件下，还可以将自己的视野投射到任何指定的时空中。不过，人们只能借助历史生命的心灵看到过去的事件，仍然存活的生物则不行。从实际操作来看，他们只能进入人类和某些高级哺乳动物的心灵。旅行者在整个过程中都保持着自己的个体性与记忆系统。在经历历史生命的知觉、记忆、想法、欲望和整个历史心灵的全部进程与内容时，旅行者依然是自己，能以自己的性格做出回应。他谴责、同情，带着自己的思索沉浸在奇观中。

很长时间以来，第五代人类的科学家与哲学家都尝试解释这种新官能的运作机制。最终的成果在这里当然只能用近乎寓言的方式呈现，因为需要重塑很多基本概念才能连贯地解释整个过程。我在这里唯一能给出的提示——当然不得不借助修辞——就是，大脑前往过去的能力并不是通过什么神秘的种族记忆，也绝不可能是在时间之流中逆行，而是通过某种方式觉醒了"永恒"的概念，并借助历史上短暂存在的心灵观测一小段时空，就好像透过光学设备进行观测一样。早期实验中发生的加速、减速或倒序现象肇因于错误的观测方式。就好比说一本书的读者可能迅速翻过整本书的纸页，或者慢慢品读，或者反复推敲一个词，或者倒着读某句话，等等；同样的道理，初入永恒世界的人可能会误读呈现给他的心灵。

需要注意，这样的经验来源于大脑的活动，尽管是一种新型大脑。因此，以"永恒"为媒介发现的事物依赖于大脑是否能够理解它所见到的是什么。此外，尽管与过去事件的超时间接触不会占用大脑的自然生命，但是接受所见之物，并将它还原为正常脑结构下的时序记忆，这些都需要时间，且需要在昏迷的状态下完成。要求大脑的神经系统即时记录过去的经验，这和要求一个复杂的器械进行复杂的调试却又不允许有调试过程一样荒谬。

通达过去对第五代人类的文化当然有着深远的影响。它不仅提供了有关过去的不可比拟的精确信息，让人们了解历史人物的动机，并洞察大规模的文化运动；还影响了人们对这些事件的意义判断。尽管他们早就在理性上认识到了过去的辽阔与富饶，如今却能添上无与伦比的生动与细腻；从前只能在历史学上大概有所了解的事物，如今却可以直接经历。这种认知的唯一界限就是旅行者自己大脑的官能。于是，遥远的过去进入了第五代人类的心智并塑造他们。在发明这种新的经验之前，这个种族就十分沉迷于过去，而今天人们对此的痴迷程度又是那时完全无法比拟的。在此之前，第五代人类就好像足不出户但广泛阅读域外世界的百姓，没有机会真正远行；如今他们已经成为人类时间里各个大陆上的资深旅行者。曾经的朦胧模糊之物终于在光天化日下显示出血肉之躯。被称为"现在"的移动瞬间不再是唯一的、无限小的真实，而是永恒存在之树不断生长的枝叶。如此一来，仿佛过去最为真实，未来只是虚空，而现在只是不朽的过去难以捉摸的生成过程。

对于第五代人类来说，发现过去的世界依然存在并且可以通达，无疑是喜悦之源。但是，这同样带来了新的问题。如果过去仅被视为一个非存在的深渊，那么巨大的痛楚、不幸、卑微就会随之消逝，人们也可以集中精力防止重蹈历史的覆辙。但现在，过去的哀伤与往昔的欢愉一样永久持存。那些在过去的历程中经历了剧痛的人，返回现实之后都心神错乱。不过，让这些痛苦的旅行者意识到"假如痛苦是永恒的，那么快乐也一样"，倒也容易；但是经历了历史悲剧的人对这样的说法充满了不屑，认为全人类的愉悦都无法弥补哪怕一个人承受的巨大磨难。无论如何，愉悦在数量上也没有胜过痛苦；事实上，直到他们自己的时代之前，痛苦都大获全胜。

他们对此深信不疑，尽管当时的社会秩序依然完美，痛苦甚至只是保持身心健康的调节品，但人们还是陷入了绝望。在任何时候，从事任何工作时，悲惨过去的阴影都挥之不去，一直笼罩着他们，毒害他们的生命，削弱他们的力量。爱人为相互取悦而感到羞耻：就像违背了旧日的性禁忌一样，罪恶感在他们身上蔓延，即使身体能结合在一起，精神却彼此疏离。

§3 空间之旅

第五代人类在这场遍及整个人类社会的悲伤中挣扎，他们急切地渴望拓宽自己的视野，以图重新诠释或超越来自过去的痛苦。这时，他们遇到了一场意料之外的物理学危机。天文学家发现月球上正在发生一些怪事。事实上，这颗卫星环绕地球的轨道越来越窄，超出了所有研究员的预测。

很久以前，第五代人类就着迷于精准、自洽和包罗万象的自然科学体系。所有的因子都经过了成百上千次的演算，从未有过动摇——想象一下在这个重大发现面前他们会有多困惑吧。在科学体系还只是零散碎片的年代，颠覆性的新发现只意味着科学家要调整科学的某个分支领域。但如今人类的各种知识已经形成一体，因此任何事实和理论的矛盾之处都会让人类的理智完全陷入迷惑。

当然，人类从远古时期就开始研究月球轨道的变化。甚至第一代人类都知道，月球会先远离、随后又靠近地球，直到抵达一个临界距离而被引力撕成碎片，形成类似于土星环的状态。第五代人类自己也非常透彻地证实了这一点。理论上，卫星将在未来数十亿年中继续远离地球。但事实上，他们发现不仅远离的过程停止了，而且月球甚至在以相对较快的速度靠近地球。

科学家反复检验自己的观测与计算结果，提出若干精巧的解释理论，但是依然无法触及真相。至于一颗行星的重力及其文化发展之间的关系是什么，则要留给未来更加有才能的物种解答。目前，第五代人类只知道地月距离正在以越来越快的速度缩短。

这一发现对陷入沉郁的人类来说是一剂强心剂，将他们的目光从悲剧的过去转向了扑朔迷离的当下与难以把握的未来。

显然，如果月球继续以现在的加速度靠近地球，它将在一千万年内抵达临界距离并在地球上空解体。月球的碎片不会形成一个环，而是会冲击地球，整个过程产生的热量会让地球表面不再适宜任何生命存活。生命短暂、目光短浅的物种可能会认为一千万年与永恒也相差无几，但对第五代人类来说却并不是这样。从整个种族的角度考虑，他们很快就意识到此后的一切社会组织都应该以未来的灾难为导向。一开始也确实有人对此不以为意，认为没有理由相信月球的反常轨迹会一直持续下去。但是很多年过去之后，这一观点越来越站不住脚。曾经沉溺于探索过去的人们现在开始试图探索未来，他们想要证明不论是在多遥远的将来，地球上的人类文明一定都生生不息。但是，通过直接观测揭示未来的尝试宣告失败。人们推测，这是因为与过去事件不同，未来事件是严格意义上的非存在，直到最终被前行的现实创造出来。

无疑，人类必须离开自己的母星。科学家开展了大量研究，讨论在真空空间中航行的可能性，以及寻找周边适宜居住的新世界。仅有的选项就是火星与金星，前者在当时没有水也没有大气；后者有着潮湿浓厚的大气，但是没有氧气。人们还发现整个金星表面都覆盖了一层浅海。此外，金星的气温极高，即使是在两极，现在的人类也难以生存。[34]

不出几个世纪，第五代人类就发明出了一种星际旅行的方法。他们建造了巨型火箭，通过物质湮灭时的辐射产生的巨大压力驱动。宇航员可以轻松携带数月甚至长达数年的旅

34　在二十世纪初期，天文学家就已经观测到了火星具有大气层。二十世纪下半叶，天文学家也观测到了金星表面的详细情况，结果表明金星的环境不支持大量水分的存在。

行所需的"燃料",因为极少量物质的湮灭就能产生无与伦比的能量。飞船离开地球大气之后会全速前进,此时不必再使用火箭设备提供动力。操控"以太船(Ether ship)"并使之适宜居住并不容易,但人们还是克服了这些困难。第一艘飞船的雪茄状船体,接近三千英尺长,使用人造原子构成的金属建造,材料的强度前所未有。火箭设备组分布在船体各处,因此飞船不仅可以前进,还可以向后倒退、灵活地转向或平移。窗户使用人造透明物质制成,强度只比主船体稍弱一些,旅行者可以透过窗户欣赏四周的风景。飞船的内部空间充裕,能容纳上百人及航行三年所需的物资。航行所需的空气由在行星内部级别的高压下储存的电子与质子生成,热量当然是由湮灭的能量产生。强大的制冷系统能让飞船靠近太阳,直到近乎与水星轨道持平。人们还利用电磁场的属性设计了"人工重力"系统,可以自由开启、调控,保证人体器官正常运作。

这艘先驱船配备了一组宇航员与科学家,并且成功试航。人们希望接近月球表面,并且在一万英尺高空环航,但返航后并没有着陆。好几天里,地球都能接收到飞船上高科技设备发送的无线信息,报告一切正常。但是有一天飞船突然杳无音讯,几乎就在收到最后一条消息的同时,天文望远镜在飞船航线上观察到了火光。人们推测这是因为飞船与一颗陨石相撞，在冲击造成的高温下融化了。

其他飞船也纷纷组装完成，开始试航。很多都没能成功返回，还有一些失去控制，并且报告称正在驶向外太空或太阳。宇航员一直在绝望地发送信息，直到缺氧而死。一些飞船成功返回，但因为长期处在恶劣的空气条件中，宇航员十分疲劳而憔悴。其中一架飞船试图在月球着陆，但是舱体破损，空气迅速流失，船员全部遇难。在收到它最后的信息之后，科学家成功将其定位，其看起来像是凹凸不平的月球上的沧海一粟。

随着时间的流逝，事故越来越少。事实上，太空航行逐渐成为颇为流行的娱乐形式。当时的文学作品反映了这些新奇经历，认为人类终于学会真正的飞行，脱离了太阳系的束缚。随着飞船起飞、加速，在群星的怀抱中，作家细细品味亲眼看到整颗地球化为一颗明星或一弯月牙时的震撼。他们还书写早期宇航员所经历的那种令人惊骇的遥远与神秘，一面是炫目的日光，另一面则是清冷的黑夜。他们描述太阳的日冕如何冲破黑暗星空，述说靠近另一个星球的浓烈兴趣；或从高空中观察依稀可见的火星文明残余；或穿过金星的云层在其旷阔无边的海面上寻找岛屿；或者冒险接近水星，直到温度过高，超过当时顶级的制冷系统的负荷；抑或在小行星带中摸索着向木星前行，直到补给与空气不足迫使他们返航。

尽管人们轻易实现了空间旅行，但是最重要的工作却还没有进展：让人类的生物属性适应另一颗星球，或者改造目标星球的环境。第五代人类对前者十分抵触，因为这显然意味着要完全重建人类机能。一方面，没有任何人能够为了生活在火星或金星的环境中经历这样的改变。另一方面，要是想为此重新创造出新的人种，就不可避免地要牺牲人类现有绝佳的和谐结构。

然而要想改造火星，就必须为它注入空气与水，而这一工作量过于庞大，似乎不可能完成。因此，除了金星人们别无选择。这颗行星上的两极有层云遮盖，温度倒也不是完全不能忍受。人类或许可以适当改造后代，让他们可以适应亚寒带乃至更加"温和"的气候。金星上的氧气充沛，但是全都锁在了其他化合物里。这不可避免，因为氧气十分容易与其他化学物质发生反应，而金星上又没有植物可以释放氧气补充存量。因此，必须要在金星上培育恰当的植物群，保证数个世纪之后金星表面适宜人类居住。于是，科学家耗费了大量精力研究金星的物理与化学环境，为的是设计出可能在这颗星球上繁茂生长的生命。这项研究只能在以太船中或戴着氧气头盔外出进行，因为没有人可以在金星的自然环境中生存。

我们无法细细讲述此后的岁月里无畏的研究与征程。对月球的后续观测证实一千万年的估算过于乐观，地球将在那之前就变得无法居住。人们很快意识到，除非通过某种方法提高效率，否则金星的改造计划可能无法及时完成。科学家于是决定通过电解的方法分离金星广袤海洋中的氢和氧。要是金星海中的含盐量高于现有水平，这项工作还会更加艰巨；幸亏金星上的土地太少，即使经过水流冲洗也无法为海洋提供多少盐分。通过电解产生的氧气可以混入大气；至于氢气，高明的科学家发明了一种方法将它们高速发射到大气层外，永远不会回来。而一旦制造出足够的氧气，新的植被会通过氧化过程补充流失的部分。人们很快着手实施这项计划，在金星的不少岛屿上都建立了庞大的自动电解站，而生物学家也最终培育出了整个植物生态，包括了数种特别的植物，能覆盖行星的陆地表面。他们希望金星在一百万年内就可以适宜人类居住，而人类也能适应金星的环境。

与此同时，人们对金星展开了细致的研究。它的陆地面积仅仅是地球的千分之一，由不规则遍布的群山列岛组成。探测显示，行星表面呈明显的波纹状，显然，这颗行星在不久之前经历过造山运动。海面上则多发风暴与巨浪。因为金星的自转长达几周，寒冷的夜半球与炎热的日半球之间温度与气压差异巨大。同时，汽化反应剧烈，天空在任何地区都不可见。事实上，白天的天气基本是浓雾与强风暴交替，晚间降水不断，形成急流，日落前则充斥着碎冰坠落的响声。

人类对未来有的只是厌恶，而对自己母星的热爱逐渐转变成了激情。湛蓝的天空，无与伦比的星空，温柔而多样的大陆，广袤的农田、荒野与公园，熟悉而亲近的动植物群，这一切都仿佛在向计划远行的男女们苦苦哀求，让他们不要抛弃自己。人们时常带着怨恨看向宁静的月球，它看起来已经比从前大得多。科学家再三检验天文学与物理学理论，希望发现哪里存在缺陷，从而可以揭开月球的奥秘及其残酷的面具，但一无所获。这一切仿佛古代神话中的恶魔在现代世界里现身，肆意地干预自然法则以图毁灭人类。

§4　建立新世界

这时，人们遇到了另一个麻烦。金星上的几座电解站由于海底火山喷发而被毁。此外，一批以太船在调查金星海洋的时候发生神秘爆炸。不过，有一艘飞船尽管受损，但还是成功返回地球，人们得以推测事故成因。船长报告称，船员刚放下测探索，一个巨大的球形物体就袭击了他们。进一步考察显示，这个物体通过某种钩状物固定在了探测设备上，而且无疑是人造物，由几块小型金属板铆接而成。正当他们准备将它带回飞船时，它突然开始撞击船体，随后爆炸。

　　显然，在金星的海洋中一定存在智慧生物。生活在海里的金星人肯定对它们的水世界正在逐渐消逝而感到愤怒，决心阻止这一切。地球人曾认为在没有自由氧的水里不可能存在生命，但是后续的观测很快表明在这片遍布全世界的海洋中存在很多生物，包括没有叶柄的植物、游动生物、微生物，也有鲸鱼般大小的动物。这些生物的基础并不是光合作用或化学反应，而是控制放射性元素的衰变。这类元素在金星上十分富裕，此外还有一些地球上早就消失的化学元素。海洋动物就是利用遍布整个生物组织的放射性元素衰变的过程维生。

　　某些金星物种已经能在相当程度上掌控物理环境，还能熟练地利用一些机械装置相互攻击。实际上，很多物种都已经是智能生物，并且在某些方面十分精巧。而所有这些物种中，有一种生物利用自己的高级智能主宰了世界，并发展出基于放射能的文明。这种生物的体型类似于旗鱼，具有三个操控器官，是三只由肌肉控制的分叉的触手，通常收入"剑鞘"，但可以伸展得很长。游泳时，它们的身体和三瓣状的尾鳍像螺丝一样运动，又通过鱼鳍控制方向。它们还具有发出磷光、视觉、触觉和某种听觉的器官。这一物种似乎是无性繁殖，在洋底的淤泥中产卵。它们也不需要一般意义上的进食，在幼年时期储存的放射性物质足以让它们活跃很多年。而当能源耗尽、开始变得更虚弱时，它们要么会被后辈杀死，要么会被埋入一个放射性矿坑，好在几个月之内从濒死状态重返青春。

在金星海底，这些生物聚居在由珊瑚型建筑组成的城市中。城市配备有一些复杂设备，应该是基础设施和娱乐设施。地球人通过海底探索厘清了很多问题，但对金星人的精神生活依旧一无所知。确实，和其他所有生物一样，金星人也关心自我保全，想要施展自己的能力，但是这些能力的本质依然是一团谜。很明显，它们使用某种符号语言，在水中挥舞触手形成机械振动；但其他更加复杂的活动则难以理解。唯一可以确定的是，这个物种热衷于战争，甚至是同种内的战争。而即使是在军事暴乱期间，金星人依旧能产出大量各式各样的物件，随后再破坏并丢弃它们。

金星人的一项活动特别令人困惑。在某些季节，三个金星人会组成一组，发出耀眼的光，并以特定的节奏摇摆、振动，互相靠近，随后抬起尾部并将身体挤在一起。进入这个阶段后，有时会有一大群同类聚集在它们身边旋转，宛如一阵风雪。这时，中间的三位会开始疯狂地互相攻击，用蟹钳般的螯将对方撕成碎片，只剩下混杂在一起的肢体残骸和巨螯，还有依旧在抽动的钳。地球人对此感到十分困惑，一开始认为这是性交，却又没有发现后续的生育迹象。也有可能，这种行为一开始具有特定的生物意义，但是现在变为了无用的仪式——或许是自愿的宗教牺牲，但更可能是另一种完全不同的东西，只是人类无法理解而已。

随着人类在金星上的活动越来越活跃，金星人更加想要击退他们。这些深海动物无法离开水面与人类搏斗，因为一旦失去海水的压力，身体就会炸裂。但它们会在岛屿中心设置高能爆炸物，或者通过管道摧毁人类设施。因此，电解计划遭到了严重干扰，而且所有与金星人谈判的尝试都宣告失败，根本无法达成和解。于是，第五代人类面临着重大的道德问题：他们有什么权力入侵一个已经被明显具有智慧的生物占据的世界呢？很久以前，人类遭受过火星人的攻击，后者无疑认为自己比地球人高贵。而人类正在犯下类似的罪行。另一方面，如果人类无法成功移民金星，那就必然会走向灭亡，因为现在看来月球注定会在不远的将来坠落。而尽管目前人类对金星人的了解十分不全面，但根据已知信息，几乎可以确定它们的精神活动领域比人类要狭隘。这一判断当然不一定正确；金星人的心智可能无比高级，因此人类完全把握不到它的痕迹。但是同样的论证也适用于水母和微生物，人们只能通过现有的证据做出判断。就目前的情况来看，人类只能认为自己是比金星人高级的物种。

需要补充说明另一个事实。金星人的生命活动依赖于放射性元素。而这些元素正在逐渐衰变，总量只会越来越少。虽然金星的相关物质储量比地球丰富得多，但是耗尽的一天终会到来。海底调查显示，金星人口激增，而它们已经越来越难以获取放射性物质，这严重阻碍了文明的发展。因此，事实上，金星人已经注定灭绝，人类的到来不过是加快了这一过程罢了。

当然，人类还是希望自己在殖民金星时不会对当地生态造成严重破坏。但这根本不可能，原因有二：首先，原住民似乎不惜一切代价也要毁灭入侵者，哪怕结果是同归于尽。它们制造剧烈的爆炸，入侵者损失惨重，但是海面上同样漂浮着成千上万金星人的尸体。其次，人们发现电解过程在大气中释放了很多氧气，而自由氧则可能重新溶解在海水中，给海洋生物带来严重伤害。它们的生物组织会氧化，体表和体内都会燃起缓慢的火。而直到金星大气含氧量与地球相当之前，人类不会停止电解程序，因此金星人会早早尝到苦头，不出几千年时间就会灭绝。于是，人类决定尽早结束金星人的苦难。当时人类已经在金星的岛屿上活动，建起了第一座定居点。他们打造了强大的海底舰队，准备扫荡海洋世界并毁灭整个本土生态。

这场大屠杀对第五代人类的心智造成了两种对立的影响，一方面是绝望，另一方面又无比亢奋。屠杀带来的恐怖在所有人心里产生了挥之不去的罪恶感，以致对人性产生了深深的厌恶，因为自己不得不屠杀其他生命以自保。这种罪恶感还与智力的挫败结合，因为他们的科学未能成功解释月球轨道变更的问题。此外，人们心中还苏醒了另一种非理性的罪恶感，最早源于对过去世界永恒悲痛的同情。这三种情绪一起让人类精神逐渐变得衰弱。

与此同时，一种十分不同的情绪从这三个来源中生长出来。毕竟，科学上的失败应作为一种挑战而被人们乐于接受，这实际上为未来打开了无穷的可能性。甚至过去不可改变的伤痛也是一种挑战，因为他们认为现在与未来一定可以通过某种方式影响过去。至于屠杀金星生命，这确实惨无人道，但归根结底是正确的。他们屠杀金星人并不是出于恨意，而是因为爱。在海军不懈的"作业"中，人们越来越能洞悉金星人生命的本质，并学会在杀死它们时崇敬甚至爱这些生命。这种情绪，无情又并非无情，让人类的心智更加敏感，精神的听觉更加敏锐，也揭示了宇宙乐章中从未显露过的旋律。

那么，绝望与勇气——这两种情绪，究竟哪种会取胜？一切都取决于人类在陌生环境中保持活力的能力。

现在的人类忙于建造自己的新家园。这颗星球上的很多生命都发源于地球上的物种，但是在金星的环境下生长、繁育，并遍布岛屿与海洋。因为陆地面积十分狭小，所以人们只能把海洋让给经特别设计而成的海洋植物，形成一片片漂浮的大陆。在最凉爽的岛屿上人们建立了居住高塔，形成了建筑林，高塔之间的每一片空地上都种满了植物。即使如此，金星还是无法承受地球巨大的人口数量。因此，人类社会实行了相关政策，保证出生率远低于死亡率，确保在移民金星时把地球人全部带走。金星最多可以容纳一亿人生活，因此世界人口必须减少到原有的百分之一。同时，在地球社会，每个人都在庞大的社会组织与文化活动中扮演一定的角色，因此新世界不仅规模要缩小，精神生活也不会有原来那么繁荣。迄今为止，每个人都在与复杂多样的社会环境的互动中丰富自己的心智，而这些在金星上将不复以往。

这就是当时的人类前景，人们最终留下地球面对自己的命运。月亮已经显得如此巨大，甚至会周期性地让白日变成黑夜，又将黑夜反射得苍白。恐怖的潮水与灾难般的气候摧毁了地球上的一切欢愉，严重破坏了文明的建筑物。最后，人类被迫开启航行。在完全迁徙、最终抵达金星之前还有好几个世纪；离开地球的不仅有余下的全部人类，还有其他很多种代表性生物，以及人类文化的无价珍宝。

第十三章　金星上的人类

§1　重新扎根

人类在金星上逗留的时间比他们在地球上度过的全部历史还要长久。我们看到，在母星上，人类从猿人到最终撤离之间历经了各种复杂的形态与环境。到了金星，尽管人类在生物形式上更加单一，文化类型却依然丰富。

以目前的进度，若按照时间跨度，要完整讲述这段时期的历史需要另写一本书。因此，在这里我只能描述一个大概的轮廓。人类的幼苗移植到陌生的土壤之后，一开始几乎要连根枯萎，但最终还是慢慢自我调节，成长发育，并保持了相对稳定的形态。岁月更替，人类的文化与文明枝繁叶茂，又会迎来冬天，陷入长久的沉寂，但最后他们终于以常青的姿态克服了周期性的衰落，保持自己的精神历久弥新。尽管造化弄人，但他们还是深深扎根在了另一个世界的土壤里。

金星的第一批殖民者非常清楚，生命可能是一场令人遗憾的遭遇。他们尽自己的最大努力改造金星，让它适宜人类居住，但无论如何还是无法把金星变成另一个地球。金星的陆地面积很小，气候几乎难以忍受。白天与夜晚之间的巨大温差产生了剧烈的风暴，雨如同上千座瀑布同时倾泻而下，伴随恐怖的雷电和伸手不见五指的浓雾。更糟糕的是，氧气供给仍然无法让大气满足人类呼吸的需求；除此之外，自由氢气并不是每次都能被成功发射到大气层之外，有时可能与空气混合形成易爆物质，迟早会在空中点燃。这类灾难的频发，摧毁了许多岛屿上的人类建筑物与栖居地，还会消耗氧气。不过随着植被逐渐茂盛，人们终于不再需要继续电解金星海了。

与此同时，人类的日常生活受到大气中的爆燃现象的严重影响，根本无心研究另一个让他们颇为困惑的神秘问题。人们的消化器官出现了无法解释的衰弱，一开始仅是一种罕见的疾病，但是几个世纪之内就呈现摧毁整个人类的趋势。不过，它给人类带来的心理挫败不比直接的生理损害弱：人类没能解决这个医学问题，再加上同样没能解释的月球轨道变更现象，以及灭绝金星人时产生的深入人心的、非理性的罪恶感，这些都严重动摇了人类的自信，使高度组织化的心智活动开始显示衰退的征兆。新暴发的瘟疫根源最终被确认为来自金星水中的某些成分，它们可以让分子重组。这一现象一开始并不常见，但是随着越来越多的地球有机体接触海水，它变得越来越普遍，科学家却没有发现任何治疗的途径。

除此之外，还有另一种疾病在纠缠着日益衰弱的人类。人类利用火星生物单元实现了相互之间的"心灵感应"，但是两种生物组织从未完美同化。遍布全世界的亚健康状态如今助长了一种神经系统"癌症"，病因是火星生物单元的增殖无法被抑制。这一疾病的恐怖后果这里按下不表。几个世纪之后，它愈发猖獗，甚至没有感染的人也一直活在疯癫的恐惧中。

高温使所有这些问题变得更加严重。人类希望随着时间的推移，后代能逐渐适应最炎热的气候，这种想法并没有切实的基础。事实正相反：在一千年间，一度人口密集的两极岛屿现在变得人烟稀少，每一百座高塔中可能只有两三座有人居住，而这些遗民大多被疾病摧残，精神日益崩溃。他们时常通过望远镜观察地球，发现月球碎片撞击母星的时刻意外地一再延后。

人类越来越稀少。每一个短暂的世代都要比自己的父辈更加不幸。智力衰退，教育变得肤浅而局限，他们再也不能与过去联系，甚至应用科学对他们来说也变得异常困难。操控亚原子能量时的一次失误造成了一系列灾难，以致促成了一种新的迷信——认为一切"掌控自然"的尝试都是邪恶的，而所有古代智慧都是人类之敌设下的陷阱。他们因此将书籍、工具及所有人类文化的宝藏付之一炬，只余坚不可摧的建筑物。第五代人类辉煌的世界文明毁于一旦，只剩下零星几个岛屿部落；他们因为金星广阔的海洋互相失去联系，也因为自己的愚妄与其他时间和空间远离。

几千年之后，人类终于适应了新环境中有害但又是维持生命所必需的水源。同时，第五代人类开始演化出新物种，其体内已经不再有火星生物组织。如此一来，以"心灵感应"能力为代价，人类重新获得了相对稳定的心智状态，几乎在新人种发展的最后阶段才又拾起了失去的官能。不过，尽管他们已经从移民外星的负面症状中恢复过来，但是昔日的荣耀不再。因此，让我们略过这些年代，直到再次出现值得关注的大事件。

人类在移民金星之前种植的植物在海面形成了许多浮岛，这就是他们在金星生活早期的食物来源。随着海洋充满被生物编辑过的地球动物，人们逐渐转向渔业。在海洋环境的影响下，人类中的一支展现出了水生习性，最终演化出适应海洋生活的生物官能。人类依旧能自然演化，这颇令人惊讶。但是第五代人类是人造物种，本就容易大范围变异。在几百万年的演化与自然选择之后，终于出现了一种非常成功的类人生物。它们形如海豹，整个形体呈流线型，呼吸器官也进化显著；脊柱增长并且更加灵活；双腿则萎缩、合并到了一起，形成了扁平的尾鳍；双臂缩小，长成了鱼鳍的外形，但保留了灵活的食指和拇指；大脑缩入了躯干，始终朝向游动的方向；它们具有强力的肉食类齿，是高度群居动物，在捕猎活动中显现出与人类比肩的狡猾，这些都可以让海豹人称霸海洋。这一物种如此繁衍了数百万年，直到一个更加类似于人类的种族恼于其海洋霸主的地位，将它们"叉"出了这颗星球的生物演化史。

当时还存在另一个退化的第五代人类分支，他们保持着陆地习性，以及古代人类的形体。不幸的是，他们的体型与大脑都有所缩减；这些可怜的生物与当初的金星入侵者大相径庭，足以算作全新的物种，也就是我们所说的第六代人类。这些年间他们生计不稳定，在森林覆盖的岛屿上挖掘植物根茎，设置陷阱捕获了无数鸟类，还利用饵食在潮流口捕鱼。有时他们也捕食自己形如海豹的近亲，或者被它们捕食。这些人类遗民所处的环境局限但稳定，几百万年来，他们的生物与文化形式都没有太大改变。

然而，地质活动最终还是给人类带来了变化的机会。一次剧烈的地壳扭曲形成了一片面积大约有澳大利亚大小的岛屿。人类移居至此，在部族的冲突中演化出了机智灵敏的新人种。人类历史上又一次出现了有序的农耕、手工艺、复杂的社会组织与思想领域的探索。

在接下来的两百万年间，人类在地球上经历的过程在金星上反复上演，当然有一些显著不同。神权帝国；自由且崇尚智性的岛屿城市；封建列岛与脆弱的君主地位；高级神职人员与君主的制衡；因神圣文本诠释而产生的宗教冲突；朴素泛灵论、多神论与一神论之间的冲突此起彼落，以及所有那些绝望的"论"和"主义"，扭曲了心灵所追求的真理的轮廓；慰藉人心的幻想与淡漠的理智交替；工业文明对火山能与风能滥用造成的社会失序；商业帝国与伪共产主义社群——所有这一切掠过人类生活变化多端的实质，周而复始，就好像不灭的炉火中火焰与烟雾变化万端。但是所有这些形式寄居的心灵主要还是着眼于食物、居所、陪伴等原始需求，还有无穷的欲望、性爱、亲子关系的黑白两面及简单的肌肉运动与智力操练。只有在偶尔闪现的启明时刻，在长达数个时代的迷途之后，他们中的少部分人才产生对世界和人类本质更深层的洞见。而这样的宝贵见解还没传播开去，就会因为种种原因被重新遮蔽：大大小小的灾难、流行病、社会的自然崩塌、种族的愚妄、漫长的流星坠落期或仅仅是缺乏在真理之崖向下望一眼的勇气。

§2 飞人

我们无暇顾及文化的循环往复，只需要考察第六代人类物种发展的最后阶段，好尽快开始讲述他们制造出来的新人类。

在第六代人类历史中，他们总是对飞行的概念着迷。鸟一直是他们最神圣的符号。他们信仰一神论，崇拜的不是"人神"，而是"鸟神（god-bird）"：它可能有着神圣海鹰的形象，扇动着有力的双翅；或是一只巨大的雨燕，给人带来恩典；又或者是没有身体的精神气息。鸟神也一度化作人形，教化人类张开身体与精神的羽翼。

人类在金星上注定会为飞行痴迷，因为这颗行星为陆地生活提供的土壤过于狭小，而鸟类的繁荣让人类的陆行习性相形见绌。最终，第六代人类拥有了第一代人类巅峰时期的知识与力量，发明出各式各样的飞行机械。确实，随着文明的崩塌与重建，人类几次三番将航空知识遗忘又重新拾起。但它最多也只是个临时的替代品。直到最后，随着第六代人类的生物科学知识的日益进步，他们终于可以改变人类的机能，决定创造出真正的飞人。很多代文明都曾徒劳地追求这一结果，不论是怀揣着宗教激情，还是只是心不在焉地研究。最后，第六代人类最为持久也最为卓越的文明终于实现了这一目标。

第七代人类体型十分矮小，与地球上最大的鸟类不相上下。他们通体被设计成适宜飞行的形态：从双脚到经过加长并强化的"中指"都覆盖着一层皮质薄膜；三根外侧的手指同等延长，用作薄膜的骨架；食指和拇指则可以自由活动。他们的身体呈鸟状的流线型，覆盖着一层厚厚的皮毛。皮毛及翼膜的质地和颜色因人而异。在陆地上，第七代人类行走的方式与其他人类无异，因为翼膜可以折叠收入身体与双腿两侧，如同套在双臂上的夸张的袖套。飞行时，两腿会延展成扁平的尾翼，双脚通过大脚趾锁住。他们的胸骨作用类似于船的龙骨，也是飞行肌肉的根基。其他骨头则都是中空的，这是出于轻便的考量，内表面还可以用作呼吸器官的补充，因为和鸟类一样，飞人也需要维持高氧化率；其他人类眼中的发烧状态对他们来说稀松平常。

第七代人类的大脑有大量神经束都用于组织飞行运动。事实上，科学家发现可以给这一物种配备空中平衡反射系统，以及真正的（尽管是人工的）飞行本能和飞行兴趣。与他们的创造者相比，第七代人类的脑容量必须要减少，但其神经系统的排布却更加精细；此外，他们的大脑成熟较快，并且可以轻松习得新的活动模式。这点非常重要，因为他们的自然寿命只有五十余年，而且大多数情况下都会被人为减少到四十年或衰老迹象开始显露的时候。

在人类的历史上，蝙蝠状的第七代人类可能是最无忧无虑的。他们的身体协调，性情温和，且他们的天性适应周遭的社会环境。和其他人类不一样，他们不会认为整个世界在原则上对生命怀有敌意，也不会认为自己的天性是畸形的。他们在处理日常的个人事务与社会组织方面尤其聪颖，因此也不会为永远无法满足的理解欲所困。这不意味着他们反智，因为他们很快就建立了精美而系统的经验科学。然而，第七代人类清醒地认识到，尽管人类的思想领域看似一个完美的圆，但事实上不过是在混沌中漂流的泡沫罢了。然而，这是一个优雅的泡沫。整个科学体系都是真的，他们的研究也自有乐趣，但这只是在坦诚地自欺欺人，它只是修辞意义上的"真"，却不是真的"真"。有人问：我们还能对人类理智有些什么期待呢？年轻人被鼓励去研究古老的哲学问题，为的就是让他们认识到超越正统知识体系的理智尝试注定徒劳无功。"触碰思想的气泡上的任何一点，它整个都会破碎；但思想对人类生活来说必不可少，因此我们必须让它继续存在。"

早期人类对自然科学既感激又蔑视，将其看作一种合理调控自身与环境的手段。人们认可应用科学，因为它可以为社会秩序提供根基；但随着历史的演进，人类社会逐渐向卓越的完美性和稳定性靠拢，能持续数百万年，因此对科学创造的需求越来越少，科学沦为幼儿教育的内容。历史学也是同样的遭遇：人们在童年时期掌握大概的轮廓，之后就再也不闻不问。

之所以第七代人类会以这种奇特的方式真诚地怠慢理智，是因为他们很早就将注意力集中在抽象思想之外的领域。很难向第一代人类解释飞人主要关注的问题是什么。说他们关注飞行这当然没错，但是与真相相去甚远；要说他们追求危险而有活力的生活，或者追求每时每刻都积累尽可能多的经验，这也只是对实情的拙劣摹写。在物理层面上，布满风暴的大气所提供的整个危险而灵活的"飞行宇宙"确实是所有人表达自我的媒介；但令他们着迷的却是飞行活动的精神层面。

第七代人类在空中与地面是两种生物。他们一旦飞向天空，精神就会发生巨变。在大多数时候，他们在陆地上生活，因为文明建设的许多工作不可能在空中展开。此外，在空中生活的压力很大，必须不时回到地上歇息。在陆地上，第七代人类是朴素的民众，清醒却有些无聊，但是总体上过着愉快的生活；他们调侃陆地上的杂务，对此感到不耐烦，为其单调而愤愤不平，依靠回忆与憧憬空中的丰富生活度日。飞人经常为天上的艰难生活而感到疲惫，但几乎从不沮丧，总是兴致勃勃。在农业与工业社会的日常生活中，他们宛如无翼的蚂蚁，埋头苦干；但实际上，这些人在专注的同时又心不在焉，因为心早已飞到了天上。只要可以定期飞行，即使在地上感到无趣也能保持温和；但如果因为某些原因（比如疾病）而不得不长期生活在地面上，他们就会变得憔悴，陷入深深的悲伤，直至死去——按照创造者的设计，他们一旦遭受沉重的痛苦或者悲伤，心脏就会停止，因此不会受到严重的创伤。但实际上，这一安乐装置只在地面上有用；创造者没有预料到空中的第七代人类会具有完全不同的勇猛天性，虽然这实际上也是这种设计的必然结果。

在空中，飞人的心脏会更加强大，体温上升，感官更加敏锐，也会具有更深刻的洞察力。他经历的所有欢愉或痛楚都会更加剧烈。这不是说他们会变得更加情绪化；如果"情绪化"指的是更容易受情绪摆布的话，那么实际情况恰恰相反。空中的第七代人类最重要的特质就是感悟力，那是一种冷静克制的力量。只要飞行在空中，不论是在风暴中孤军奋战，还是和遍布整片天空的同伴一起进行仪式舞蹈；不论是与性伴侣一起激情共舞，还是在远离世界的高空中独自一人沉思、盘旋；不论是顺风而行，还是在龙卷风中支离破碎、坠落身亡，他都能以一种超然物外的美学姿态看待所有这些愉悦与悲痛。甚至在他最亲密的伙伴因为空中灾难而受伤甚至死亡时，他都会万分欢喜，尽管同时也会拼命展开援救。但是一旦回到地面，他马上就会被悲痛之情淹没，徒劳地试图把握失却的幻象，并可能死于心脏骤停。

甚至当所有飞行中的人类都被金星上并不罕见的世界性

大气风暴摧毁时，少数在空中幸存的伤员也依然会欣喜若狂；他们最终伤痕累累地准备下降到地面，朝向幻灭并走向死亡，此时这些飞人还是会在心中发笑；而在着陆一小时之后，生理结构发生变化，他们就会失去幻象，所能记起的就只剩下灾难的恐怖，这段回忆会毁灭他们。

难怪第七代人类憎恨在地面上度过的分分秒秒。当然，他们在空中飞行时，即使想到最终需要回到陆地和无法挣脱的陆行习性，还是可以在满腔的喜悦中接受，尽管也不完全情愿；而一旦回到地面，剩下的就只有怨恨。在第七代人类的早期，空中生活与地上生活的比率可以通过生物技术提升；他们发明了一种可食用植物，冬天时在地面上扎根，到了夏天就会在阳光充裕的高空中飘浮，通过光合作用汲取养分。如此一来飞人就可以在空中的牧场上漫步，就好像燕子一样。随着年代的变迁，物质文明愈发单一，一些只能在地面满足的需求逐渐被淘汰，大规模建筑越来越罕见，也没有人再写作、阅读——事实上，总体来说，书本在某种程度上已经被高空中的口授传统与口头讨论取代，不再是必需品。在艺术方面，音乐、口头传诵的抒情诗和叙事诗篇，以及至高的空中舞蹈艺术一直存在，但其他的都消失了。很多自然科学不可避免地退出了历史舞台，但是真正的科学精神依旧存在于十分精密的气象学、差强人意的生物学和只有在第二

代及第五代人类巅峰时期才能匹敌的人类心理学中。然而，
除了在应用层面，所有这些科学研究并不严肃。比如说，心
理学准确地将飞行时的狂喜解释为一种狂热与"非理性的"
美。但是没有人因这一理论感到不安，因为在飞行期间，所
有人都认为它半真半假，仅仅是用来自娱自乐的。

第七代人类的社会组织在本质上并不是功利主义的，也
不是人道主义或宗教的，而是美学的。人的每一个行动或者
每一种建制都需要为共同体的完美形式做出贡献。甚至社
会繁荣本身也只不过是美自我表达的媒介，是美——每个个
体生命活力的美——相互和谐联合的形式。此外，不论是对
个体还是对于种族本身而言（一位智者如是说），死于飞行
也比在陆地上苟延残喘要完美得多；比起未来要在地面上生
活，人类宁愿集体自杀。尽管个体与种族整体都被视作实现
客观美的手段，但这种信念并不包含一般而言的宗教意义。
第七代人类对宇宙与不可见之物没有任何兴趣；人们希望创
造的美转瞬即逝，很大程度上只流于感官，但他们也别无他
求。一位已故的智者还说，个人的不朽和没有尽头的歌曲一
样冗长，对种族来说也是如此。他说：我们每个人都是跃动
的火焰，必将熄灭，必将灭亡；没有死亡也就没有美。

在长达一亿地球年的时间里，第七代人类的空中社会没
有太大的改变。这一时期，很多岛屿上还耸立着古老的居住

塔，尽管已经修缮得难以辨识。第七代人类的男男女女栖居在这些巢穴里度过漫长的金星之夜，宛如群居的燕子。白天，这些高塔零星居住着那些为工业坚守的人，在田地与海面上也有一些人劳作。但是大多数人在空中飞翔。很多人掠过海面，像水鸟一样一头扎进去捕鱼。有人在海面上或陆地上空盘旋，不时像鹰一样俯冲，捕食野禽——这是他们主要的肉类来源。有人在距离海平面四五万英尺的高空，那里即使是厚重的金星大气也难以支撑飞行，而飞人翱翔、盘旋、冲刺，只为享受飞行最纯粹的乐趣。还有人在日光充沛而宁静的高海拔借助稳定的上升气流毫不费劲地飘浮，他们冥想，体会纯粹感官带来的狂喜。还有不少沉溺于爱恋的情侣在空中缠绵，两人以螺旋形轨迹飞行，或同时倾泻而下，或形成飞行的爱情结，或紧紧相拥从一万英尺的高空坠落。有人喜欢在植物块形成的绿云中到处穿梭，张开嘴品尝天赐佳肴。人们结伴飞行，通常是在讨论社会议题或美学问题，或是在合唱，抑或是在聆听诗人吟诵史诗篇章。有时，上千人像候鸟迁徙一样在空中盘旋，类似于第一世界政权时期的空中舞蹈，但是更有活力，也更具表现力，就好像鸟儿比任何飞行器都更加灵活一样。总是有人或独自一人或结伴而行，为了捕食鱼类和野禽，或者仅仅是沉醉于飞行，用自己的力量与技艺同暴风对抗，尽管经常以悲剧收场，但精神总不会感到乏味。

似乎很难想象第七代人类的文明可以持续如此之久。看起来，它要么会因为单调的生活和文化停滞而衰落，要么就演化出更加丰富的经验，但这些都没有发生。世代更替，每一个短暂的生命都来不及对青春的欢愉感到厌倦。此外，他们与自然环境完美契合，即使生活了数个世纪也认为不需要改变。飞行运动给他们提供了强烈的身体快感，并且为一种真切的、出神的、尽管有限的精神体验提供身体基础。通过这一无与伦比的成就，他们不仅能在各式飞行活动中感到快乐，而且还能感受到这个世界五彩斑斓的美；更重要的是，能享受由空中共同体内人类交往而产生的许许多多如史诗一般的冒险之旅。

但这个看似会永远维系下去的人间天堂还是因为这个物种天性的内在问题迎来终结。首先，随着世代的传承，第七代人类保存的古代科学知识越来越少，因为这对他们来说无关紧要——空中共同体已经不需要科学了。当然，只要他们的处境没有变化，仅仅是失去一些信息也无所谓；问题是生物变化最终开始摧毁他们。这个物种的生物状态一直不稳定。取决于不同的情况，总是有一定比例的婴儿天生畸形，这会让他们失去飞行能力。一般的婴儿在两岁时就开始飞行；如果因为一些意外不能飞行，他们的身体无一例外会渐渐失能并且会在三岁之前死去。但是，很多畸形儿属于返祖现象，他们恢复了一部分陆行习性，即使不飞行也可以生存一定时间。一般而言，出于人道主义这些婴儿会被毁掉。最终，第七代人类维持高强度活动所需的一种海盐渐渐枯竭，先天畸形的婴儿越来越多。随着世界人口迅速下滑，人们无法按照曾经推崇的美学原则来组织空中共同体的生活。没有人知道该如何阻止种族的衰落，但很多人意识到，如果有更先进的生物学知识，就可以避免这场灾难。于是人们通过了一项糟糕透顶的法案，计划遴选一批畸形儿——尽管他们注定要在陆地上度过余生，但是依然有可能发展出更高的智力。人们希望培育出一批专业人员，让他们从事生物学研究，不受空中激情的干扰。

在这项政策下成长的畸形儿天资聪颖，能够以一种新的角度看待存在本身。他们无法体验到同代人所经历的终极体验，既渴望通过他人的只言片语得知的恩典，又蔑视那种幼稚的心智——除了体育活动、性爱、自然之美和优雅的社会生活，不关心任何事物（看起来是这样）。这些无法飞行的智慧生命能全身心地投入一种被科学与研究所支配的生活，并从中获得满足，但也是一个饱受折磨、满心愤恨的群体。因为他们在骨子里依旧为无法实现的飞行生活着迷。尽管有翼的普通民众给予他们公允的待遇与富于同理心的尊重，但在这种善意之下他们却扭曲而痛苦，决心反对一切主流价值，寻求新的理念。几个世纪之内，他们就复兴了智力生活，并利用知识的力量主宰了整个世界。温顺的飞行者对此感到惊讶、困惑，甚至痛苦，却又觉得这一切颇为有趣。即使地上的人们即将创造出一个无疑会排斥自然飞行之美的新世界，飞人也只有在陆地上时才会因此感到失落。

岛屿上挤满了机械装置与无翼的工业人士。在空中的飞人发现低级却高效的飞行器械已经超越了他们的翅膀。翅膀沦为笑柄，自然飞行的生活被贬为无意义的奢侈行径。政府规定未来所有的飞人都必须在陆地社会上工作，否则就要挨饿。考虑到漂浮植物的培育已经被废止，捕鱼与狩猎权利也严格受限，这条法令绝非一纸空谈。一开始，飞人无法在地面上日复一日地工作，否则健康状态就会严重下滑，并早早死去。但是地面上的生理学家发明了一种药物，可以保证这些薪奴的生理健康，并且延长他们的寿命。但是没有任何药物可以重振他们的精神，因为本来已成常态的飞行生活被缩减为每周一次的娱乐，时间只有几小时，更何况那时人们已经非常疲惫。与此同时，科学家开展了培育实验，试图创造出一个完全无翼且有更大脑容量的人种。最终，政府又通过了一项法案，规定所有飞人的婴儿都必须截肢，或者直接处死。这时，飞人英勇而徒劳地为自己的权益抗争。他们从空中攻击地面上的人，而敌人则驾驶大型飞行器回击，用烈性炸药将飞人炸得粉碎。

战场上的飞人队伍最终撤退到一座遥远而贫瘠的海岛上。从前飞行文明的残余人口为了自由而逃离所有被文明占据的列岛，最终抵达了这座岛屿。这是仅剩的人口了——除了已经自杀的老年人，以及还不能飞行的婴孩（他们都在领袖的命令下被自己的父母或其他近亲扼死）。一共还剩大约一百万男人、女人和儿童，其中有些还没到能长期飞行的年龄。他们如今聚集在岩石上，尽管已经没有足够这么多人生存的口粮了。

几位领袖共同商议，清醒地认识到飞人的时代已经落幕；而对于有着高贵灵魂的种族来说，宁可死亡也不要在蔑视他们的掌权者脚下苟活。他们因此要求所有人都参与种族的集体自杀，至少这是为了追寻自由的高贵牺牲。收到这项指令时，人们正在乱石堆上休息，人群中爆发出痛苦的哀号，但是随即被发言人制止；他恳请同胞即使在地面上也要努力看清这最后的使命有多么壮丽。他们看不分明，却知道只要自己有力量再度翱翔，就能在耗尽力气之前清楚地看到这一点。没有时间可以浪费了，因为很多人已经因饥饿而变得虚弱无力，唯恐不能再度飞翔。听从统一的命令，人们伴随着羽翼的轰鸣声腾空而起，将悲痛抛在脑后。甚至孩子们在听自己的母亲解释将要发生什么之后，也热情地接受了他们的宿命；尽管如果是在地面上得知此事，他们肯定会惧怕得无以复加。整支飞人队伍平稳地向西飞行，排成两列纵队，绵延数英里。一座火山锥出现在地平线上，随着他们的迫近慢慢变得高大。领队俯冲入泛红的灰云，紧接着，两个人一组，所有人都毫无畏惧地突入并消失在了炽热的吐息中。飞人的历史就这样终结了。

§3 一起小型天文事件

如今，携带鸟类基因却不能飞行的种族完全占据了这颗星球，准备以工业与科学为基础建立新社会。在经历命运与目标的种种变迁之后，他们创造了新物种——第八代人类。新人类富有远见卓识，身材健硕，生理与心理都被设计成完全的陆栖动物。他们擅长实操、计算与发明，很快将金星变成了工程师的天堂。利用行星的地下热能，巨大的电力船在终年的风暴中稳定航行，飞行器也在恶劣的天气中来去自如。岛屿之间经由隧道与桥梁联通，这些建筑通过密集的支架固定。每一寸土地都用于工农业生产。这一代人类积累了海量财富，以至于敌对的人种或阶级每隔几个世纪就相互屠杀作乐，或者大肆破坏物质财产，但又绝不会使后代陷入资源困境；这些人又生来迟钝，也就不会对纵情狂欢感到羞耻。事实上，只有肉体上的暴力才能让这个庸俗的物种从盲目的自满中清醒过来，感到些许疼痛。同类之间的斗争在高贵的生命看来是严重的精神灾难，对这些人而言却是精神的补剂，近乎某种宗教活动。但是必须注意：这些偶然爆发的宣泄仪式仅仅是和平年代的点缀，从来不会威胁物种的存亡，甚至很少破坏他们的文明。

在经过漫长的和平发展与科学进步时期之后，第八代人类发现了一个令人惊讶的天文学现象。古老的第一代人类早已发现，每一颗恒星在它的生命中都会迎来一个关键时刻，到那时，巨大的星体会崩塌，萎缩成一个体积小、质量巨大、辐射微弱的点。人们时常会担心太阳也将要经历同样的变化，变成一颗"白矮星"。第八代人类观测到了这场灾难的确切迹象，并且预测出了时间。距巨变发生还有两万年左右的时间。据估计，大约五万年之后金星就会开始冻结，变得无法居住。人类唯一的希望就是在太阳巨变期间迁徙到水星，这颗行星已经不像以前那样热得难以忍受。因此，必须在水星上创造出大气，并且培育出可以适应极寒气候的物种。

然而这项绝望的计划实行了没多久，另一项天文发现便证实这只是徒劳。天文学家在太阳系一定距离之外观测到一团暗淡的气体。计算推演显示，气体和太阳正在靠近，并最终会在二者运行轨道的切点接触。进一步的计算揭示了这一事件可能的结果：太阳会发生爆炸，并迅速膨胀；届时太阳系的所有行星都将变得无法居住，可能海王星和天王星会是例外，前者允许生命存在的可能性更大一些。海王星之外的三颗行星[35]虽然能免于太阳爆发的热量，但是因为其他原因不适合居住：最外层的两颗依旧会处于冰封状态，而且也在第八代人类尚未设计完全的以太船的极限航程之外；里层的那颗行星则是一个光秃秃的铁球，不仅没有大气和水，也没有一般的岩层。只有海王星可能具备生命存活的条件，但是又该如何移民到海王星上呢？困难不仅在于海王星的大气非常不适宜人类居住，以及高重力会让人类的身体成为沉重的负担，还在于海王星会一直保持极寒气候，直到太阳爆发后才可能允许人类已知范围内的生命体存在。

尽管人类抵达自己最后一片故乡的故事非常值得讲述，但是我没有时间介绍第八代人类是如何克服上述种种困难的。我同样也无法详细讨论当时爆发了怎样的政策矛盾。那时，有些人意识到第八代人类自身不可能在海王星上生存，因此鼓吹及时行乐，直到灭亡。但是最终，人类还是在剩下的几个世纪里齐心协力创造出新物种，将心灵的火炬传递到新世界。

35　直到 1930 年初天文学家才确定了"第九大行星"冥王星的地位（后于 2006 年降级为矮行星）。作者写作本书时可能还没有冥王星的相关线索，并且假想在海王星外围还有三颗行星。

以太船最终成功抵达遥远的世界，人们通过化学手段改善了海王星的大气环境。此外，科学家还通过稍晚重新发现的物质自动湮灭程序为生物活动的区域持续供暖提供能量，直到太阳恢复活力。

移民的日子迫近，人们往海王星运送了一些植物，并且为未来的生活开辟了温室区域。他们还认定动物并不是必需的。最终，经过特别培育的第九代人类被运输到了人类的新家园。巨大的第八代人类无法居住在海王星上：他们不仅难以支撑自己的重量（更不要说行走了），还无法忍受海王星的大气压。海王星表层覆盖了几千英里深的气体外壳，核心的固态部分类似于一颗巨大鸡蛋的蛋黄。气体自身的质量再加上固体的质量产生了比金星海底还要强的重力压。因此，第八代人类根本不敢离开以太船在海王星上活动，除非是身着钢筋深潜服轮替作业。现在他们已经没有什么能做的了，只得回到金星的群岛上，在命运终结之前好好度过余生。他们也没有太多时间了。在海王星聚居点建立几个世纪之后，人们将人类文明最重要的一些物质遗产运输了过去，此时这颗巨大的行星恰巧和太空中的陌生来客擦肩而过。天王星和木星的轨道与它完全偏离；但是土星在海王星逃离的几年后，整个被那团气体吞噬，包括它的星环及所有卫星。这场小型遭遇产生的骤热不过是序曲。巨大的陌生来客继续前

行，扰乱了行星的运行轨道，好像一根手指搅动着蛛网。它
吞没了移动路径上的所有小行星，接着错过火星，但是地球
和金星却没能逃离它燃烧的怒发。最终，气体向太阳跃进。
从此以后，太阳系的中心变成了一颗直径直逼曾经水星轨道
的恒星，整个太阳系也不复以往。

第十四章 海王星

§1 鸟瞰

至此为止，关于人类从发源到最终毁灭的故事，我已经讲述了一半。我们身后包括地球时代与金星时代在内的漫长时期，以及其中此起彼伏的黑暗与启明；面前则是海王星时代，同样漫长，同样夹杂着悲剧时刻，但是更加多样，而它最后阶段的光辉也是整段人类历史都无法比拟的。采用先前的时间尺度讲述海王星时代对我们没有太大益处，因为其中有很大一部分对地球人来说无法理解，还有一部分则是以海王星的特色再三重复地球与金星上已经上演的人类篇章。如果想完全欣赏这一段生动史诗的广阔与全部细节，我们应该全新投入每一个瞬间。但这对任何人类心智来说都不可能。我们只能关注较为重要的阶段，以期在这些碎片中捕捉它庞大而细密的体系留下的痕迹。对于这本书的读者来说，我最好还是呈现与他们较为接近的历史，即使会因此牺牲一些更加重要的事物，因为仅仅是这场演奏的开场就能让他们震撼。

在继续漫长航程之前，让我们先环顾四周。之前我们都是在时间之域低空飞行，进行相当细致的观察，现在则需要向更高的海拔爬升，以全新的速度行进。因此，我们必须开启更加广阔的视野，以天文学而非人类的尺度考察万物。我之前说过，我们已经处在人类毁灭之路上的中点。回首遥远的起源，那个囊括了第一代人类从猿人时期到巴塔哥尼亚大灾难的漫长时代，现在看来几乎是个不可细分的点。即使是那之前，从哺乳动物诞生到第一个人类出现之间的两千五百万地球年，也只是短暂的一瞬。全部这些——第一代人类的时代，大约可以算是二十亿年前行星形成与二十亿年后他们最终灭绝之间的中点。以更加宽广的视野看，这漫长的四十亿年对于太阳的年龄来说也不过是一瞬。在太阳诞生之前，太阳系的组成物质已经以星云的形式存在许久，而即使是这段时间，与无数星云——未来的星系当初在淹没一切的薄雾中凝结而成所度过的时间相比，也仅仅是短短一瞬罢了。因此，人类的历程，包括许多后续的物种与无穷无尽的后代在内，不过是宇宙生命中一闪而过的火光。

从空间的角度来说，人类也无比渺小。假设我们的星系只有地球上的一个古代公国一般大小，我们必须进一步设想它和其他数百万片国土一起在虚空中飘浮，彼此之间相距遥远。在这样的尺度下，包容万物的宇宙将是一个巨大的球形，它的直径是你们时代月球轨道直径的二十倍。我们所认识的宇宙不过一颗漂泊的小行星大小，太阳系只是其中的一点，最大的行星（木星）则更加微不足道。

我们已经考察了十亿年间八代人类的更替，也就是人类短暂历史的前半程。而在海王星上，还有十代人类先后或同时出现。我们，最后的人，正是第十八代。在前八个海王星物种中，有些一直停留在原始状态；有些至少创造了困顿而短暂的文明；而有一个，卓越的第五代人类，在被不幸击垮时已经觉醒了真正的人性。十个海王星物种更加多样，从基于本能生存的动物到之前从未实现过的意识模式，无所不包。那些次于人类的退化类型主要活跃于人类在海王星上生存的前六亿年。在这漫长准备阶段的前期，人类一开始因为恶劣的生存环境险些灭绝，但后来逐渐占据了北半球；虽然已是野兽而非人类，因为当时作为"人类"的人类已经不复存在。在六亿年准备时期的后半段，人类精神逐渐苏醒，经历了前海王星时代典型的跌宕起伏的历程。随后，人类在栖居于海王星的最后四亿年里，实现了稳定的进步，走向最终的精神成熟。

现在让我们欣赏人类历史上这三个伟大时代。

§2 返始 [36]

设计、培育殖民海王星的新物种时，金星人已经处于绝境。整项计划的进程过于紧迫；此外，这颗巨大的行星距离遥远，导致人们没能对其进行充分的考察，因此新人类的有机官能只能部分适应目标环境。金星人只能将下一代人类设计矮小，因为他们未来需要负担巨大的重力；新的大脑也有缺陷，除了基本的人性，没有任何官能留存。即便如此，第九代人类也过于精细，难以承担海王星上粗蛮的自然力量。他们的创造者严重低估了自然环境的恶劣程度，因此仅仅满足于制造出自身的小型副本。他们本应该设计一个生性野蛮、情欲高涨、精通各种生存技能的物种；更重要的是，必须粗暴、繁殖能力强、情感麻木，以至于不配被称为"人类"。他们应该相信野蛮的种子可以在这里生根发芽，通过自然的力量最终召唤出人性的枝叶。但事实相反：金星科学家创造的种族背负了小型动物的脆弱诅咒，还被设计成在文明世界生存的形态，他们不堪一击的精神终究无法在动荡和混乱中生存。当时的海王星还是一颗年轻的行星，正在缓慢进入地壳收缩的阶段，因此地震与火山喷发是常态。渺小的殖民者发现自己时常处于被岩浆淹没或葬身于火山灰的险境。同

36　原文为意大利语（Da Capo），字面意思为"从头开始"，一般用于乐谱记号。

时，虽然矮小的建筑物没有因为岩浆或游移的地基而损坏，却被厚重大气屡屡摧毁。此外，由于种族天性使然，他们即使在宜人的环境下也会显得神经过敏，这种不利的气氛无疑扼杀了任何幸福和勇敢的可能性。

幸运的是，这场灾难并不会永远持续下去。文明逐渐支离破碎，对美好事物那折磨人心的向往不再，人类意识渐渐萎缩，退化成了纯粹的意识。但他们还是凭借着好运勉强生存了下来。

在第九代人类从人类状态衰落很久之后，自然力量以缓慢而笨拙的方式亲自实现了人类未能实现之事。人类物种的野蛮后代最终完全适应了新环境，并且在海王星土地与海洋形成的丰富地形中演化出多种亚人形态。但从没有人穿越过赤道，因为膨胀的太阳导致热带地区气温过高，那里根本不可能有生命存在。即使是在极地地区，延长的夏日也影响着所有动物的活动，只有最勇猛的几种例外。

当时，海王星上的一年大约等于一百六十五地球年。缓慢的季节更替对生命的节奏有着重要影响。除了最短寿的，所有生物的自然寿命都能达到一整年，高级哺乳动物则活得更久。从更长远的角度来看，自然长寿的增加对人类的复兴起到了积极的作用。但是另一方面，个体生命越来越缓慢的成长速度，以及每一世代的生命成熟所需要的时间，都拖延了海王星上生物自然演化的进程，与地球和金星时代的生物史相比更是如同龟速。

在第九代人类衰落之后，亚人生物为了适应行星的重力养成了四足行走习性。一开始，他们只是偶尔才需要手指着地支撑身体，但是最终出现了许多真正意义上的四足动物。许多善于跑动的种类的手指逐渐并齐，变得和脚趾一样；他们还长出了蹄，但并不是在从前的指尖上，而是在指关节上；指尖则已经萎缩、内卷。

太阳遭到冲击的两亿年之后，数不胜数的亚人食草动物在北极地区相互竞争，他们都长着类似于羊的口鼻，有宽大的臼齿，以及几乎和反刍动物一样的消化系统。这些亚人食草动物是亚人食肉动物的猎物。一些亚人食肉动物胜在捕猎速度，另一些则擅长伏击。但因为在海王星上跳跃非常艰难，所以所有猫型动物都相对矮小，他们的食谱包括人类的兔型、鼠型后裔，或者其他大型哺乳动物的尸体，以及肥大的蠕虫和甲虫。这些虫类都是当时从金星运送过来的害虫的后代。所有的金星动物中，只有人类自己、少部分昆虫、一些无脊椎宠物和大量微生物成功殖民了海王星。至于植物，人们为了新世界人工培养了不少物种，并且最终演化出一批草本植物、被子植物和新型海草。一些高度发达的海洋虫类以这些海草为食，而他们又被其他动物捕食，其中的一些最终演化出了脊椎，进攻性强且十分敏捷，类似于鱼类。捕食这些类鱼生物的则是人类自己的海洋后裔，他们有的具有海豹的外形，更别致一些的则像海豚。古代人类的演化进程中最引人注目的，或许是由一种貌似蝙蝠的小型食虫动物演化出的各种飞行哺乳动物，他们虽然体型只略大于蜂鸟，但有时却能像燕子一样灵巧。

典型的人类形态已经消失，剩下的只有野兽，为适应无限广阔的世界演化出了各种各样的结构与天性。

当然，人类心智的各种古怪残余依然有保存，甚至人类一度灵活的手指还隐藏在大多数物种的前肢深处。例如，某些食草类动物在艰苦时期会聚集在一起，共同发出刺耳的啼声；或者一屁股坐下，前肢摆在身前，花上数小时聆听领袖的噪叫，不时以叹息或啜泣回应；最后集体发狂，口吐白沫。还有一些食肉动物，在春日的交配季节里，会突然停止交配、争斗和日常狩猎，独自坐在某一片高地，日复一日，观察、等待，直到饥饿迫使他们采取行动。

在太阳遭到冲击后的三亿地球年后，一种类似于兔子的无毛小型动物活跃在北极草原上，一直遭受一种北方的犬类侵扰。这种亚人兔相对来说比较原始，没有任何有效的自卫手段，也不会飞行，当时已经快要灭绝。然而，有一小支躲进茂密粗大的灌木丛自保，犬类无法继续追踪他们。在灌木丛中他们不得不改变饮食和生活习惯，放弃鲜草，转向植物根茎、莓果，甚至蠕虫和甲虫；为了挖掘与攀爬，前肢逐渐演化，最终甚至可以用枝条和稻草编织巢穴。这个物种的手指从没有并拢；前爪的内部像攥紧的小拳头，裸露的指关节延长，突出相互分离的前趾。现在指关节又进一步增长，最终形成了新的手指。古代人类手指的痕迹依然遗留在新演化的"猴爪"的掌心里，向内蜷缩在一起。

和从前一样，灵巧的操控能力让知觉更加清晰。此外，再加上这些动物在进食、狩猎、御敌生活中经常需要进行新的尝试，最终发展出了灵活的行动能力及敏锐的心智。兔类生长、繁育，获得了类似于直立行走的习性，身形与大脑也持续演化。不过，就好像新的手不仅仅是重现旧的手，他们的大脑也不仅仅是人类已然萎缩的大脑的复苏，而是全新的器官，覆盖并吸收了旧器官的残余。因此，尽管新的心灵按照同样的基本需求塑造而成，但在很多方面都是崭新的。当然，和祖先一样，他们也渴求事物、爱、荣耀、陪伴，也为了这些追求而发明了各种武器和装置，并且利用枝条建立了村庄，举行原始的集会，直到最后，成为第十代人类。

§3 漫长的征服

一百万地球年间，这些长臂的无毛生物在辽阔的北部大陆扩建自己的稻草屋和制造骨制器具，之后的几百万年里则没有任何文化进步，因为在海王星上，不论是生物还是文化演进都十分缓慢。最终，第十代人类遭到一种微生物的攻击，灭绝了。有几种原始人类物种从他们的残余中发源出来，几百万年间相互隔离，留在各自偏远的土地上，直到各种机缘巧合或种群活动才重新接触。这些早期物种中的一支长期蹲伏，长出了獠牙，而也正因为这些长牙他们总是被更加灵巧的人类类型攻击，直到全部覆灭。而另一种原始人类口鼻较长，下肢发达，经常像袋鼠一样蹲在自己的腰腿上。在这个工业与社会文明发明轮子之后没多久，一个更加原始，但也更加好战的种类像潮水一般冲击并吞没了他们。他们是直立人，但是体宽几乎与身长一致。这群血腥暴力的原始人逐渐遍布整个北极与亚北极地区，几百万年间都在单调地重复兴衰的步伐，直到他们的种质缓慢衰退，险些终结人类的历史。但是在长久的黑暗时代之后，出现了同样粗壮且脑容量更大的人种。终于，海王星上第一次出现了爱的宗教，以及曾在地球与金星上无数次闪烁又熄灭的精神渴望与挣扎；终于又出现了封建帝国、军国主义、社会阶级斗争，以及数个覆盖整个北半球的世界政府。他们也是第一批乘坐装有人工制冷设备的电力船穿越赤道，前去开拓广袤的南半球的人类。人们在南半球没有发现任何生物，因为即使在那个时期，也没有生物能在不借助人工降温设备的情况下穿越炙热的赤道地区。事实上，完全是因为当时太阳暂时的复兴已经度过了高潮阶段，人类才能够利用各种办法进行长时间的热带旅行。

和最初的人与其他许多代人类一样，第十四代人类并不是完美的人。和第一代人类一样，如果仅凭自己不完美的神经系统，他们崇拜的人格是永远不可能实现，甚至难以接近的；但又与第一代人类不同，他们生存的三亿年间几乎没有经历什么生物学变化。然而，即使是如此漫长的时期也没有让这一代人类超越自己存在缺陷的精神实质。他们再三从原始状态发展成世界文明，又退回到原始状态。他们就像笼中鸟一样被自己的天性囚禁；像笼中鸟会笨拙地搭建自己的巢穴，又不时失手摧毁这场漫无目的的建设的成果，这些受困的人也会毁灭自己的文明。

然而，最终，海王星历史的第二阶段、跌宕起伏的时代结束了。在人类定居海王星的六亿年之后，无由来的自然力量在第十五代人类身上实现了自然人最高级的形式。在此之前，她只在第二代人类身上实现过一次，而这次已没有火星人的干预。我们不能在此停留考察这一代是如何克服自身障碍的：他们的脑容量巨大，头盖骨因此过于沉重，躯体比例相对笨拙。我只想提及：他们漫长的成长期包括了一场南北半球之间的武装战争，但是最终第十五代人类还是摆脱了自身的缺陷与种种幼稚幻想，巩固自身，组成了统一的世界共同体。这个文明的经济基础是火山能，精神上的寄托是实现人类能力的整全。正是这个物种，首次在海王星上重新焕发了拓展人类本质的意愿，并将其视为整个种族的目标。

从那以后，尽管历经了许多灾难，比如长期的地震与火山喷发、气候剧变、数不尽的瘟疫与生物紊乱，但人类的发展还是相对稳定的；当然并不迅猛，也没有坚定的信心。依然有超过整个第一代人类时期的漫长时代，人类精神离开进步的前线，返回巩固自己的成就，甚至会误入歧途，陷入野蛮，但他们似乎再也不会被完全击垮和沦为纯然的动物。

为了追寻人类实现全部人性的最后轨迹，我们只能考察一整个天文纪元最笼统的特征，但事实上这一纪元充满了上千个漫长世代。无数独特的个体在生活中与同类深入交流，全身心地将自己的心灵冲动奉献给万物的乐章，随后又消逝，给其他人留出位置。绵延的私人生活正是人类肉身的真实组织，但是我无法描摹其全景，只能转而探寻抽离出来的成长形式。

第十五代人类一开始就着手革除人间的五种恶事，即病痛、苦工、衰老、误解和恶意。我在这里不展开讨论他们的种种尝试、许多灾难般的实验和最终的胜利，也不讲述他们研究并利用物质湮灭的力量、发明以太船并探索邻近星球的历程，以及如何在长年的实验后最终培育出取代自身的人种：第十六代人类。

新人种与古时殖民金星的第五代人类相仿。科学家在他们的骨骼组织中引入精密的人造原子，以此支撑庞大的身形和大脑；得益于细密的细胞结构，这些大脑呈现更加复杂的组织方式。"心灵感应"也重新在他们身上实现，但并不依赖于早就消失的火星生物单元，而是通过综合一种类似的细胞组产生。部分通过"心灵感应"联系促进彼此之间的相互理解，部分通过神经系统合作形式的优化，人类终于完全消除了古老的自私之恶。一旦利己主义的冲动拒绝屈从，就会被视为精神失常的症状。新物种的感官能力当然大幅提升，甚至在脑后也获得了一双新的眼睛。在这之后，人类拥有了完全的环形视野，而非从前的半环形。此外，新种族的整体智能已经发展到只需要一瞬间的洞悉就能解决从前注定无解的问题。

第十六代人类运用自己的能力所实现的成果，只需要提及一例：他们成功控制了自身所在行星的运动。在早期，他们能够利用无穷的能源让海王星进入更宽的运行轨道，使整颗星球的气候更加适宜，极地地区甚至时常有积雪覆盖。但是随着时间的推移，太阳温度稳步下降，人们必须逆转这一过程，让星球逐渐靠近太阳。

在主导世界大约五千万年之后，和之前的第五代人类一样，第十六代人类也学会了进入过去的心灵。不过相较于这项技术的先驱者来说，新的旅程要更加激动人心，因为他们对地球和金星的历史一无所知。但和先驱者一样，他们也为漫长过去的永恒悲怆而感到惊愕，以至于很长一段时间内，尽管这些人受到恩赐、天性欢愉，也难免将存在视作无谓的嘲弄。但终于，他们转而把过去的悲哀看作挑战，并告诉自己：过去正在请求自己的援助，因此必须发起一场"解放过去的远征"。至于要如何实现，他们毫无头绪，但却决心将这一堂吉诃德式的目标视作全人类最重大的事业。为此，必须创造更高级的人种。

很显然，人类已经在理解力与创造力上进步甚远，达到了个体大脑独自运作的巅峰。但是第十六代人类却因自己的无能而倍感压抑，尽管他们的哲学成就是前人完全无法企及的，但是在思索的最深处，他们拾获的却只有在指间流逝的奥秘之沙。他们尤其困扰于三个古老的问题：其中两个完全属于智识，即时间之谜，还有心灵与世界之间的关系；第三个问题是向生命宣示自己的忠诚，抵御放弃抗争的强烈冲动去与死亡对峙，以及超脱地欣赏这场对峙的渴望。

时代轮转，第十六代人类的文化几度繁盛，通过思想运动反复探寻一切可能的精神模式，在古老的主题中发掘新的意义。但即使是在这样的时代，三个重大问题依然没有解决，困扰着每个人，威胁着整个种族政策。

终于，第十六代人类被迫面临两难选择：是接受精神的停滞状态，还是选择冒险跃向黑暗。他们最终决定通过融合多人的心灵设计一种新型的大脑，以期产生一种新的意识形式，让人类得以洞察存在的深层本质，不论结果是欣赏还是憎恶。如此，人类在被哲学的无知困扰许久之后，或许能厘清自身的意义。

我们略过不谈第十六代人类创造出新人种之前的上亿年历史。他们认为自己实现了内心的热望，但实际创造出的辉煌造物因为自身微妙的缺陷而饱受创造者无法理解的折磨。最终，第十七代人类在征服世界、实现文化繁荣后不久，就开始倾尽全力创造与自己本质相同但是更加完美的种类。短短几十万年充满壮丽与悲痛的历程之后，第十七代人类终于创造出第十八代人类，也是最后一代人类物种。因为在最后的人类世界中，所有从前的文化都实现了自身的整全，所以我将忽略它们，全心讲述我自己的时代。

时间轴 IV

时间单位为上一时间轴单位的一百倍，无疑极其粗略

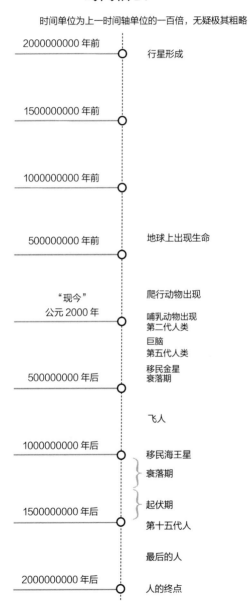

2000000000 年前 — 行星形成

1500000000 年前

1000000000 年前

500000000 年前 — 地球上出现生命

"现今"
公元 2000 年 — 爬行动物出现

哺乳动物出现
第二代人类

巨脑
第五代人类

500000000 年后 — 移民金星
衰落期

飞人

1000000000 年后 — 移民海王星

衰落期

起伏期

1500000000 年后 — 第十五代人

最后的人

2000000000 年后 — 人的终点

时间轴 V

时间单位为上一时间轴单位的一百倍，无疑极其粗略

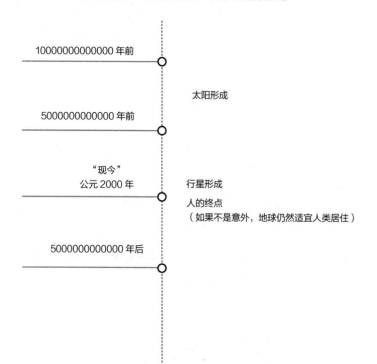

10000000000000 年前

太阳形成

5000000000000 年前

"现今"
公元 2000 年

行星形成

人的终点
（如果不是意外，地球仍然适宜人类居住）

5000000000000 年后

第十五章　最后的人

§1　走近最后的人类

如果第一代人类步入最后的人所处的世界，他会发现很多熟悉的事物，但会觉得其中多数都扭曲而怪异，看起来十分混乱。他会忽略几乎所有最后的人类物种为之称道的事物。如果没有人告诉他——在所有这些一目了然的壮观文明景象背后，在所有的社会组织与巨大共同体中的人际交往背后，存在一个完全不同的精神文化世界，它无处不在、无所不包，但超出了他的视野——那么他丝毫不会察觉这一切，就好像一只在伦敦的猫察觉不到金融与文学一样。

在他看到的许多事物中，包括一些具有人形但在他看来古怪异常的生物。为了行走，他需要克服自身的重量，但是这些巨人可以轻松阔步前进。他会觉得这些巨人非常健壮，看起来很敦实；却又不得不承认这些巨人步态优雅，还有着美好的身材比例。和他们相处的时间越长，他就越能看到他们身上的美，并为自己所属的物种感到沮丧。他会发现有些男女身上覆盖着毛发，有的茂盛，有的则有着天鹅绒质感，显露出底下的肌肉；人们可能显露出棕色、黄色或泛红的皮肤，甚至是灰绿色的半透明皮肤，皮肤底下流淌着温暖的血液。尽管最后的人同属一个人类物种，个体之间的身体和心灵却相差甚远，以至于看上去根本就是不同的生物。当然，我们有很多共同特征。第一代人类旅行者可能会对所有男女都有的巨大而敏感的双手感到惊讶。我们所有人最外的手指顶端都有三个细小的操控器官，和最早为第五代人类设计的相仿——这些累赘当然会让我们的访客感到不适。枕骨上的一双眼睛也会让他感到惊骇，头顶向上看的天文眼也不例外——这是最后的人独有的视觉器官，设计精妙，完全展开时从骨质基底算起大约有一掌长，能像你们的小型天文望远镜一样呈现天宇中的种种细节。除了这些特征，我们身上就没有什么特别新颖的了；当然，自第一代人类以来发生的种种改变都在我们的每一条肋骨、每一道轮廓上留下了痕迹。我们更像人类，也更像动物；原始的旅行者可能会对我们的动物性而非人性留下更加深刻的印象，毕竟我们的人性种种都超出他的理解力。他一开始可能会把我们当作退化物种，称我们为半羊人，或者人猿、熊、牛、有袋生物乃至巨象，但是我们总体的身材比例完全符合旧有的人类外形。当重力可以承受时，两足行走的直立生活习性是最适合陆地上的智慧生命的；因此在长久的徘徊之后，人类又回到了原初的形象。此外，如果我们的观察者对面部表情比较敏感，他会在我们的千万种面相中认出一种难以言喻但显然属于人类的面容，这在他自己的物种上也依稀存在，是内在精神恩赐的外在展现。他可能会说："这些野兽般的人必定也都是神。"他可能会想起有着动物头颅的古埃及神祇。但是在我们身上，动物性与人性在每一张面容中、在身体的每一条曲线上都以无穷多的方式相互融合。他会在我们身上看到早就灭绝的黄种人、尼格罗人种、日耳曼民族与闪米特民族的外貌痕迹，还有许多异域的特征与面相——这些是从海王星或金星的亚人动物时期继承而来。他会在我们的四肢上看到陌生的肌腱或骨骼轮廓，这些是在第一代人类消失很久之后演化出的。除了熟悉的瞳色，他还会发现黄玉石、祖母绿、紫水晶和红宝石般的颜色，以及这些颜色的成千上万种变化。但是如果目光足够锐利，他还能在我们所有人身上看到我们物种特有的面部表情和身体姿势——明亮却带有尖刻而讽刺的意味，这在所有以前的人类面庞上几乎是见不到的。

旅行者还能在我们身上辨认出明显的性征，不论是整体的身形还是性器官。但是他可能要花很长时间才能发现，我们身上最令人惊异的身体和相貌差异来源于古代两性细分出的很多亚性别。我们每个人的完整性经验都涵盖于所有这些类型的复杂关系。这些性群组（sexual group）特别重要，之后我还会重新提及。

顺带一提，我们的来访者或许会注意到，尽管海王星上的所有人都习惯于裸体，可能最多会携带烟草袋或布包，但实际上我们有不少服饰。这些服饰通常配色明亮，由多种从前没有的家常材质或有光泽的材料编织而成，供特殊场合穿戴。

他还会发现在绿色乡野上散布着许多建筑，大多是单层，因为海王星地域广博，甚至能容纳万亿最后的人类。但是我们也在各处建立巨大的高塔，呈十字形或星形，高耸入云，让海王星恒定的地平线显得尤为神圣。这些威严建筑的建材是人造原子制成的坚不可摧的物质，对来访者来说它们是在几何学上才可能存在的高山，远高于任何自然形成的山脉可能达到的高度，哪怕耸立在最小的行星上。这些建筑的整体结构经常是半透明甚至透明的，如此一来，当夜幕降临时，它在内部照明的衬托下看起来就像光之塔。从二十英里宽或更宽的地基拔地而起，这些通天巨塔能抵达一个甚至连海王星的大气都变得非常稀薄的高度。塔顶是天文台，整个人类共同体正是通过这些眼睛像木筏一样越过星辰大海。所有的男人和女人都会不时到访这里，一睹我们的银河系和难以计数的遥远星系。他们在天文台举办最崇高的象征活动，只是在你们的语言里除了"宗教"这一卑劣的词，我找不到别的词语来形容。同样是在这里，人们寻求山间清爽的空气，因为当时已经没有自然的山林了。除此之外，在这些高耸"山巅"的峭壁上，我们常会体验攀登的快感，这种欲望甚至在人类成为人类之前就已深深扎根在其天性中。因此，这些建筑集观测、祭祀、疗养和健身功能于一体。其中很多都和这个物种一样古老，而有些还没有建成，因此样式各不相同。你们的旅行者可能会将其中一些称为哥特式、古典式、埃及式、秘鲁式、中国式或美国式，以及上千种他所不熟悉的建筑风格。所有这些建筑都是整个种族在某个历史阶段的共同成果，没有任何一座高塔是局部工作。每一种前赴后继的文化都将自己呈现在这些至高无上的纪念碑中。而每四万年左右，人们就会推崇新的建筑理念并将其付诸实践。而我们的文化流淌至今，都不曾有必要推倒过往的工艺创作。

如果我们的来访者碰巧离某座高塔足够近，就会发现它的四周有一群群"蠓虫"。那是飞行的人，他们没有翅膀，但是都张开了双臂。这位异域访客可能会好奇，要摆脱海王星强大的重力场需要何等巨大的有机组织。但是飞行只是我们寻常的出行方式，只要穿上一身能在体表各处产生辐射的制服即可。普通的飞行因此类似于在空中游泳，只有需要高速移动的时候才用得上较为闭塞的空气船或空中游轮。

在这些建筑的脚下，平整或起伏的田野泛着绿色、棕色和金色，有平房点缀其中。旅行者可能会发现不少土地都用于耕种，有人正在用农具或机械劳作。事实上，我们大部分食物都是在酷热的木星上利用人工光合作用生产的，不过即使那里的日照现在已经恢复正常，所有的生命还是必须依靠强大的制冷设施才能存活。单从营养层面考虑，我们不需要种植蔬菜，但因为农业和农产品在人类历史上扮演了如此重要的位置，今天的农业生产和果蔬有益于种族的心理健康。而且我们对植物的实际需求量很大，不仅用作制造业的原材料，还用于正式的宴会。绿色蔬菜、水果和各种酒精果汁饮料对我们来说有着仪式作用，和你们时代的红酒一样。肉类也是如此，尽管并不在日常饮食之列，但会在稀少而神圣的场合食用。我们还定期举办具有象征意义的会饮，宰杀这颗星球上珍贵的野生动物；而每当有人选择死亡，他的朋友都会庄严地分食他的尸体。

我们使用以太船往返于海王星和木星上的食物工厂、天王星两极的农业区及外围行星上的自动采矿区。以太船的移动速度比行星自身要快，因此仅需一个海王星年的一小部分时间就可以抵达邻近的世界。这些飞船最小的长约一英里，下降到海面上时看起来就像鸭子。而在触水之前，机体会通过辐射向下产生巨大的噪声；但是一旦停留在水面，它们就能安静地停泊在海港。

从某种意义上来说，以太船就是我们整个共同体的象征。它高度组织化，但和包容它的真空相比又如此渺小。太空航行者需要在空无一人的区域度过很长时间，远离心灵感应的范围，有时甚至连机械信号都接收不到，因此形成了有别于我们的独特的心灵。他们勇猛、单纯、谦逊；尽管掌握了引以为傲的太空技术，但一直都严肃而诙谐地提醒"旱鸭子"们：即使是人类最无畏的航行也不过是无限星辰大海中的一朵浪花罢了。

近期有一艘探索船从外层空间返回，其中一半船员罹难，幸存者都面容憔悴，身染疾病，精神失常。我们自认是非常健康的种族，不可能被击垮，因此这些不幸的景象确实给我们上了一课。这是有史以来最长的一段航程，整段航程中他们只遭遇了两颗彗星和偶有的流星。距离最近的一些星系逐渐呈现不同的形态；一两颗恒星正在缓慢地增加亮度，太阳则已经缩减为遥远群星中最明亮的那颗。遥远而持久不变的星座似乎在折磨着宇航员的内心。当最终飞船返回并靠岸时，出现了一幅在我们的现代世界颇为罕见的场景：船员冲到舱外步履蹒跚地扑进人群，啜泣不止。我们从未想过我们这个物种的成员竟会如此失态。这些可怜人似乎受到了严重的创伤，表现出对群星及一切非人事物的癫狂恐惧。在夜晚，他们甚至不敢外出。这些船员对其他人的在场有着夸张

的渴望。而因为其他所有人都醉心于天文学，他们于是无法
找到真正的伴侣。这些人疯了一般地拒绝参与到人类的精神
生活中，因为普通人总是以宏大的视角看待一切事物，揭示
万物的渺小尺度。幸存者凄惨地紧紧抓住个人生活的甜蜜不
放，咒骂一切浩瀚之物。他们用人类的种种虚妄填充自己的
心灵，在居所里堆满玩具，在夜色降临时则会拉上帘幕，用
狂欢淹没群星的寂寥。但狂欢了无生趣，所有人都心怀苦闷，
他们并不是真的想寻欢作乐，而只是在抵御现实而已。

§2 幼年与成熟

之前说过，我们醉心于天文学，但也不是完全没有"人
世"的爱好。我们的地球来客很快就会发现，四处的平房是
个人或家庭、性群组和其他伴侣或友人的住所。大部分房屋
的墙体和屋顶都是可拆卸的，以便沐浴日光和观星。每间房
屋都被荒野、花园或枝叶茂密的果园包围着。到处都有男男
女女用铁锹、锄头或剪枝夹劳作。房屋本身样式多变，室内
装潢更是风格迥异。即使在同一所房子内，每个房间的内饰
都可能流露出不同的时代气息。有些可能布置了许多我们的
访客难以理解的家具，有些可能除桌椅、橱柜和一些纯艺术
装饰之外空无一物。我们的工业制品不胜枚举；但如果参观
者来自痴迷物质财富的世界，可能会觉得大部分私人住宅都

过于简约，甚至朴素了。

他无疑会感到诧异：屋子里竟然一本书都没有。但是在每个房间，橱柜里都摆满了小型胶卷，记录着一些微缩的图示。每一卷胶卷能容纳的内容都抵得上你们数十卷著作。装载这些胶卷的是一个口袋大小的工具，外形和古代的香烟盒相仿。装入胶卷之后，它会以任意指定的速度滚动，系统地与设备产生微波交互，以此形成复杂的"心灵感应"语言渗入读者的大脑。这种信息传达方式精确而直接，几乎不可能误解作者的意图。有必要说明：生产胶卷的是另一种专门设备，能感应作者大脑产生的微波。但它不是简单地复制作者的意识流，而只是记录作者有意"刻写"的图像与概念。我或许还应该指出：因为我们可以随时随地和这个星球上的任何人进行直接的"心灵感应"联系，所以这些"书籍"并不用于发表瞬息之间的想法，而只用来保存人类思想精挑细选后的果实。

房间内还有其他设备，大体上是用于家务，或者以各种方式管理文化生活，我在这里不一一介绍了。房间大门上通常会挂着飞行服，附带的车库里停放的是私人的空气船，喷涂着不同大小的鱼类状图案。

除了儿童的房间，所有的室内装饰都很简单，甚至可以说是简陋。但我们非常欣赏这样的风格，也有自己的考虑。

孩子们经常将自己的房间装饰得熠熠生辉，同时，成年人可以透过年幼的双眼沉浸其中，好像可以加入嬉闹的孩童尽享其中乐趣一样。

与我们庞大的人口总量相比，儿童的数量相对较少。不过，考虑到我们每个人理论上都可以永生，为何会允许生育反倒是个问题。这可以从两个角度解释：首先，我们的总体计划是生产出比自身更高级的人种，因为我们与生物学意义上的完美依然相去甚远，为此必须源源不断地补充儿童。其次，等儿童发育成熟，就会接手不那么完美的成年人所从事的工作。后者意识到自己已经无用，便会选择退出生命的舞台。

即使每个人都或早或晚会消亡，但我们的平均人口寿命不少于二十五万地球年。自然，我们容纳不下太多孩子；但是儿童数量依然超出预期，因为幼年与青年时期特别漫长。孕期就有二十年；我们的先辈曾经实施过人工体外培育，但是到我们这代人类时已经废止，因为生育技术日臻完善，不需要在体外进行了。实际上，在罕有的怀孕期间，女性不论是在身体上还是精神上都会更加富有活力。孩子们出生之后，婴儿期大约持续一个世纪。他们在这期间接受母亲的照顾，身体和心智发育成熟，缓慢但稳定。之后是长达数个世纪的童年期，然后是一千年左右的青年期。

当然，我们的孩子与第一代人类的孩子完全不同。尽管他们在生理上的确还是个孩子，却已经是社群中的独立个体。每个人都有自己的住房，或者和朋友合住一栋更大的建筑，一人一间。每个教育中心都有上千座这样的建筑。也有一些孩子选择和父母或父母中的一员同住，但这比较少见。尽管亲子关系常常是正面的，但是不同代人还是不住同一屋檐下更好。对我们这个物种来说这不可避免，一方面，成年人基于自己丰富的阅历看待世界，即使是最天才的儿童也无法想象这样的视角；另一方面，每个孩子的心灵在某些方面都比成年心灵要高级。因此，孩子不可能欣赏长辈身上的闪光点，而成年人尽管可以直接洞悉所有不比自己高级的心灵，却无法理解后辈带来的新事物。

出生六七百年后，我们的儿童在生理状态上与第一代人类的十岁儿童接近。但因为大脑发育得更高级，此时在心理状态上已经比第一代人类的任何成年人都要复杂得多。尽管目前在很多方面他还是个孩子，但是在智识上已经超越了古代种族最优异的成年心灵。如果你们的旅行者与我们的天才儿童接触，可能会想到历史传说中耶稣基督幼年时至简的智慧。但他还可能会发现这孩子活泼、喧闹、顽皮，并且完全无法超脱他自己的生命热忱冷静地看待生活。总体而言，他们的智力很早就能发展到超越第一代人类的水平，远在他们发展出成人特有的超脱意志之前。当儿童的个人需求和社会的需求冲突时，他会遵守某种纪律，投身社会事业，但是内心依然抗拒，还会产生戏剧性的自怜之情，这些在成年人眼中都显得特别滑稽。

大约一千年之后，儿童就能发育成熟，离开童年时期生活的安全地区，前往南方大陆度过几千年。那里又称"青年世界"，和第五代人类的野生大陆类似，遍地都是未经开发的灌木地与草原，活跃着食草或食肉的亚人。对富有冒险精神的年轻人来说，火山喷发、飓风和冰封季节都颇具吸引力，因此那里的死亡率很高。在这片土地上，年轻人过着半原始半文明的生活，以切合自己的天性。他们狩猎、捕鱼、放牧、耕作，培养人类个性中所有简朴的美。他们相爱、憎恨、歌唱、绘画、雕刻；他们传颂英雄神话，在与宇宙人格的交往中享受如梦似幻的愉悦；他们组织部落、建立国家，有时甚至沉溺于原始而血腥的战争。从前发生这些事情的时候，成人世界会介入；但后来我们懂得要让狂热自己退去。失去生命固然遗憾，但是相对于这些小范围的青年战争能带来的思索来说，这只是很小的代价；如果成年的心灵经历这些原始的痛苦与激情，他们必然会受到哲学思想的影响，其价值也就完全不同了。在青年世界，男孩、女孩能经历原始生活中所有的珍贵与卑贱。世纪更替，他们亲身经历所有艰辛与局促的恶劣、所有盲目的残酷与危险，但也能品尝到美丽、温柔与热情的荣耀；他们在年轻的时候犯下人类曾经犯下的所有思想上与行动上的错误，但也终将准备好迎接更加广阔而艰难的成熟世界。

我们希望有一天人类最终实现整全，到那时就不再需要培育后代、抚养儿童、践行所有这些教育。我们希望共同体中最终只有成年人，他们将不只在理论上而是真正实现永生不朽，成熟的年轻之花也永不凋零。到那时，死亡将不再切断个人生命的细线，也不会打散来之不易的珍珠，我们也不再需要编织新的线环、苦心地收集一切了。到那时，童年时代许多令人欣悦的美依然可以通过对过去的探索拾获。

如今我们知道这个目标无法实现，因为人类的终点已经迫近。

§3 种族觉醒

谈论孩童很容易，可是我该如何向你讲述我们成年经验中任何有意义的事物呢？在这些经验面前，不仅是最初的人，所有早期物种最发达的文明都显得很稚嫩。

我们与其他所有人类种族的差异之源在于性群组。事实上，这些不仅仅是性群组而已。

当初，我们物种的设计师计划培育出心智水平比自身高

级的生命，唯一的可能性就是大幅提升脑组织性能，但他们
也深知人类个体的大脑重量不可以超出安全值。因此，他
们试图建立一种新的心智系统，使不同的大脑通过微波实现
"心灵感应"，联结在一起。实体大脑在某些情况下可以成为
辐射系统的节点，而整个系统自身将会是单一心智的物理基
础。迄今为止，人们实现过复数个体之间的"心灵感应"沟
通，但并非以超个体或集体心智的形式。除了在火星上，这
种个体心灵的结合从未实现过。众所周知，很遗憾，火星的
种族心灵并没有超越火星人的个体心灵。但是我们的设计师
借助天才和运气避免了火星人的失败，方法是将小型多重性
群组设定为超个体的基础。

当然，性群组的精神联合并不能通过其成员的性接触就
直接实现。这种性行为当然存在；在这点上，不同群组之间
的差异非常大，但是在绝大多数群组中，所有男性都会和所
有女性发生性行为。因此，对我们来说，性行为在本质上是
社会行为。我无法说明这些多样联合关系给我们提供了多么
强烈而广阔的经验。除了丰富个人情感，群组性行为的重要
性还在于促进个体之间的亲密关系，实现气质的和谐与相互
补充，这些都是更加高级的经验所必需的。

每个人都不仅限于一个群组。每个群组中的九十六个成
员会慢慢变更，与此同时又能保持同一个超个体心灵，尽管

新成员带来的经验能丰富它的记忆。通常而言，人们在一个群组一万年之后才会离开。很多群组的成员都在一个公共住所同居，其他的则分开居住。有时一个人可能和群组中的另一个人保持单偶关系，与对方维持家庭几千年，有的甚至长达一生。事实上，有人认为相伴一生的单偶关系才是理想状态，能提供极致的、深刻的亲密关系。当然，即使在单偶关系中，双方也需要定期与其他群组中的人交往，呼吸新鲜空气。这不仅仅是为了伴侣双方的精神健康着想，也是考虑到要让整个集体心智保持完全的活力。不论每个群组的性生活习惯是什么，每个成员都对整个群组保持特殊的忠诚，实现一种带着性色彩的团体精神，这是其他任何物种都不能比的。

有时我们会进行特殊的组间性交；在维持现有组群心灵的情况下，一个群组中的每个成员都和另一个群组的成员性交。组外的随意性交并不常见，但也不受到抵制，一般被视为精神亲密关系加冕的象征行为。

不像身体的性关系，一个群组进行精神结合时，所有的成员都要同时参与其中，直至结束。在集体经验中，每个人都继续维持正常的工作日程与娱乐，除非群组心灵对他有特殊需求。但是作为个体，他做任何事时都处在深刻的失神状态。尽管能准确地回应熟悉的情景，甚至处理智力工作，或者通过智性交流与熟人消遣，但所有这些活动中他实际上"在别处"，在群组心灵中忘了自我；只有紧急情况或未知危险才能唤回他，而这通常意味着要终止集体经验。

群组中的每个成员在本质上只是一只更加高级的人类动物。他享受自己的食物，感受性诱惑，不论是在群组内还是群组外；他有自己的癖好和缺点，也乐于嘲弄他人的和自己的缺陷；他可能属于厌恶儿童的那类人，也可能会热情地与古怪的儿童打交道，如果他们愿意接纳他的话；他可能会大费周折地获得在青年土地上度假的许可，而如果未能如愿成行（如无意外，几乎肯定不会成功），则会选择和朋友散步，或者划帆船、游泳，或者玩一些暴力游戏；又或者只是在自己的花园里闲逛，要么就潜入过去他钟爱的领域，通过非肉体的探索来唤醒自己的精神。他生活中的很大一部分是娱乐，因此到了指定的时间很乐于返回工作，不论他的职能是维持我们世界中物质组织的某个部分，还是教育，更可能是投身于数不胜数的其他工作，很遗憾我无法在这里描述它们的内容。

作为人类个体，他或她可以说与第五代人类同类。当然，我们配备了更完美的腺体功能和天性，还有高度发达的感知与智力。和第五代人类一样，第十八代人类的个体有自己的需求，并热切地想要满足这些渴望；但同时，这两个物种的个体都毫无保留地将私欲屈从于种族的福祉。个体之间存在的唯一一种冲突不是不同意志之间不可调和的冲突，而是因为误解产生的冲突，或者因为对争议问题不完全了解——这些都可以耐心地通过心灵感应解释、消除。

除了为实现个体人类的完美天性而设计的大脑组织，每个性群组中的成员大脑中都拥有一个特殊的器官。它本身是没用的，但可以参与到其他同伴同种器官所产生的心灵感应沟通中，形成一个单一的电磁系统，即集体心智的物理基础。每个亚性别的对应器官都有特别的形态与功能；只有在全部九十六个成员同时操作时，群组才能实现精神生命的结合。这些器官并不仅仅允许每个成员分享自己的全部经验，因为这已经由我们物种能感知辐射的大脑组织实现。通过所有人的这一特殊器官和谐联结，真正的集体心智得以出现，产生的经验远远超过孤立个体能企及的边界。

这种形式之所以能实现，是因为每个亚性别人的气质与能力都恰如其分地与其他人形成差异。我不得不借用比喻来形容这些差异。第一代人类有很多气质类型，你们时代的心理学家从未能将其本质分析透彻。不过我可以泛泛地将它们分为沉思式、活跃式、神秘式、智力式、艺术式、理论式、实践式、冷静式和神经式。而我们的亚性别气质之间的区别与之类似，但是范围更广，种类也更多。这些气质的差异可以丰富群组自身；即便拥有"心灵感应"和电磁结合的能力，第一代人类也绝对无法实现，因为他们的大脑没有如此繁多的类型。

在所有的日常事务中，我们每个人都是彼此不同的个体，尽管相互沟通的手段是"心灵感应"。不过我们会频繁地觉醒，进入集体心灵。我大概可以将这个过程称为"个体的共同觉醒"。若不是如此，集体心灵便不存在，因为集体心灵即个体之间的相互理解。当人们共同觉醒，每个人都会体验到群组中其他所有的身体——作为"自身的复数身体"，并且通过所有这些身体感知世界。所有个体同时觉醒；但是在拓宽现有经验领域之外，还有一种全新的经验。显然，我无法向你描述这种经验，只能说它与低等经验的差异，比婴儿的心智与成年人心智之间的差异还要极端，而且它涵盖了对人类与日常万物的全新解读——这一切在此之前根本无法预料，也确实不可能理解。因此，一旦我们的心灵形成整体，关于绝大多数（当然不是全部）遗留许久的哲学之谜，尤其是那些有关人格本质的，我们可以明确地说：它们不再是谜题了。

在这一更高级的精神层面上，性群组及其成员与其他超个体进行社会交流，一起形成精神共同体。每一个群组都是单独的人格，在性格和经验上与其他群组有所区别，正如个人与个人之间的差异一样。群组会认领一份工作，比如一个群组完全从事工业生产，另一个进行天文学研究，诸如此类。个人则有不同分工，每个群组的成员从事不同职业。群组本身只是某种特殊的洞察方式与感性手段。为此，每个人的工作当然一直受到控制，不仅在他们参与集体心智时，而且在他们恢复到日常的自我、返回受限的经验模式中时也一样。尽管作为个人，他们无法清晰地把握刚刚在高级层面觉察的事物，但确实可以记住个体精神限度之内的部分。特别是，集体经验还影响着自己作为个人的行为。

最近，我们实现了另一种更加敏锐的经验模式；这成就得益于好运，但也是在群组心灵的指导下研究的成果；群组在种族的精神生活中专精于某些领域，就好像之前每个人在群组心灵中有各自的官能一样。获得这种经验十分不易，也相当危险。个体可以通过这种方式超越群组心灵，从而抵达种族心灵。当然，在任何时候他都可以通过"心灵感应"与这颗星球上的任何人沟通；也经常有全世界所有人都"倾听"一个人发言的情况。覆盖整颗星球的辐射容纳了这个种族的万亿颗大脑，形成了种族自我的物理基础。他能在瞬时的知觉中体会所有身体的接触，包括所有爱人的相拥；他能通过所有男女的无数双脚一下就把握整个世界；他透过所有眼睛观看，所有视域呈现同一番景象。因此，种族心灵能在一瞬间整体感知这颗星球的表面，但不仅限于此。他凌驾于群组心灵之上，好比群组心灵凌驾于个人之上；群组之于他，好比器官之于个人。他怀揣着蔑视、同情、敬畏之情看待群组，又超脱于它。就好像有人会研究自己大脑中的细胞，他也会观察群组，但同时还怀有观察蚁丘时置身事外的心境。他也可能像寻常人一样为同类怪异和复杂的作风着迷，或者俯瞰自己和战友在绝望的险境中挣扎。但在根本上，他还是一个艺术家，只关心自己接受的启示，以及如何将它具象地表达出来。在种族心灵的模式中，人以天文尺度理解所有事物。通过所有的眼睛和天文设施，他注视着自己置身远航的世界，凝视宇宙深处。甲板水手、船长、司炉、瞭望员的视野融合在了一起。他能同时从海王星的两极观察整个太阳系，因此能以立体的形式感知所有行星，仿佛拥有双眼视觉。此外，他所感知的"现在"并不仅是一瞬间，而是包含了漫长的年代。因此，从海王星宽广的轨道上观察整个星系，看到相邻的星星四处闪烁，他实际上能以三维的形式感知某些星群。不仅如此，借助最先进的观测工具，整个银河系呈现立体的样貌。但宏大的星云与遥远的宇宙依然只是平整的天空中的几道痕迹。凝思它们的遥远，即使拥有最高级的人类形成的种族心灵，我们也依然可以感到自己的渺小与无力。

但是种族心灵能超越群组心灵与个人，最主要还是在哲学思索方面，譬如有关空间、时间、思维和客体、万物斗争与宇宙整全的真正本质。有必要给出关于这些伟大启明的提示，但其最主要的内容依然难以传达。事实上，这些洞见同样超越了我们作为个体（甚至群组心灵）的理解范围。一旦退出种族心智，我们就无法清晰地回忆起所经历之事。

不过，我们会在体验种族心灵后留下一段令人困惑的记忆，一段似乎不可能的记忆。在种族心灵中，我们的经验不仅在空间上有所拓宽，而且在时间上以一种奇异的方式延展。当然，关于时间感知，心灵可以在两个方面发生变化：一种可以理解为"现在"的跨度之长短；另一种则是在"现在"之内，我们所能辨认的接连发生的事件之精微。作为个体，我们能在"现在"中把握的时长与地球时代的人无异；而在这段时间内，只要我们愿意，就可以区分高速脉冲，如同我们一起听到一个高音一样。但作为种族心灵，我们所感知到的"现在"包含从我们物种最初的个体诞生至今的整个时期，而物种的整个历史就像个人回忆，回溯到婴儿时期的迷雾中。只要我们愿意，我们还可以在"现在"之内辨认出接连出现的光子振动。当然，就增加时间感知的广度和精确性而言，这里不存在矛盾。但我们或许可以自问：种族心灵如何才能将自身不存在的时期也纳入自己能把握到的"现在"呢？我们种族心灵的第一次经验大约只有海王星的月亮完成一次公转的时间；在那之前，种族心灵并不存在；但就在存在的一个月内，它却将我们种族整段历史也包含在"现时"的概念里。

事实上，种族经验对个人来说十分晦涩，通常来说我们只能记得它具有极致的精妙与美。与此同时，我们还能感到一种无法言说的恐惧。在个人领域之内，我们可以带着坚毅甚至狂喜看待任何可以想象的悲剧，却又隐晦地意识到，种族心灵呈现了不可想象也不敢想象的恶的深渊。而即使是这样的地狱，我们也能将它作为宇宙冷峻形式的有机组成部分接受。我们只隐晦地记得，却又异常地坚信：人类精神所有长久的挣扎及个人的卑微欲望，都是远比其自身更加值得敬畏的事物的一部分；而也正是人类最终的失败与一时的胜利才组成了这更为高贵的整全。

这些言辞多么苍白啊！我们在种族觉醒中亲眼见证的，那令人欢欣的万事万物的美，又是多么卑微。如此蜕变的存在，以及通常被遮蔽起来的淡然的美，所有人类——不论物种——都时不时瞥见过它闪烁的碎片。即使是最初的人，他们的悲剧艺术中也流露着这样的经验；第二代人类有意地追寻它；第五代人类则更加坚定；飞翔的第七代人类在天上碰巧与它相遇。但是他们的心灵都有所欠缺，能够欣赏的只有所处的渺小世界与自身的悲剧故事罢了。我们，最后的人，在私人和种族生命中都能欣赏这些美的极致，不论结局是光明还是黑暗。我们时刻把握，甚至理解对卑微的心灵来说不可想象的形式。我们十分清楚将恶与善共同欣赏是何等诡异，这类经验颠覆一切的力量由此显见。即使是我们，如果作为个体，也无法既忠诚于人类斗争精神又心怀神圣的超然态度。这样一来，如果只保持为个体，冲突将遗留在我们每个人心中。但是在种族心灵中我们每个人都体验到了感性与知性的伟大阐释。尽管回到个体之后无法重新领会那深远的意境，但关于它的隐秘记忆却总是统领我们，把握着整个物种的方向。你们的艺术家在创造力迸发之后，重返存在的残酷战场，或许能细致入微地重现他短暂启明时刻中所创造的杰作——他确实记得，却再也不会看到那番景象了，只得试图将消散的绮丽画面具象地塑造出来。而我们在个人的生活中享受肉欲的欢愉、心灵的交汇，以及人类文化中所有微妙的活动，能在成千上万的个人事业中协作、冲突，各司其职，维系物质社会，于是看见的所有事物都仿佛是从一个已经隐蔽了的光源中倾泻出来的。

　　我试着向你们解释我们物种最突出的特征。你可以想象群组心灵及更加罕见的种族心灵不时浮现，对每个个体心灵与整个社会建制有着深远的影响。我们的社会由单一的种族目标主导，带有某种宗教意义，这是史无前例的。但这不意味着个人的丰富生活会受到种族目标的阻挠。事实恰恰相反，因为实现种族目标的第一要务就是个人在身体与精神上的自我实现。不过，在每个男人、女人的心灵中，种族目标占据着绝对的首要地位，因此也就成为所有社会政策无可置疑的出发点。

我不能继续停留在此处描述我们社会的种种细节。上万亿的公民集结成数千个国家和谐共处，不需要军队甚至警察力量的协助。我也不能介绍我们备受赞誉的社会组织方式，给每个人都赋予了独一无二的职能，能根据社会需求控制所有人的生产生育，同时保证每个人都有其独到之处。我们没有政府。如果"法律"指的是通过暴力支持，且必须借助累赘的制度机器才能变更的陈规陋习，那么我们也没有法律。尽管在这个意义上我们的社会是无政府社会，但却能借助非常精密的习惯法维持运转。其中有些非常古老，已经形成自然的禁忌，而非有意恪守的公约。我们有些人的职业与你们的律师或政客对应，他们的工作就是研究这些习惯法并提出改良。这些提议不会提交给任何代表团体，而是在"心灵感应"会议中传达给全世界所有人。因此，我们社会的民主程度达到了顶峰；而在另一层意义上，官僚风气也堪称极致，因为自从上一个组织管理机关的提案被否决，甚至遭受严重抨击以来，已经过去了上百万地球年。这些社会工程师的研究太面面俱到了。因此，发生严重冲突的唯一可能，就在于同样一群人以个体行事时和进入群组或种族心灵后产生的矛盾。然而，尽管这样的冲突之前确实爆发过，而且给参与其中的人带来了深刻的痛苦，但如今已十分罕见，因为即使作为纯粹的个体，我们也已经逐渐学会相信来自超个人经验的判断，并听从其支配。

是时候开展我的全部使命中最艰难的部分了。我必须通过某种方式简要地解释，到底是怎样一种存在的观念决定了我们的种族意志。它一方面来自个体在科学研究与哲学思想上的进展，一方面来源于我们通过群组或种族形式获取的集体经验。可以想象，要向一个不具备我们物种优势的人描述对事物本质的现代理解，并使之貌似合理，是非常困难的。我所要揭示的内容中有很多都会让你们联想到所谓的神秘主义者；但我们与这些人之间的差异远大于共同点，不论从思想的内容还是方式上来说都是如此。他们相信宇宙万物都是整全的，而我们只确信它是美的；他们不借助智性就得到了自己的结论，而我们思想行进的每一步都仰赖理智。因此，虽然就结论而言，比起你们笨拙的脑力劳动者，我们与神秘学家更接近，但是在方法论上我们更认可你们的知识分子，因为他们不屑用美妙的幻象欺骗自己。

§4 宇宙论

我们发现自己生存在一片辽阔无际却依然有限度的时空事件秩序中。作为种族心灵，我们每个人都能认识到存在其他类似秩序和其他完全不同的事件领域。它们不论在时间上还是在空间上都与我们无关，维持着另一种永恒之物的形式。对这些异域我们一无所知，只知道即使是我们的种族心智也不可能理解。

在时空领域中，我们标记了"起始"与"终点"。最初，一种无处不在且稀薄得难以想象的气体以我们尚不理解的方式诞生，它是已知时间进程内所有物质与精神存在的来源。事实上，它是一个多样而精确可数的母体，最初群聚在一处，后来成群四散，最终形成了星云，星云又逐渐凝聚成星系，也就是恒星的宇宙。恒星有自己的起始与终点，而这起始与终点之间的时刻中，极少数一些才可能允许心智的存在。但是万物的终点注定会到来，届时，所有星系的残骸都会堆积在无效的混沌能量中心，形成单一、荒芜、看似永恒不变的尘埃。

但是宇宙有所谓的"起始"与"终点"，仅仅是因为我们对超出这二者的事件一无所知。我们通过种族心智确认，时间和空间一样，必然是有穷尽但没有边界的。从某种意义上来说，时间是一个圆环。在终点之后，不为人类所知的事件继续发生，度过比自起始至终点还要漫长的时间，但最终，起始发生的事件也会再度出现。

尽管时间是循环的，但它并不重复。并不存在另一处"时间"让时间重复自身。时间只是事件相继流逝的抽象之物。也因为所有的事件一起形成了前后相继的圆环，所以不存在重复事件的固定参照物。因此，时间的相继是循环的，却不是重复的。遍及一切的气体在起始中诞生，这诞生并不仅仅类似于我们的时代与宇宙终点之后的另一场诞生，事实上，过去的起始就是未来的起始。

在时间的巨轮上，从起始到终点不过是两根车辐之间的跨度。还存在更加宽广的时间，即从终点到起始之间的圆弧；我们无从知晓发生在那里的事件，只知道它们必然存在。

在时间圆环的各处都有无数事件逝去。它们在连续的流动中发生又消散，让位于后续的事件，而每一个事件又都是永恒的。尽管消逝恰是事件的本质——若不消逝它们什么也不是；但事件又具有永恒的存在，而它们的消逝也不是幻觉。事件有永恒的存在，但是它的存在与消逝永恒相伴。在种族心灵中，我们清楚地看到一切，但是对于个人来说这依然是个谜。然而，作为个人，我们必须接受这一矛盾的两面，因为这是将我们的经验化作理性所必需的。

起始与终点之间大概有一百万亿年，终点之后的时间至少有九倍长。在这短暂时间的中点，是更加短暂的生命世界存续的阶段。它们非常稀少，却一个一个又迎来心智的曙光死去，在生命的短暂夏日里相继盛放，而在季节之前与之后、在起始与终点的时刻，甚至在起始之前与终点之后，沉眠，彻底失落。只有在恒星出现之后、冷却之前，才可能出现生命。罕有的生命。

在我们的星系里，迄今为止，大约有两万个世界曾孕育出生命，而这之中实现或超越第一代人类心智的屈指可数。但那些实现了这般进步的物种，人类也战胜了它们，因此只有人类延续至今。

还存在上百万其他星系，仙女座星系就是其一。有理由猜测，在那个美好的宇宙，心智所实现的洞见和力量是我们无法企及的。但是我们唯一能确认的只是那里存在着四个高级世界。

在我们的心灵探测设备的探测范围内，其他星系的主人都没有发展出与人类文明相媲美的成果。但还有太多遥远的星系我们无法估测。

你可能会好奇我们是如何探测遥远的生命和智能的。我只能说心智的出现会造成一些微妙的天文学效应，可以利用仪器在很远的距离就探测到。一旦有大量生命聚居在某个天体上，这些效应会略微变得更加显著，这主要是取决于其心智与精神进展。很久以前，正是第五代人类世界共同体的精神演进让月球脱离了原有的轨道。以我们自身为例，我们今天的社会如此繁荣，心智与精神活动高度发达，因而必须耗费大量的物理能量才能让太阳系免于陷入混乱。

还有另一种探测空间中遥远心灵的方法。我们可以进入任何过去的心灵，不论在何处，前提是能理解它。我们也试图利用这一技术探索遥远的心灵世界。但是总体上来说，这些心智的经验性质与人类相差甚远，很难探测到它们的存在。因此，我们对其他世界的心灵的了解完全来自它们造成的物理效应。

不能说只有在被称为"行星"的天体上才存在生命。我们有证据表明在少数年轻恒星上也有生命，甚至表现出了智能。我们不知道它们如何在如此炽热的环境中生长，也不知道它们的生命是以恒星作为整体，像一个单一的有机体，还是有无数居民，像恒星表面的火焰。我们只知道在全盛期，恒星上是不存在生命的，因此年轻恒星上的生命很可能都灭绝了。

此外，我们还知道恒星在老去后非常寒冷、不再炽热，极少数情况下也诞生过心灵。这些心灵将何去何从，我们无法预料。可能是它们而非人类掌握着宇宙的希望。但是目前看来它们全部都非常原始。

如今，要说视野与心灵的创造力，我们的星系里没有任何心智可以和人类媲美。

因此，我们逐渐认为我们的共同体具有某些重要性，尤其从我们的形而上学的角度来看。但如果想要解释我们的形而上学概念，就不得不依靠修辞，而这至多也只会是曲解。

在起始，有巨大的潜能（potency），但只有少量形式（form）。精神作为大量离散的原初存在沉睡着。其后是一段漫长而动荡的历程，朝向复杂形式的和谐，朝向精神在统一、知识、欢愉和自我表达中的觉醒。所有生命的目标都是理解宇宙万物，崇拜它，发现更深刻的美。在任何时候、任何地方，至少在我们的星系中，这一历程都没有超出我们的成就。而至于我们，也不过是迈出了第一步罢了。但这是真正的开始。我们时代的人类拥有一定程度上深刻的洞见、广博的知识、创造的力量与崇拜的秉性。我们遥望远方；我们多少深入探寻了存在的本质，发现它极具美感，也极为可怕；我们创造了可观的共同体，集体觉醒成为这个共同体独一无二的精神；我们曾认为未来漫长而艰难，并会在终点之前迎来高潮，实现精神的全部理念；但现在我们知道，灾难已经近在咫尺。

在完全掌握自己的才能时，我们并不会为这样的命运而烦恼。尽管美好的共同体会休止，它还是有着不灭的存在。我们最终会在永恒真实中开创出高级秩序下的美。最可爱的男男女女结伴而行，形成各种微妙的联系，怀揣着相同的意志为心灵的最终目标而斗争。还有这场盛事的伟大主人，我们的共同体和超个人，在更高层面上更深远的洞察力与创造力——这些都是真正的成就——但在更广阔的视野下，却也都是渺小的成就。

　　不过，尽管我们不会因为自身的灭绝而气馁，但是依然好奇在遥远的未来是否会有别种精神实现宇宙理念，还是说我们自己就把持着存在的王冠。不幸的是，尽管我们可以探索任何存在过的心智的过去，却不能进入未来，只能徒劳地询问：会不会存在一种可以聚集一切精神的精神呢？它能不能诱探出群星中美的完全力量？能不能知晓一切事物，又正确地欣赏它们？

　　如果在遥远的未来，这真的可以实现，那么它现在也是可以实现的，因为不论它在何时发生，它的所在都是永恒的。但另一方面，如果它真的拥有永恒现实，那必然是一种多少与我们类似的精神成果，当然它会比我们伟大得多。而这一精神的物理位置一定是在遥远的未来。

　　然而，如果未来没有任何精神在消亡之前实现这个目标，那么宇宙尽管是美的，却并不整全。

我之前说过，我们认为宇宙具有非凡的美感，但它同时也令人惊骇。我们可以平静地望向自己的终点，乃至我们所敬爱的共同体的终点，因为我们崇拜的是宇宙万物极致的美。但是有无数精神不曾进入这样的视野中。他们受苦，得不到慰藉。首先，在任何时代的任何心灵世界中都散落着无数低级生物。这样的生活宛如梦境，因此不幸并不总是痛苦的。但我们怜悯他们，因为他们错过了能让精神得以实现的痛苦经验。我们的星系存在人类和其他智慧生物。无数的心灵世界在认知中挣扎，为自己尚不知晓的事物奋斗。他们品味短暂的欢愉，在痛苦与死亡的阴影中生活，直到命运最后在无意中将他们的生命抹去。在我们的太阳系中，着了魔的火星人，疯狂而不幸；金星原住民，在海洋中受到荼毒，因人类的利益而遭受戕害；还有所有先前的主要人类物种。无疑，每个阶段都有少数人幸福地生活，在得天独厚的物种里，这类人要更多些，甚至有人多少知道了什么是至高的美。但对绝大多数人来说，直到我们的现代时期，挫折感都盖过了满足感。而如果实际的痛苦没有胜过欢乐，那是因为人类全然无法理解他们失去的是什么，这无疑是一种恩赐。

我们之前的第十六代人类受到这一巨大恐怖的压迫，为了拯救悲剧的过去而发起了惨烈又看似荒谬的远征。我们清楚地看到，他们的事业尽管绝望，却并非荒诞不经。因为，如果宇宙理念终将实现，即使是一时的实现，那么全体灵魂觉醒时就会接纳广阔时间之环中的所有的精神。因此，对所有的精神来说，即使是最低等的精神也会觉醒，发现自己也成为全体灵魂，知晓全部并为万事万物欢喜。而之后，尽管群星会不可避免地衰败，最荣耀的景象将会消失，不论是在刹那间毁灭还是要经历生命漫长的败北，但是觉醒的全体灵魂将会永恒存在，其中所有殉道的精神也会拥有永恒的美，尽管在它一时的存在中无法理解。

——可能是这样。如果不是，那么殉道的精神将永远只能是殉道，无法获得赐福。

我们不知道哪种可能性会成为事实。作为个人，我们热切地渴望事物的永恒存在会囊括这至高的觉醒。这才是我们的宗教实践生活与社会政策所追求的目标，尽管十分遥远，但我们从未忘记。

作为种族心灵，我们也极其渴望这样的终点，但稍有不同。

即使作为个人，我们也将命运视作精神的最高成就，坚定不移地崇拜命运，削弱了一切欲望；即使作为个人，我们也会为整体事业狂喜，不论这场事业成功还是失败。落败的先驱者、失去至亲而不堪重负的爱人，他们在自己的灾难中找到了至高的经验，淡然的狂喜向真实本来的面目致意，而不会改变它的一丝一毫；即使作为个人，我们也会将人类迫在眉睫的灭亡看作极盛，尽管何其悲壮。我们深知人类已经在宇宙中刻下了不可毁灭的美，而不可避免地，人类的历程或早或晚会终结。这突如其来的终点，我们会以笑容面对，在心中保持安宁。

但有一种观点让我们在个人状态下依然会感到沮丧，即宇宙伟业本身可能会以失败告终，而真实的全部潜能或许永远找不到自我表达。可能在任何时候，多样与相互冲突的存在都无法形成普世的和谐生命；而精神的永恒本质也就无法调和，陷入凄惨的恍惚中。于是，我们的时空领域不可摧毁的美或许只能保持有缺憾的状态，也无法接受应有的崇敬。

不过，种族心灵中没有给这一终极畏惧留位置。在少数种族心灵觉醒的时刻，我们可以虔敬地面对宇宙万物可能的缺憾。因为进入种族心灵时，尽管在某种意义上我们热切地渴望宇宙理念的实现，但屈从于这一欲望的程度远比不上我们作为个人时屈从于私欲的程度。尽管种族心智渴望这最终成就，但同时也与之保持距离，超脱所有的欲望和情感，除了崇拜真实面目的狂喜，并喜悦地接受其明暗两面。

因此，作为个体，我们尝试将整个宇宙历程都当作正在演奏的交响乐，它可能迎来或无法迎来恰当的终曲。然而，和音乐一样，群星漫长的生命旅程不仅仅是以它的最终时刻来判断，更取决于整个形式的整全。至于它的形式作为整体是否是整全的，我们并不清楚。真正的音乐是一种由各种主题相互交织的模式，从进化到终结；而这些主题又是由更小的成员编织而成，它们是和弦与单音的组合。但是宇宙的音乐远比这复杂微妙，它的主题层层递进、此起彼伏。除了神，除了与音乐自身同样精致的心智，没有人可以聆听全部的细节，并在一瞬间就把握它紧密的个体性——如果这真的存在的话。没有人类可以确切地说"这就是全部的音乐"，或者，"这只是噪声而已，零星夹杂着有意义的片段"。

宇宙的音乐与其他音乐不同，不仅因为其丰富程度，还在于它的媒介。它不仅是声音的音乐，还是灵魂的乐章。每一个主题、每一个和弦、每一个单音和每一个音符的颤动都在自己的维度上超越了被动的音乐因子。它是聆听者，也是创造者。只要有个体形式，就会有个体的欣赏者与创作者。形式越复杂，精神的知觉就越敏感、活跃。因此，在音乐所有因子中能体会到整个音乐环境的经验，它可能模糊、可能精确、可能有错误，又或更加接近真理。因为得到了体验，它恰当或失当地被崇拜或憎恨，并开始受到影响。就好像在真正的音乐中，每一主题都决定着它的前奏、后继和当下的伴奏，在更宏大的音乐中也是一样，每个因子自身都是环境的决定因素，同时影响了之前与之后的片段。

　　至于这些复杂的联结最终只是偶然的碰撞，还是像音乐一样根据整体的美感交织在一起，我们并不知道。如果事实确实如此，我们不知道万物是否是某个心灵的产物，也不知道是否存在心灵可以充分欣赏它作为整体的美。

　　但能够确定的是，当我们真正觉醒的时候，就能崇拜真实，正如它向我们揭示的样子，并怀揣着喜悦向它的明暗两面致意。

第十六章　人类的终点

§1　死刑

本质上，我们的时代是哲学的时代，事实上也是哲学的鼎盛期。但我们依然关注很多实际问题，比如为即将到来的艰难时期做准备，让人类得以幸存。据估算，最困难的时期将在一亿年后到来。但是在某些情况下，也可能突然来临。早在金星时代，人类就已经认为太阳将要进入"白矮星"阶段，他们的世界也很快就会陷入冰封。这是极其悲观的推算。但我们现在知道，尽管大冲击造成的退化十分缓慢，但从天文尺度来说，离太阳彻底衰退的日子已经不远了。在当前相对短暂的收缩阶段，我们计划推动海王星逐渐向太阳靠近，直到它最终停留在距太阳尽可能近的轨道上。

在很长一段时间内，人类可以舒适地生活，但以更长远的眼光来看，我们将会面临非常严重的危机。太阳会持续降温，人类将无法依靠太阳辐射生存，因此必须通过物质湮灭的技术填补空缺——可以利用其他行星，甚至太阳本身。或者，如果物资充沛，足以进行遥远的旅行，人类可以将自己的行星发射到相邻的更加年轻的恒星附近。那会是更加宏大的计划。人类可以探索并殖民星系内所有的适宜居住的世界，组建成庞大的心灵世界共同体，甚至（我们希望）可以与其他星系往来。若说人类自身就是世界灵魂的胚胎，倒也并非不可能。这样或许就可以在万物衰败之前觉醒，用应有的知识与崇敬为永恒的宇宙万物加冕——稍纵即逝却又永恒的宇宙。我们甚至设想，在遥远的时代，人类背负着所有智慧、力量、欢愉，怀揣着敬意回望我们的原始时期，无疑还会伴有怜悯与消遣，但依然钦佩我们的精神——纵使没有完全觉醒，还在无能中苦苦挣扎。也正是怀揣着这样的心情，混杂着怜悯与崇敬，我们回望过去原始的人类。

然而我们的整个前景突然被彻底地改变了，因为天文学家有了令人震惊的发现：人类正在迅速走向灭亡。人类的存在其实一直岌岌可危。在历史上的任何时期，化学环境的轻微变动、致命性极强的细菌、气候的突变或人类自身的愚蠢造成的连锁反应，都可能消灭人类——实际上，已经发生过两起毁灭性的天文事件了。如今太阳系在银河系内相对拥挤的区域疾驰，假如它受其他大型天体的影响或直接撞击以致其毁灭，实在也不足为怪。但事实证明，命运为人类准备了更加难以置信的终点。

不久以前，我们观测到邻近的一颗恒星发生了意料之外的变化。它开始从白色变为紫色，亮度也在增加，成因不明。现在它异常明亮。虽然星体本身在我们的天幕上只是一个小点，但是耀眼的紫光给我们的夜景铺上了骇人的美。天文学家断定这并非普通的"新星"，它的亮度并不是爆发性的，而是一种前所未有的现象：一颗普通的恒星表现出疾病的症状，生命过程猛烈加速，本应该在星体内蕴含亿万年的能量顷刻间狂暴地宣泄出来。按照现在的速度，它要么逐渐消耗成惰性的能量渣，要么在几千年之内完全湮灭。这起天文事件非同小可，可能是恒星附近的智慧生物某些失败的操作所致。但任何高温下的物质都处在不稳定的平衡状态中，这一现象的成因也可能只是自然环境变化的连锁反应。

起初，我们只把它当成迷人的奇观，但进一步的研究揭示了更严重的问题。我们所在的行星，包括太阳，正在遭受一股持续增强的微波轰炸。其中大部分频率高得让人难以置信，它们蕴含着未知的能量。它们会如何影响太阳？几个世纪之后，陷入狂乱的恒星附近的天体也会受到这场崩溃的影响。传染开来的发热病点亮了夜空，也证实了我们的恐惧。我们仍然心存侥幸，希望太阳距离遥远，不会受到严重的影响，但是精密的计算证明这都是幻想。太阳的遥远距离只能将轰炸的关键效应造成的恒星解体延后几千年，但迟早太阳也会受到感染。可能在三万年之内，太阳周边极大面积的区域都不再有维持生命的可能，我们已经无法在这场冲击波及之前将母星推动到足够远的距离。

§2 被审判的人

意识到即将到来的厄运之后，我们的心中燃起了异样的情绪。在此之前，人类似乎都注定有着恒远的未来，每个人都习惯畅想数千年后的生活，并以自愿的长眠告终。我们当然曾经构想，甚至在想象中品味世界的突然毁灭。但如今这幻想成真。每个人看起来都镇定自若，但实际上内心深处都惶恐不安。我们陷入惊慌与绝望。这本身没什么问题，因为在这场危机中我们与生俱来的超脱感依然没有动摇。但不可避免的是，在我们的心智完全接受了新的未来之前，在我们以宇宙万物为背景、清楚地辨识出命运的美的轮廓之前，还有很长的路要走。

然而，现在我们已经学会将人类的整部伟大传说理解成业已完成的艺术杰作，欣赏它突如其来的终结，以及再也无法实现的允诺。悲恸化为狂喜。失败让我们意识到人类面对群星的无能与渺小；它压迫着我们，却也让我们对无数过去生命产生新的同情与尊敬——正是他们在黑暗中的斗争诞生了我们。现在看来，我们之中最光辉的精神与前人类时期最黯淡的精神，尽管置身于不同的环境中，但在本质上都同样完美。当仰望苍穹，看到将要毁灭我们的紫色流光，我们心中充满敬畏与悲悯。敬畏的是这光芒蕴含了难以想象的强大力量，悲悯的是它充实自身成为宇宙精神却终将自我毁灭。

在这个阶段，我们似乎只能在余下的生命中尽可能地将自身堆砌得更加完美，以最高贵的形式接受我们的终点，除此之外也不需要做什么了。但就在此时，种族心灵又罕见地觉醒了。在长达一个海王星年的时间里，每个人都若痴若狂地失了神，在种族心灵中，他或她解决了许多古老的谜题，亲临了未曾想象过的美。不可言喻的经验在死亡的阴影下喘息，这恰是人类全部存在盛开的花。对此无法描述，只能说当它结束之后，我们即使作为个人也获得了新的安宁。在这种平静中，悲伤、欣喜和神灵般的笑声交融在一起，奇妙地令人陶醉。

在享受种族经验之后，我们发现自己面临着两个未曾考虑过的目标。一个指向未来，另一个指向过去。

关于未来，我们正着手一项绝望的任务，即往星海中播撒新人类的种子。为此，我们需要利用太阳辐射的压力，主要是即将到来的强大辐射。我们寄希望于发明一种极其微小的电磁"波系统"，类似于正常的质子和电子，可以独自在太阳辐射的风暴中以不亚于光速的速度远航。这是一项艰巨的工作。但是，进一步说，这些电磁单元相互之间必须巧妙地联系在一起，保证在合适的条件下可以集聚形成生命的种质。这些种质不会成长为人类，而是会成长为具有明确人类进化倾向的低级有机体。我们会在海王星轨道上选定若干位置，将它们大量投放在大气层外，太阳辐射便可以将它们带向星系中最有前途的区域。其中某个单元幸存并实现自己使命的概率非常小，事实上小于其中任何一个单元抵达适宜环境的概率。但是我们希望，如果人类的种子落到了适宜的土地上，就能开启相对快速的生物演化过程，在恰当的时机产生所处环境允许的复杂有机体，并会天然地演化出智能。事实上，与最初在地球上孕育生命的亚生命原子组合相比，它朝这一方向发展的倾向要强得多。

可以想象，如果我们足够好运，人类仍然能够通过他们的造物间接影响星系的未来。但是在存在的宏伟音乐篇章中，人类当前的主题将永远休止。终结了，人类历史漫长的循环往复；落败了，人类极盛时为之自豪的整项事业。无数人类贮藏的经验必须被遗忘，而今天的智慧即将消逝。

我们进行的另一项工作与过去有关，在你们看来这很可能显得荒诞不经。

很久以来，我们都可以进入过去的心灵并参与到它们的经验中。迄今为止，我们扮演的角色一直是被动的观察者，但最近我们获得了影响过去心灵的力量。这看起来绝无可能：过去的事件就是它既成的样子，要如何才能在之后的时间里更改它，哪怕是再细微的改变呢？

确实，过去的事件当然是它已经发生的样子，这无法改变；但在某些情况下，过去事件的一些特征可能取决于遥远未来的事件。过去的事件不可能是它真实的样子（并且永远如此），除非在未来发生后续的事件——尽管它们与过去事件并非同时发生，却在永恒存在之域影响着后者。事件的消逝是真实的，而时间就是事件的相继发生。然而，尽管事件会发生、消逝，它们也有永恒存在。在一些罕见的情况下，在时间上相隔甚远的心灵事件可以通过永恒直接相互影响。

一直以来，我们自己的心灵都受到探索过去心灵带来的影响；而如今我们发现，某些过去心灵的某些状态取决于我们当下心灵的状态。无疑，有一些过去的心灵事件之所以如此发生，部分原因在于我们应该实现但尚未实现的心灵进程。

我们的历史学家和心理学家投身于考察过去的心灵，他们时常抱怨其中几个"特殊的"节点，因为常规的心理学原理无法完全解释这些心灵历程。事实上，它们似乎受到了一些完全未知的影响。之后我们发现，至少在某些情况中，正常心理学法则的失衡对应了观察者心灵中的某些想法或欲望，而这些人则生活在我们的时代。当然，只有对过去心灵来说有意义的事项才能施加影响。如果我们自己的想法或欲望对生活在过去的个人无关紧要，那么也就无法进入他的经验。为了引入新的观念与新的价值，必须重新安排熟悉的事物，使其获得新的意义。然而，我们现在发现自己拥有与过去沟通的神奇力量，甚至能助力其思想和行动，尽管我们没有改变它。

然而，有人可能要问：如果我们最终选择不为某个过去心灵中的节点提供必要的影响，会怎么样呢？这是一个没有意义的问题。我们不可能选择不影响那些过去的心灵，因为它们归根结底取决于我们的影响——这是既成的事实。只有在永恒领域中（也只有在这里我们能与过去的心灵相遇），我们才可以自由选择。相反，在时间的领域里，尽管我们的选择与当下的时代相关，并且也可以说是发生在这个时代的，但是它同样与过去的心灵相关，也可以说它们在很久以前就发生了。

有些过去心灵的节点不是我们已经施加的任何影响的产物。无疑，我们必须在自身毁灭之前实现这些节点中的一部分。但是其中也有可能有我们之外的影响因素。可能是人类孤独的种子在很久以后幸运地生长、繁衍，最终影响了过去；或者来源于我们热切期盼的宇宙心灵，在未来诞生，并且能够永恒存在。无论如何，确实存在一些耀眼的心灵，四散在过去时代的各个角落，甚至在最原始的人类种族中，代表了不同于我们的影响因素。这些心灵在各种意义上都是如此"特别"，以至于我们无法仅仅利用历史条件给出清晰明了的心理学解释。而我们又不是那特别之处的煽动者。你们的耶稣、苏格拉底、释迦牟尼，都显示出这种特别之处的痕迹。但是那些最具有创见的，往往又过于离经叛道，无法对同代人产生任何影响。有可能在我们中间也有人是"特别的"，无法用常规的生物学与心理学法则解释。如果能证实这一点，就等于获得了未来某处出现高阶心灵的确凿证据，从而证明了它的永恒持存。但现在看来，这个问题对我们来说太过细致，甚至对种族心灵来说也是如此。或许，我们成功实现了种族心智，这本身恰是来自遥远未来的影响。可以设想，所有心灵实现的一切飞跃都在无意之间与宇宙心灵协调，也许，宇宙心灵将在终点之前的某一时刻觉醒。

借助过去的个人，我们有两种影响过去的方法：一是影响独具创见且拥有强大力量的心灵或任何恰好契合我们目标的平凡人。在那些独特的心灵中，我们只能唤起一些非常模糊的知觉，随后经由他们自己"加工"，从而发展成和我们预料中完全不同的形式，但是对他所处的时代来说具有巨大的影响力。二是可以利用平凡的心灵作为载体传达非常细致的观念；但在这种情况下，他无法将所接受的材料加工成强大而有力量的形式，以适应他的时代。

你可能会好奇，我们为什么要助力过去呢？为的是提供有关真理与价值的直觉。尽管从我们所具有的角度来看，这些直觉可能很幼稚；但是过去的心灵如果没有额外的帮助，则不可能实现。我们试图帮助过去的人更好地利用自身，就像一个人会帮助另一个人。我们试图带领过去的人与过去的种族走向真和美，尽管这些隐含在他们的经验中，但若不是如此则会被忽略。

我们这么做有两个原因。进入过去的心灵之后，我们对它们如此熟悉，不由自主地爱上了它们。我们希望帮助它们，通过影响特定的人间接影响大多数人。但是第二个原因则不同。人类在几个行星家园上的历程是一段具有特别美感的历史。尽管它远远不是完美的，却十分壮丽，具有悲剧艺术般的美丽。而既然这美丽事物蕴含了我们对某些过去事件的影响，那么当然需要完整实现。

不幸的是，起初我们幼稚的努力完全是灾难。历史上各个时代的许多原始心智犯下的蠢行，通常都归因于虚幻精神的影响，不论是神灵、恶魔还是死者，但其实都是我们早期实验带来的妄语所致。而这本书，虽然在我们的设想里会是一部绝佳的作品，但经由与你们同时代的作者写就，却如此混乱，大部分都是胡言乱语。

我们除了偶尔对过去施加影响，还主要以另外两种方式关切过去：

首先，我们努力地想要与过去——人类的过去亲密地接触，知晓全部细节。这就是我们的孝义。一旦一个人了解并爱上另一个人，一种崭新的美好事物就此诞生，即爱。宇宙也因此在此刻得到了升华。我们试图了解并爱上所有我们可以进入的过去心灵。在大多数情况下，我们可以比它们自身还要了解它们。不论是其中最卑微的还是最伟大的，都不应该被置于这一理解与敬爱的伟大事业之外。

其次，我们还以另一种形式考察人类的过去。我们需要它的帮助。我们欢呼着接纳了自己的命运，如今则有义务奉献剩下的最后能量——不是为了出神的思索，而是为了孤苦而悲凉的使命：播种。我们十分反感这样的使命，几乎不可忍受。我们情愿在最后的日子里装饰自己的社会与文化，虔诚地探索过去。但是，将全部精力投入枯燥的工作——设计和大量生产人造的人类之种，并将它们发射入星空，是我们这些天生的艺术家与哲学家义不容辞的使命。如果有任何成功的可能，就要启动漫长的物理研究计划，最终组织起世界范围的生产系统。直到我们的身体构成完全崩溃、共同体开始解体之前，这项工作都不会休止。而如果我们不坚信它的重要意义，就不可能推行这项计划。这就是为什么我们向过去求援。宿命的至高艺术令人陷入若痴若狂的喜悦，我们对此了然于胸。我们怀揣谦卑之心前往过去，反复领悟精神至高成就的其他形式，忠于生命的力量，与死亡不懈战斗。我们在过去英勇而孤独的冒险中徘徊，心中重新充满了原始的激情。因此，当我们回到自己的世界时，即使心中保留了超越人所能了解的平安[37]，也依然可以继续挣扎，仿佛一切只为了胜利。

§3 尾声

本书前一小节所叙述的，已经是两万地球年之前的事。接触你们绝非易事，与你们对话则更加艰难，毕竟最后的人已经不是曾经的人类了。

我们的两大事业仍未完成。还有很多人类的过去有待探索，而发射人类之种的计划才刚刚开始。这项工作远比我们当初设想的困难。直到最近几年，我们才成功设计出能够利用太阳辐射远行的人工人类微尘，具有承受数百万年跨星系旅程的耐性，同时又足够精致，可以孕育出生命与精神。我们正准备大量生产这一种子，并在行星轨道的恰当位置向太空发射。

---

37 原文为习语（the peace that passeth understanding）。语出《圣经·腓立比书》第四章第七节："神所赐那超越人所能了解的平安，必在基督耶稣里，保守你们的心怀意念。"

　　自太阳最初显示出解体的征兆以来，已经过去了数个世纪。它开始慢慢变成蓝色，之后亮度和温度也在增加。如今，当它穿过日益浓厚的云层，那不可抵挡的钢铁般的光芒足以让任何胆敢直视它的蠢人永远失明。即使现在多云天气频发，人们的双眼还是会因为凶猛的紫色强光受伤。尽管发明出了特制的防护镜片，眼睛的创伤还是折磨着我们。高温也具有毁灭力量。我们正在推动海王星逐渐远离旧有的轨道，但是不论怎么做都无法阻止气候继续恶化，即使在极地地区情况也没有好转。两极之间的地区已经变成荒漠，赤道地区的海水蒸发让整个大气变得让人窒息，因此即使在极地也会遭受潮湿而炎热的飓风和雷电交加的风暴的折磨，它们已经摧毁了我们绝大多数的宏伟建筑，有时整个富饶地区都会因为玻璃状的悬崖崩塌而被永远埋葬。

　　一开始，分散到极地的两个共同体还能保持无线联络。但自上次我们收到那个更加不幸的北部定居点的消息，已经过去相当一段时间了。即使是我们，也基本上面临绝境。我们近期建立了数百座播种基地，但只有十几座可以正常运转。发生问题的主要原因是人手不足。强烈的太阳辐射泛滥对人体有着严重影响。传染性的恶性肿瘤暴发，连医学技术也难以攻克，致使南部地区只剩下相当稀少的人口，而这已经算上了当时从赤道地区迁徙到南极的人群。此外，我们所有人都只是从前自己的残次品。高级的心智官能只有在最高级的人类物种中才能实现，而如今相应的特殊器官已经受损，因此它们完全消失或陷入混乱。不仅种族心智消失了，性群组也失去了精神上的联结。已经有三种亚性别因为化学组织崩溃而绝迹。腺体功能障碍让我们陷入焦虑与憎恶，无法自拔，尽管我们知道这些都是非理性的。即使是普通的"心灵感应"也不再可靠，我们因此被迫重新使用古老的语音符号系统。现在只有专业人员才能够探索过去，而这已经变成了相当危险的职业，因为可能会造成时间感知失调。

高级神经中枢的退化给我们带来了更加严重的深层问题：一种在之前根本不可能出现的精神衰退——我们曾经认为自己是那样完美。完全冷静的意志在数百万年来是我们所有人都具有的品质，也是整个社会与文化的基石。我们几乎已经忘记了它需要特定的生理基础。如果这个基础不复存在，我们就无法再理性行事。然而，在特殊的星球辐射中浸没数千年之后，我们不仅丧失了淡然崇拜的狂喜，甚至无法维持正常的无私行为。所有人都屈从于非理性的偏好，与自己的同伴作对，转而为自己谋取私人利益。个人的忌妒、无礼，甚至杀戮与无端的残忍，这些此前从未在我们心中出现过，如今却越来越普遍。当人们最开始意识到自己身上这些古老冲动时根本不以为意，戏谑地克服了它们。但是随着最高级的神经中枢进一步衰退，心中的野兽开始失去控制，人性越来越难以把握。此后，只有在经历一场精疲力竭又有辱人格的"道德战争"后，人们才能维持理性行为——已不再能自然而然地保持克制了。不但如此，更糟糕的是，这场战争经常以失败告终。如今我们注定要与我们一度视之为疯癫的冲动进行绝望的抗争，想象一下那种扼住我们的恐惧与自我厌弃吧。知道我们随时可能因为要帮助亲近的人或其他人而背叛播种的神圣使命，这足以让人沮丧。但现在我们发现自己甚至无法与身边的人维系友爱之情。堕落到如此境地，只能说是悲惨。为了自己哪怕一点蝇头小利而与朋友或爱人敌对，这在以前是闻所未闻的。但是现在，我们伤害过的友人眼神中的惊恐与怜悯，已经弥漫在很多人的心头。

在困难的早期，我们建立了疯人院，但是很快人满为患。此外，疯人院相关的维护工作对于一个已经受损的社会来说是负担，于是我们杀死了精神病人。但显然，按照以往的标准，我们所有人都是精神病人。没有人相信自己可以理性行事。

无疑，我们逐渐无法相信他人，陷入了各种矛盾与冲突，一部分是因为欲望的非理性泛滥，另一部分是因为失去"心灵感应"能力造成的误解。我们必须发明政治组织与法律体系，但这似乎只是徒增烦恼。滥用警察力量维系了某种秩序，但是他们受职业政治组织者的控制，又陷进官僚制的一切弊端。很大程度上，两个南极国家因他们的蠢行而爆发了社会改革，如今正要对抗这个疯狂的世界政府用来毁灭它们而设计的武装。与此同时，由于经济秩序崩溃，又无法与木星上的食物工厂联络，饥荒成了新的麻烦，也促使一些颇有经济头脑的疯子买卖人口换取食物。

在这注定要灭亡的世界里，在这朵银河系最灿烂的花朵里，汇聚了人间所有的愚妄！我们这些仍然关切精神生活的人时常后悔人类没有在彻底腐烂之前选择有尊严地自我了断。但这其实不可能发生。已经开启的事业必须完成。播种对于我们所有人来说都是至高的宗教使命。即使是那些一直亵渎它的人们，也能认识到它是人类最后的事业。正是因此我们才勉强地持存下去，目睹自己从精神王国中坠入我们历经千难万险才摆脱的荒蛮之地。

但为什么我们还要徒劳地坚持呢？即使种子幸运地在某处生根发芽，它也必然迎来自己旅途的终点——不是瞬间被焚为灰烬，就是在与霜冻的终极战斗中落败。我们的努力至多不过是为死亡播下会获取更大收成的种子。我们无法提出任何合理的辩解，除非在今天盲目地追求一个由曾经的启明时代提出的设想是合乎理性的。

但是我们并不确定自己是否就真的接受了更高的启蒙。

我们回望曾经，心怀敬佩，但也伴随不解与惶恐。我们试着回想当初在种族心灵中揭示给我们每个人的荣光，但几乎已经全部遗忘。我们甚至无法触碰当时每个孤立的人都可以触及的平凡之美，以及宁静——那本应该是精神对一切悲剧事件的答案，如今却都离我们而去——不但变得无法实现，甚至已经无法设想。如今，个人的苦闷与集体的灾难让我们惊骇。在漫长的斗争后人类终于走向了成熟，如今却像受困的老鼠一样遭人嘲弄，供一个疯子消遣！这其中怎么可能会有美？！

但这不是我们给你们留下的遗言。尽管已经堕落，但是我们依旧在时间的长河中留下了一些东西；尽管变得盲目、虚弱，但是自知之明迫使我们做出一项伟大的努力。我们之中尚未完全沦陷的人建立了一个互相扶持的兄弟会，保证真正的人类精神可以延续得更久一些，直至播撒完全部的种子，被允许死去。我们自称"受判者兄弟会"。我们希望相信彼此，相信共同的事业，相信再也无法看见的启示。我们发誓安慰所有还不被允许死亡的人；我们发誓继续播种；我们发誓维系精神的光明，直到终点来临。

我们一次次举行小组集会。所有人聚集在一起，看到自己依然还有同伴，便能受到激励。有时，我们只能在沉默中端坐，摸索着宽慰与力量；有时，口头的言语在我们之间各处闪烁，为酷热世界中冰冷的灵魂带来短暂的光明，却没有一丝温暖。

但我们之间还有一个人，四处游历，与所有人接触，所有人都希望聆听他的声音。他很年轻，是最后出生的人。在孕育他之后不久，我们就接受了人类的命运，终止了所有生育程序。作为最后的人，他也是最高贵的。不仅是他，我们致敬与他同代的所有人，希望在他们身上获得力量。但是最年轻的那位与其他人不同。他的精神，他觉醒了精神的肉身，比我们更能承受太阳能量的风暴，仿佛太阳也被他的精神的光芒遮蔽了。仿佛在他身上，只短短一日，人类最终实现了自己的允诺。尽管和其他人一样，他也遭受了肉体的痛苦，却凌驾于痛苦之上；尽管他比所有人都更能感受他人的痛苦，却凌驾于怜悯之上。在他的安慰中有一种怪异的、亲切的调侃，让受苦的人可以笑对自己的苦难。这位最年轻的兄弟与我们共同审视消亡的世界与人类所有落空的挣扎，但他不会像我们一样气馁，而是非常平静。在这平静中，绝望蜕变为安详。他理性的言辞，甚至仅仅是他的声音就足以让我们睁开双眼，使我们的内心充满了神秘的欢喜。但他的话总是朴素的。

让我借他的话结束整个故事吧：

"群星是伟大的，与它们相比，人类显得微不足道，但是人类的精神并不平凡。他由恒星孕育，由恒星毁灭，却比光明又盲目的同伴们更伟大。尽管群星有不可估量的潜能，但他有的是成就——渺小却实现了的成就。看起来，他的历程太过短暂，但迎来终点时却不会走向虚无，仿佛从未存在过，因为他是万物永恒形式中的永恒之美。

"人类曾充满希望地翱翔。他想比这短暂的旅程飞得更远，如今却行将终结。他甚至想成为万物之花，变得全知，并欣赏一切。然而他即将毁灭。他只是一只受困于丛林大火的雏鸟，渺小，简单，几乎毫无洞察力，对万物的历程一无所知，所崇拜的也只是与那渺小本质相称的事物。他只关心饱腹和用餐时响起的铃声。而天体的乐章在他耳边萦绕，他却不懂得聆听。

"而它利用了他，现在又利用了他的毁灭。伟大、恐怖、美丽至极——这就是全部；全部需要利用人类，这对人类来说就是最好的结果。

"但是它真的利用了他吗？我们的苦难真的升华了全部的美吗？全部又真的是美吗？什么又是美？在整段存在历程中人类努力聆听天体的乐章，似乎也确实一次又一次捕捉到了些许片段，乃至其整全形式留下的痕迹。然而他永远无法确定自己是否真的听到了它，甚至无法确定究竟是否存在如此完美、可以聆听的音乐。这是注定的：即使这音乐存在，也不是为渺小的人类而准备的。

　　"但可以确定一件事：无论如何，人类自身就是音乐，是一段华丽的主题，同时将陪伴他的一切、将孕育他的风暴与星空都化为音乐。人类以自己的尺度在万物的永恒形式中作为永恒的美而存在。成为人类是一件幸事。如此我们才能伴随着心中的微笑与安宁前进，对过去与自己的勇气心怀感激。毕竟，我们终将要为人类的短暂乐章留下动人的尾声。"